바이너리 코드 **1**

바이너리 코드 ❶

BINARY CODE

노 성 래 과 학 소 설

궁리
KungRee

『바이너리 코드』를 처음 발표한 것은 5년 전 일입니다. 그 동안 많은 일들이 일어났습니다. 복제 양 돌리 이후, 우리나라의 황우석 교수가 인간 배아를 복제하여 줄기세포를 추출하는 데에 성공했습니다. 생명 공학의 새로운 장이 열린 것이죠. 이제 생명 공학 기술에 관한 한 한국은 세계의 주목을 받는 처지가 되었습니다. 외국의 어떤 연구소는 살아있는 인간을 복제했다고 발표하여 사람들의 이목을 끌기도 했습니다. 하지만 그 이후 아무런 소식이 없는 것으로 보아 한편의 사기극으로 끝난 것 같습니다. 그 사이 인간 복제를 다룬 영화 몇 편도 개봉되었습니다. 《여섯 번째 날》같은 영화는 인간 복제에 대한 잘못된 상식을 대중에게 전파하는 데에 한몫했습니다. 어쩌면, 저 역시 그런 부류에 속하는지도 모르겠습니다.

인간은 욕망을 이루기 위해 살아갑니다. 아이러니컬하게도 인간의 가장 큰 욕망 중 하나는 죽지 않고 자신의 존재를 유지하는 것입니다. 그리스 신들은 영원불멸을 약속하는 신들의 음식 암브로시아를 먹고 넥타르를 마셨습니다. 인도의 신들은 영원한 삶을 얻기 위해 만다라 산을 뽑아 바다를 휘저어 암리타를 얻었습니다. 진시황은 불로초를 얻기 위해 신하 서불을 동쪽으로 보냈습니다. 이렇게 고대의 사람들은 영원한 삶을 위해 신화와 미신에 의존했습니다.

하지만 요즘 사람들은 과학을 믿습니다. 모든 욕망의 해답을 과학에서 찾으려 하죠. 과학자들은 양과 같은 동물을 복제했습니다. 그리고 인간 유전자의 암호를 해독하려 합니다. 지금 이 순간도 생명의 비밀을 풀기 위한 연구가 진행되고 있습니다. 어쩌면 어느 나라의 어느 연구실에서는 정말로 인간이 복제되고 있을지도 모릅니다. 그곳은 지킬 박사의 연구실처럼 비밀스럽고 음침한 장소가 아닐 겁니다. 『바이너리 코드』의 메탈 브레인처럼 평범해 보이는 대형 병원일 수도 있고 제약 회사의 연구실일 수도 있습니다. 20세기의 미친 과학자들이 습기 먹은 지하실을 벗어나 국가 안보 논리와 정부의 힘과 결탁하여 엄청난 인명 살상 무기를 만들었다면, 21세기의 그들은 거대 기업의 대자본과 만나고 있기 때문입니다.

사람들은 우리의 도덕과 법률이 인간 복제나 인간의 몸에 기계를 이식하는 기술을 통제할 수 있다고 믿습니다. 그리고 이런 기술들은 인간의 생명을 구하고 질병을 치료하기 위해 조금씩 허용되고 있습니다. 요즘 사람들이 시험관 아기에 대해 아무런 거부감이 없는 것처럼 미래의 사람들은 인간 복제를 당연하게 생각할지도 모르겠습니다.

『바이너리 코드』는 과학소설(SF)입니다. 그러나 복제인간의 신비를 설명하는 과학책은 아닙니다. 저는 컴퓨터처럼 0과 1로 사고하며 기계를 통하지 않고는 자신의 존재를 드러낼 수도 느낄 수도 없는, 특수한 상황에 놓인 인간을 생각했습니다. 그리고 인간의 욕망을 끝없이 추구하는 과학 기술과 자본의 만남을 생각했습니다. 과거 어느 시대보다 빠른 속도로 발전하는 '과학 기술의 시대'를 살아가는 한 사람으로서 멀지 않은 미래의 이야기를 꾸며보고 싶었습니다.

『바이너리 코드』의 무대는 2024년입니다. 소설을 발표하고 5년이란 시간이 흘렀지만, 정서적으로 오늘 우리의 현실은 이 소설 속으로 성큼 아주 가깝게 들어선 느낌입니다. 멀지 않은 미래에 우리는 이 소설에서 그리고 있는 세계와 어떤 식으로든 접점을 가질 것입니다. 이런 점을 환기하는 뜻에서 5년의 더께를 털어내고 새로운 독자들과 만나기로 하였습니다. 소설의 큰 얼개는 그대로 두었지만 마뜩지 않은 문장은 군데군데 손을 보았고, 전보다 깔끔하고 날씬한 모양을 갖추었습니다. 부디 읽는 데 막힘이 없되, 뭔가 큰 궁리할 거리를 제 소설에서 하나씩 건져 가시기를 바랄 뿐입니다.

요즘은 온라인 게임을 만들면서 틈틈이 잡지에 글을 씁니다. 저에게 있어 어느 때보다 치열하게 살면서 성장하고 있는 시기라고 생각합니다. 훗날에는 이전보다 그리고 지금보다 성숙한 모습으로 다시 인사드릴 수 있도록 공부하고 또 공부하겠습니다.

2004년 초여름
노성래

contents

만약 1과 0의 패턴이

인간의 삶과 죽음의 패턴과 '같다면',

그리고 개인에 관계된 모든 일이

1과 0의 기다란 숫자열로 된

컴퓨터 정보로 표현될 수 있다면,

삶과 죽음이라는 기다란 부호로 표현될 수 있는

생물은 과연 어떤 모습을 하고 있을까?

— 토머스 핀천

작년 여름, PT(Preembryo Technology)의 주차 관제 시스템 고장으로 연구원 한 명이 사망했다는 짧은 기사는 이제 나의 기억 속에서마저 잊혀져 가고 있다. 하지만 그 작은 사건을 계기로 시작된 일대 격변은 나의 인생을 바꿔 놓기에 충분했다.

신문에서 그 기사를 읽은 지 며칠 후, 나는 PT의 비밀스러운 초대를 받게 되었고 그곳에서 뜻밖에도 한혜원을 만났다. 나는 예전부터 그녀를 알고 있었다. 처음으로 사랑이라는 감정을 느끼게 했던 사람이었다. 그리고 10년을 훌쩍 넘어 그녀가 내 앞에 서 있었던 것이다.

그녀는 내가 일하는 연구소와 내 아이에 대해 알고 있었다. 그리고 이혼한 사실에 대해서도 알고 있었다. 하지만 나는 그녀에 대해 아는 것이 하나도 없었다. 10년이란 세월은 짧은 시간이 아니었기에……. 짐작컨대, 그녀가 내 뒷조사를 했다는 이유 하나만으로도 나는 그녀가 비밀스러운 일에 참여하고 있다는 것을 알 수 있었다. 그녀는 마치 어제 저녁에 헤어진 사람처럼 나를 반겨 주었다. 또다시…… 나는 예전처럼 바보가 돼 버렸는지도 모른다.

그녀를 통해 나는 몇 명의 사람들을 더 알게 되었다. 지금은 동그란 얼굴과 우울한 눈빛밖에 기억할 수 없는 문근영 박사, 로봇 닥터를 꿈꾸던 맹정렬 박사. 당시 그는 11구역이라는 곳에서 8년째 로봇 닥터의 인공지능 문제를 해결하기 위해 골머리를 썩이고 있었는데 지금은 나처럼 대학에서 일하고 있다. 자주는 아니지만 대소사가 있을 때 연락을 주고 받는다. 그리고 당시 홍보실의 오남식 실장, PT의 인텔리전트 빌딩과 공원을 설계한 한상준 소장, 메탈 브레인이라는 거대한 컴퓨터를 조작하던 박세원 팀장, 그리고 나래…….

내가 겪은 일련의 사건들은 PT라는 회사의 설립과 발전 그리고 메탈이라고 불리는 빌딩과 깊은 관계가 있다.

대부분 사람들이 잘 알고 있듯이 PT는 12년 전, 즉 2012년에 설립된 생명 공학 회사다. 이 회사는 21년 전 세워진 사설 생물학 연구소에서 출발했는데 프리엠브리오라는 장기 이식용 무뇌 인간을 대량 생산하고 독점 판매하여 엄청난 매출을 올렸다. 연이어 의학용 로봇 공학과 병원 사업에 진출하더니 급기야는 네트워크와 공원 사업에까지 뛰어든 벤처 업계의 경이적 존재였다.

생명 공학의 역사에서 볼 때, 2001년은 의미 깊은 해였다. 그 해 다른 선진국들과 마찬가지로 한국에서도 오랜 기간 논란의 대상이던 뇌사 인정과 뇌사자의 장기 이식에 관한 법률이 제정되었다. 그와 동시에 지난 몇 십 년 동안 일반화되며 묵인되어 온 낙태 수술에 관한 법률도 제정되었다. 수정된 태아가 3개월이 되기 전에는 낙태를 해도 법에 저촉되지 않는다는 것이 주된 내용이다.

법적으로 발생 3개월 미만의 태아는 인간으로 인정되지 않았고 그 태아는 실험용이나 제약 회사의 알부민 생산을 위해 사용할 수 있었다.

실험이나 약품 제조에 사용되지 않는 대부분의 태아는 의료 폐기물로 분류하여 소각되었다. 이 두 가지 법률이 제정된 후 한국에서는 프리엠브리오에 대한 법적 해석이 달라졌다.

20세기 말 영국 에든버러 로슬린 연구소의 아이언 윌머트(Ian Wilmut) 박사는 6년생 암양을 복제하여 새끼 양을 만들어 냈다고 발표했다. 그 새끼 양은 다 자란 동물의 체세포로 만든 세계 최초의 클론 동물로, 1996년 7월 5일에 탄생하였다. 클론 기술이 성공하면서부터 프리엠브리오란 새로운 개념의 용어가 생겼고 그에 대한 가능성이 제시되면서 또 다른 논란이 시작되었다.

만약 발생한 지 3개월 이전에 대뇌를 파괴해서 뇌사 상태의 인간을 만들면 그의 장기는 이식용으로 사용할 수도 있다는 주장이 조심스럽게 제기되었던 것이다. 당시 그것은 판도라의 상자에 비유되곤 했는데 여기엔 새로운 법적 이해가 필요했다.

인간의 수정란은 등황란으로 포배를 거쳐 낭배가 되면서 바깥 부분인 외배엽과 안쪽 부분인 내배엽으로 나뉜다. 그리고 그 안쪽에 중배엽이 형성된 후에 바로 외배엽이 평평해지며 신경판을 형성하는데 이 시기를 신경배라고 한다. 그리고 각 기관으로 성장할 부분이 결정되는 모자이크란을 형성한다.

그때 대뇌로 성장할 부분을 레이저로 파괴해 버리면 사고할 수 없는 인간으로 성장시킬 수 있다. 일종의 강제 뇌사를 시키는 것이다. 대뇌가 파괴되었다고 해서 성장에 그다지 큰 영향을 주는 것은 아니다. 뇌는 각 역할을 담당하는 부분이 정해져 있고 대뇌는 인간의 의식을 담당하게 된다. 신체 조절과 성장 호르몬 분비를 담당하는 곳은 간뇌, 중뇌, 연수로 이루어진 뇌간이다. 실제로 대뇌를 반쪽 잘라 내는 수술을 받고도 정상으로 살아가는 사람도 있다. 대뇌가 직접 생명의 유지와 조절에 관여하지 않기 때문에 가능한 일이다.

PT는 사설 연구소로 출발한 뒤, 끊임없는 법적 투쟁과 홍보, 그리고 강력한 로비를 펼쳤다. 도덕성 파괴라는 이유로 각종 인권 단체와 언론, 종교 단체의 지탄을 받았다. 하지만 양성적으로 장기를 생산하여 음성적인 거래를 근본적으로 막고, 죽어갈 수밖에 없는 많은 사람의 생명을 구할 수 있다는 주장으로 그에 맞섰다.

결국 2010년 PT의 전신인 사설 연구소는 이식용 장기를 위한 무뇌 인간 생산을 허가받았다. 정부가 경제적 이익을 노려 미국과 유럽 등의 선진국에서 허가하지 않은 사업을 승인한 것이다. 그것은 당시 국제 사회의 중요한 논쟁거리가 되었지만, 결국 PT는 2012년 세계 최초로 장기 생산 공장을 설립하기에 이르렀다.

10년이라는 시간이 흐르면서 PT는 세계의 모든 이식용 장기 시장을 독점할 수 있었다. 선진국은 자국 내에서 프리엠브리오를 이용한 신체 장기 개발은 허가하지 않았지만 외국에서의 수입은 허가했던 것이다. 10여 년 간 PT는 막대한 자본과 기술을 축적할 수 있었고 의료와 관련된 새로운 사업에 투자를 시작했다.

프리엠브리오가 개발되기 전 음성적으로 유통되던 대표적인 장기는 신장이었다. 가격은 개당 5천만 원 이상이었다. 심장, 간, 안구, 허파 등 다른 장기는 사정이 달랐다. 살아 있는 사람이 아닌 뇌사 상태의 환자에게만 채취 가능한 장기이기에 유통이 불가능했다. 하지만 머지 않아 수억 원대를 호가할 것이라고 의료 사업 종사자들 대부분이 예측하고 있었다.

프리엠브리오 하나에게서는 심장, 간, 허파와 각종 소화 기관부터 안구, 피부 등까지 이식 가능한 수십 종의 장기를 채취할 수 있었다. 가격으로 환산하면 수십억 원을 훌쩍 넘었다.

그뿐만이 아니었다. 유전공학적으로 특수하게 처리된 프리엠브리오는 혈액과 호르몬의 공장 역할을 했다. 세계 어느 나라든 혈액은 항상 부족했고 생체 공장에서 대량 생산되는 혈액의 판매만으로도 PT는 연간 100억 달러 이상의 수입을 올릴 수 있었다. 호르몬 생산으로 얻는 이익도 무시할 수 없었다. 특수하게 개발된 프리엠브리오 하나가 하루 수억 원대의 호르몬을 생산하기도 했다. 이제 PT가 얻는 흑자 규모는 한국의 무역수지 면에서 제일 큰 비중을 차지할 정도였다.

그리고 5년 전, PT는 그들의 새로운 야심을 실현하기 위해 서울 강남의 선릉 공원이 있던 자리에 거대한 사옥을 완성했다. 빌딩 내부에는 메탈 브레인이라고 불리는 슈퍼컴퓨터가 있었기에 메탈 브레인 빌딩으로 명명하였다. 하지만 사람들은 칠흑같이 검은 그 빌딩을 그냥 메탈이라고 줄여서 불렀다.

1. 나는 누구지?

몸은 인간의 주체이자 세계를 형성하는 재료다.

정신은 몸을 통해서만 세계와 연결될 수 있다.

– 메를로 퐁티

≡ 나는 누구지?

그가 물었다. 하지만 나는 대답할 수가 없었다. 그가 자신의 존재를 알게 되면 어떤 반응을 보일까? 우리는 그 문제에 대해 많은 시간 토론을 했다. 결론은 그가 자신의 존재를 자각한다 해도 그로 인해 정신적 충격을 받지는 않는다는 것이었다. 자신과 비교할 수 있는 대상이 없기 때문이다. 하지만 그에게 일어난 일들이 나에게 일어난다면 난 그것을 용납할 수 없을 것이다. 그러한 이유로 나는 그의 질문에 대답할 수가 없었다.

≡ 나는 누구지?

그의 존재에 대한 집착은 시간이 지남에 따라 점점 커져 갔다. 그 집착은 의식이 하나씩 그 모양새를 갖추어 가면서 즉, 희미하고 모호한 자아를 형성해 가면서 생기는 자연스러운 현상이었다. 하지만 우리는 이런 당연한 것들을 미처 예상하지 못했다. 처음 떠나는 설렘으로 발걸음보다 앞선 들뜬 마음 탓에 이것저것 챙기지 못하는 여행객처럼.

≡ 나는 누구지?

우리는 하나의 돌파구를 찾았다. 그것은 우리의 고민에 비해 너무도 쉬운 방법이었다. 이름을 지어 주자는 젊은 기호학자의 의견에 따르기로 했다. 그에게 복잡한 설명은 필요하지 않았다. 이미 외부의 세계를

○

이해해 가는 과정에서 많은 이름을 접해 왔기 때문에 쉽게 받아들일 것이다. 우리는 지금까지 엉뚱한 고민을 하고 있었는지 모른다.

나래라는 이름은 그가 직접 고른 이름이다. 그가 왜 나래라는 이름을 선택했는지는 아무도 모른다. 하지만 우리 모두는 어렴풋이 그 의미를 짐작할 수 있었다. 너무도 조심스러운 일이라 아무도 그에 대한 언급을 하지 않을 뿐이다.

≡ 나는 누구지?

그가 물었다.

≡ 너는 나래야.

≡ 나는 나래다.

그는 몹시 만족하였다. 앞으로 그를 나래라고 부르겠다.

근영은 아침부터 기분이 몹시 나빴다. 혜원이 MX-217에 관한 문제로 며칠째 자신에게 시비를 걸고 있었다. 그것까지는 참을 수 있었지만 점심 식사를 마치고 돌아오는 길에 심리학자를 불러들였다는 혜원의 말을 듣고서는 벌컥 화를 내고야 말았다. 최근 들어 안 좋은 일이 계속 생기고 있다지만……. 다른 사람이 나래의 생각을 분석한다는 것은 참을 수 없이 불쾌한 일이었다.

"한혜원 씨. 이곳의 책임자는 바로 납니다. 이제는 당신 맘대로 일을 결정하는군요. 심리학자라고 했나요? 그 사람을 끌어들여서 도대체 어쩌자는 거지요? 이 사실을 온 세상에 다 알리자구요? 그땐 당신뿐만 아니라 우리 모두가 무사할 수 없을 거요."

평소엔 전혀 연구 내용에도 관심이 없고 모든 결정을 자신에게 미루면서 문제가 생겨도 나 몰라라, 하던 근영이 이렇듯 신경질적으로 나오는 이유를 혜원은 이해할 수 없었다. 이번 일만이 아니다. 혜원이 정작 어떤 결정을 내릴 때마다 그는 신경질적인 태도를 보이곤 했다.

　"문 박사님, 그것은 저 혼자만의 결정이 아니었어요. 그리고 워낙 빨리 결정이 나는 바람에 박사님께 알릴 여유가 없었어요. 현재의 상황은 문 박사님이 생각하시는 것처럼 간단하지가 않아요. 어쨌든 잠시 후면 그 사람이 도착해요. 제가 직접 마중을 나갈 거예요."

　혜원이 차분한 목소리로 대답했다.

　"흥, 이번에도 오 실장을 찾아갔겠군."

　근영은 얼굴을 붉히며 말을 내뱉고는 방으로 들어와 처박혀 버렸다. 혜원이 무슨 말인가 하려 했지만 그럴 틈도 없이 고개를 돌려 버린 것이다. 그렇게 심한 말을 내뱉고 돌아선 근영의 마음도 편치는 않았다. 부정하고는 있지만 근영은 이번 사고의 의미를 누구보다 잘 알고 있었다. 누가 뭐래도 MX-217에 대해선 누구보다 자신이 잘 알고 있으니까.

　언제부터인지는 몰라도 MX-217은 근영과 혜원의 통제에서 조금씩 벗어나기 시작했다. 말을 듣지 않는 것은 물론이고 컴퓨터의 사용법을 어떻게 배웠는지 메탈 브레인을 사용하는 것에 재미를 붙이고 있었다. 하긴, 그에게 그것이 유일한 재미일 것이라고 근영은 생각했다. 하지만 계속 이런 식으로 위태롭게 나간다면 중앙정보실에서도 그 사실을 눈치 채리라. 그 친구들 지금은 영문을 모르고 있겠지만…….

　그것 외에도 문제는 여기저기에서 터지고 있었다. 도대체 어디서부터 잘못된 것일까? 연구에 참여하는 사람들 대부분이 MX-217과 이번 사고가 모종의 관련이 있을 거라고 생각하고는 있었다. 하지만 어느 누구도 선뜻 그런 말을 할 수가 없었다. 그것은 지금까지 그들이 이루어 놓은 모든 것을 포기해야 한다는 것을 의미했기 때문이었다. 근영은 문득 불길한 예감에 휩싸이기 시작했다.

"하지만 이제 와서 되돌릴 수는 없겠지."

근영은 버릇처럼 중얼거리며 입술을 깨물었다.

성찬이 선릉역 근처 메탈에 도착한 것은 오후 두 시쯤이었다. 빌딩 앞에는 종교 단체에서 나온 스무 명 남짓한 사람들이 피켓을 든 채 구호를 외치고 있었다. 경찰 세 명이 그 앞을 가로막고 서 있었다. 몇 년째 일상처럼 벌어지는 흔한 광경이었다. 그들이 지정된 자리에서 평화적인 시위를 하는 한 충돌은 없을 것이다.

옆에 놓인 책상에서는 PT에 반대하는 서명을 받고 있었는데 성찬도 예전에 대학로에서 몇 번인가 서명을 한 적이 있다. 플라스틱으로 만든 작은 게시판에는 기형적인 프리엠브리오의 사진이 붙어 있었다. 대부분 해체되기 직전 촬영된 사진이지만 개중에는 어떻게 사진을 구했는지 인큐베이터 안을 부유하는 것도 있었다. 공포 영화에나 나올 법한 기형적인 모습들이었지만 잠든 것처럼 고요한 표정을 짓고 있었다. 성찬은 무표정한 얼굴로 그 앞을 가로질러갔다.

'식사 시간은 끝났겠지?'

성찬은 방문자 안내석으로 향했다.

"안녕하세요. 무엇을 도와 드릴까요?"

안내하는 아가씨가 기계적으로 웃으며 인사했다.

"죄송하지만 성함이……"

프런트의 아가씨가 차분한 목소리로 성찬에게 물었다. 170센티미터 남짓한 날씬한 키에 깔끔하게 빗어 넘긴 단발머리와 PT의 로고가 새겨진 보라색 제복이 어울렸다.

"홍성찬이라고 합니다. 초대를 받았어요."

'뭔가 일이 잘못됐나?'

아가씨의 의아한 표정을 본 성찬이 생각했다.

"확실히 초대를 받으셨나요? 방문자 명단에 빠져 있어요. 혹시 누구의 초대를 받았는지 알고 계세요?"

순간 성찬은 아차, 당혹한 표정을 지을 수밖에 없었다. 삼성동에 있는 메탈 브레인 빌딩으로 오후 두 시까지 가보라는 말만 들었지 누구를 찾으라는 것은 미처 확인하지 못했기 때문이었다. 성찬은 지난 번 방문 때처럼 프런트에서 자신의 이름만 대면 방문자용 배지를 주며 어디로 가서 누구를 만나라고 알려 줄 것이라고 그저 막연히 생각했던 것이다.

"잠시만 기다려 주시겠어요?"

낭패감을 느꼈지만 어쩔 수 없는 일이었다. 전에도 경험한 일이지만 이 놈의 빌딩은 인간성이라고는 전혀 없이 모든 것이 컴퓨터의 지시에만 따라 움직인다.

'빌어먹을, 컴퓨터에 입력돼 있지 않으면 서울시장 할애비가 온다고 해도 이곳을 들어갈 수 없겠군!'

당신의 꿈이 현실로 이루어집니다.

도심 속의 환상 여행.

당신에게 평안을 드립니다.

모든 것을 잊을 수 있는 공간.

판타지 월드로 오세요.

텔레비전에서 지겹게 본 광고가 로비 중앙에 홀로그램으로 나타나고 있었다.

"홍성찬 박사님?"

뒤를 돌아본 성찬은 잠시 움찔했다.

"이런……."

"오랜만이군요."

혜원이 성찬을 보고 반갑게 활짝 웃었다. 반가움과 놀라움이 동시에 표현된 성찬이 어색한 웃음을 짓는 것과 대조적이었다. 혜원이 손을 내밀어 악수를 청했다. 성찬도 어색하게 오른손을 들었다. 연구실에서 그대로 나왔는지 하얀 가운을 입고 있었다. 조그만 체격에 다부진 모습은 옛날 그대로였다.

"이럴 수가…… 도대체 얼마 만이지?"

"글쎄요, 10년이 넘었을 거예요."

성찬은 떨고 있었지만 그녀는 차분한 목소리로 대답했다. 성찬은 한동안 멍한 상태로 서 있었다. 혜원이 그런 모습을 보며 다시 한 번 가볍게 웃음 지었다. 그런 혜원을 보며 성찬도 이내 활짝 따라 웃었다.

"당신이 날 부른 건가?"

"예, 제가 초대했어요."

"벌써부터 예감이 안 좋아지는걸. 한국에는 언제 돌아왔어? 그 동안 연락도 한번 안 하구서는. 도대체 무슨 일이지?"

성찬의 두서없는 질문에 혜원은 살짝 웃으며 얼른 화제를 바꾸었다.

"상의드릴 게 있어요."

혜원의 존칭이 성찬에게는 어색하게 들렸다. 아니 모든 것이 어색하게 느껴졌다. 주위를 스치며 지나가는 사람들도, 높은 천장도, 그리고 고급스러운 실내 장식들도.

"상의라고? 후후, 10년만에 나타나서는 첫마디가 일과 관련된 말이로군. 역시 당신다워."

"홍 박사님도 여전하시군요."

"뭐가?"

"털털한 옷차림이요."

성찬은 반팔 면 셔츠에 청바지를 입고 있었다. 셔츠 주머니는 담배와 라이터의 무게로 축 처져 있었고 청바지 주머니에는 휴대폰이 반쯤 삐죽이 나와 있었다.

"몸집은 많이 늘었지만, 뒷모습만 보고도 한눈에 알아볼 수가 있었어요. 이곳으로 내려오면서 상상했던 모습과 똑같아요."

"당신도 마찬가지야. 아직도 가운을 입고 있나? 하긴, 당신에게는 가운이 참 어울려. 20년 전이나 지금이나 그 단발머리라니……. 그래도 예전보다는 많이 세련되었어. 하하, 요즘도 깊은 생각을 할 때면 머리

띠를 두르나? 예전에 그랬잖아, 흘러내리는 머리칼이 신경 쓰여 아무 것도 할 수가 없다고."

"지금은 그때보다 침착해졌죠, 나이를 먹으면서 조금씩 성격이 변하나 봐요."

"참을성이 많아진 거겠지. 그런데 홍 박사라는 말은 영 거추장스럽군. 그냥 예전처럼 불러 줘."

혜원은 성찬에게 더 이상 별다른 말을 하지 않은 채 프런트의 아가씨에게 무언가를 건네주고는 앞장서서 걸어갔다. 엘리베이터가 20층에서 멈추자 혜원은 복도를 하나 지나 또 다른 엘리베이터 앞으로 성찬을 안내했다. 보안 구역이라는 표시와 함께 허가된 사람 이외의 출입을 금한다는 경고문이 눈에 띄었다. 그러고 보니 성찬은 배지조차 달고 있지 않았다. 그가 알기로는 방문자용 배지를 달지 않으면 엘리베이터를 탈 때 컴퓨터 경고음이 울려야 했다.

"이곳은 처음이죠?"

"물론, 이런 곳에 와 봤을 리가 없잖아. 그런데 왜 방문자 명단에 내 이름이 없었지?"

"보안상 일부러……"

성찬은 혜원의 말을 이해할 수가 없었다. 그럼에도 반사적으로 고개가 끄덕여졌다. 그렇다면 나의 초대가 공식적인 것이 아닌가?

"이미 박사님의 얼굴을 컴퓨터에 입력해 놓았어요."

"그게 무슨 말이지?"

성찬이 대뜸 뚱한 표정을 지어 보이자 혜원이 가볍게 웃으며 말했다.

"아까 프런트 앞에 있을 때 카메라에 잡힌 영상을 사용했어요. 이 빌딩의 각 구역은 보안 레벨이 정해져 있죠. 그리고 직원들은 각자의 부서와 직위에 맞는 보안 레벨을 부여받아요. 이 엘리베이터는 보안 레벨이 높은 구역에서 움직이죠. 천장에 숨겨진 카메라로 탑승자의 얼굴과 컴퓨터 안에 입력된 얼굴의 모양을 비교하기 때문에 보안 레벨이 낮은 직원들은 사용할 수가 없어요."

성찬은 혜원의 자세한 설명을 듣고서야 무슨 말인지를 알 수 있었다. 그리고 언젠가 공원 프로그램에 참여한 동료들에게 그와 비슷한 이야기를 들은 적이 있음을 기억해 냈다.

'그래서 배지를 가슴에 달지 않아도 되었군. 어차피 방문자 배지라는 것이 메탈에 등록이 안 된 외부인을 위한 것이니까……'

"모든 기업이 보안을 중요시하지만 PT는 특히 더 그래요. 이 빌딩의 보안 컴퓨터는 각 직원이 현재 빌딩의 어느 곳에 있는지 완벽한 추적이 가능해요. 이 빌딩의 20층 위로는 최고의 보안 레벨인 실험실들이 자리 잡고 있어요. 이곳에는 수많은 센서가 숨겨져 있어 각 개인의 동작까지도 감시를 하죠. 지금 우리가 가는 곳은 10구역이라 불리는 프리엠브리오 개발 연구실이에요."

"상당히 복잡하군."

"이 모든 것이 보안을 위해서죠."

혜원은 성찬에게 메탈 빌딩의 각 구역에 대해 설명해 주었다.

"1층에서 5층까지는 고객들을 위한 로비와 상담실, 영업 사무실들이 있어요. 6층부터 11층까지는 일반 업무를 보는 곳이죠. 11층부터 14층까지는 PT 병원이 자리 잡고 있고 15층에서 20층까지는 실내 공원이구요."

"빌딩의 반이 연구실이란 말이군. 사무직보다 연구직이 많은가?"

"그건 일반적인 현상이지요. 메탈 브레인과 네트워크를 통해 많은 업무가 효율적으로 이루어지기 때문에 관리직 사원의 수를 줄일 수가 있었어요. 모든 기업의 공통된 특징이라고 볼 수 있어요."

"언제부터 그렇게 사무적인 말투였지?"

혜원은 아무런 대꾸도 하지 않았다.

"그 동안 이곳에서 일을 하고 있었군."

"예, 1년이 조금 넘었어요."

왜 한국에 있으면서도 연락 한번 안 했느냐고 물어 볼까 했지만 성찬은 그만두었다. 경험으로 미루어 그녀에게서 다정한 대답은 못 들을 것이 뻔했기 때문이었다. 지난날 그녀는 성찬이 다정한 표현을 하면 무슨 영문인지 무안을 주기가 일쑤였다. 그는 혜원을 따라오면서 잠시 동안 잊고 있던 의문점을 떠올렸다.

'왜 프리엠브리오 연구실에 심리학자가 필요한 걸까?'

성찬은 이곳으로 오면서도 내내 자신이 초대받은 이유가 궁금했다. 자신이 할 수 있는 일이라고는 문제가 있는 직원을 상담하는 정도일 것이다. 혜원에게 이유를 물어 볼까도 생각했지만 이러한 식이라면 그녀가 대답을 안 해 줄 것이 뻔하다는 생각이 들었다.

엘리베이터는 23층에서 멈추었고 혜원은 성찬을 조그만 방으로 안내했다. 침대와 책상, 냉장고와 텔레비전, 한쪽 구석에 책상과 컴퓨터가 있고 맞은편 벽에는 화장실로 보이는 문이 하나 보였다. 바깥이 보이는 창문이라곤 찾아볼 수 없지만 낯설게도 어두운 느낌이 들지는 않았다.

"저희 연구원들이 사용하는 방이에요. 마음에 드실지 모르겠네요. 그럼 집이라고 생각하시고 편히 쉬고 계세요. 창문은 없어도 자연광을 조명으로 사용하니까 습하거나 어두운 느낌이 들지는 않을 거예요. 그리고 공기 정화 시설도 맘에 드실 거예요. 설정을 바꾸고 싶으시면 저기에 있는 패널을 이용하여……"

혜원은 방의 구조와 기기 사용법에 대해 성찬에게 설명해 주었다.

'이런 것을 왜 설명해 주는 거지?'

성찬은 문득 이상한 예감이 들었다.

"아니 잠깐만. 설마 내가 여기서 며칠 지내야 하는 건 아니겠지?"

혜원이 나가려고 할 때 성찬은 그녀를 불러 세우며 말했다.

"미처 말씀을 못 드렸군요. 앞으로 4일 동안은 홍 박사님이 저희와 함께 있기로 아남 연구소와 얘기가 되어 있어요."

"이런 낭패가……."

성찬의 쓸쓸한 표정을 무시한 채 혜원은 곧 오겠다는 말과 함께 밖으로 나가 버렸다.

2. 생명기계, 프리엠브리오

"동물 가죽 지갑을 누가 주면?"

"불법 제품이니 경찰에 신고하죠."

"아들이 나비를 채집해서 표본을 보여 주면?"

"의사에게 데려가야죠."

"TV를 보는데 벌레가 팔에 앉았다."

"죽여요."

"여자 누드가 잡지에 나왔다."

"레즈비언 테스트에요?"

"대답만 해요. 남편에게 보여 주었더니 침실 벽에 붙여 놓았다."

"그건 안 돼요."

"왜 안 되지?"

"저 하나면 충분하니까요."

"연극의 만찬 장면에서 생굴을 맛있게 먹고 개고기를 삶아 먹으면?"

"……"

"나가 있게."

레이첼이 대답을 못하자 타이렐이 말했다.

"그녀는 합성 인간입니다."

"놀랍군, 보통 몇 번 질문하나?"

"20번 정도죠."

"자네는 레이첼에게 100번 했어."

"사실을 모르나요?"

"의심하겠지. '인간보다 더 인간답게' 그것이 우리의 모토야.
레이첼은 최신 제품일세. 합성 인간의 문제점은 감정의 경력이 없다는 걸세.
그들을 잘 다루려면 과거를 만들어 주어야 해."

"기억을 말하고 있군요."

- 영화 〈블레이드 러너〉 중에서

성찬은 긴장이 풀리면서 구두도 벗지 않은 채 침대에 드러누웠다. 무엇이 우스운지 소리를 내어 크게 웃었다.

그가 혜원을 처음 만난 때는 하버드 대학에 다니던 시절이었다. 한국인 유학생들의 모임에서 그녀의 모습을 처음 보았다. 그녀는 갓 유학온 의대생이었는데 그때가 처음이자 마지막으로 모임에 참가한 것이었다. 몇 달 후, 카페테리아에서 우연히 그녀를 발견한 성찬은 말을 걸며 접근했다.

심리학을 전공하고 있다는 성찬의 말에 혜원은 "그럼 저부터 한번 분석해 보시겠어요?"라며 대꾸했다. 성찬은 엉터리 논리로 그녀에게 이런저런 얘기를 늘어놓았다. 그것이 제대로 먹혀들었는지 이내 가까운 사이가 될 수 있었다.

당시 그녀는 의대에서 인턴 생활을 하고 있었는데 특히 뇌에 관해 관심이 많았다.

"뇌를 연구할수록 인간의 마음에 자꾸 끌리게 되요. 심리학에서도 뇌를 다루죠? 그 때문에 성찬 씨에게 관심이 많아요. 왜 사이다와 콜라 중에 어떤 것을 마셔야 할지 고민하고 선택하게 되는지, 참 재미있는 일이잖아요?"

성찬은 그러한 혜원의 말에 웃으면서 대답했다.

"그러한 것은 아무리 뇌를 들여다봐도 알 수 없어요. 그 사람의 과거 행동 양식과 지금 처한 상황을 보고 판단하는 것이 더 정확해요."

그녀의 아버지는 한국에서 병원을 운영하신다고 했다. 그녀는 어려서부터 공부 욕심이 많았다고 말했다. 그녀가 의대에 진학하겠다는 결심을 밝혔을 때부터 아버진 그녀에게 많은 지원을 하셨단다. 어려서부터 그녀는 자신이 최고라야 한다는 강박관념에 시달리고 있었다. 성찬은 바로 그런 점 때문에 그녀가 위험한 생각에 빠질 수도 있다고 느꼈다. 하지만 그렇다고 그에 대하여 무슨 충고를 할 형편은 못 되었다.

'약물과 전기 자극으로 인간의 의식을 통제할 수 있다' 는 혜원의 생각을 성찬은 의욕에 찬 풋내기 의대생의 헛된 공상쯤으로 여겼다. 그녀는 항상 뇌에 관한 말을 꺼냈다. 뇌의 어느 부분에 전기 자극을 가하면 무한한 성적 쾌감을 느낀다거나 약물 치료로 우울증에 걸린 사람을 쾌활하게 만들 수 있다는 말도 했다. 성찬은, 이미 다른 심리학자들의 관심에서 멀어진 행동주의 심리학을 자신이 고집하는 이유가 어쩌면 그 때부터 형성되었을 것이라는 막연한 추측을 했다.

유학 시절 울적하다거나 외로움을 느낄 때마다 성찬은 혜원을 찾았다. 애써 여행 계획을 잡기도 하면서 성찬은 둘 사이를 발전시켜 보려고 노력했다. 하지만 그녀와의 대화는 언제나 연구 주제에 관한 것뿐이었다. 그녀의 머릿속에는 또 다른 두뇌가 자리 잡고 있어 도무지 성찬이 들어갈 틈이 없었다. 성찬은 눈을 감은 채 당시의 기억 속으로 빠져들었다.

"홍 박사님, 준비가 되었습니다."

혜원의 목소리에 성찬은 깜짝 놀라 튕기듯 침대에서 일어났다. 그녀에게 자신의 생각을 들킨 것 같아 가슴이 뛰었다.

"깜빡 잠이 들었었군."

시간이 많이 흐른 듯했지만 시계를 보니 분침이 겨우 세 칸 앞으로 가 있었다.

"그런데 준비라니, 무슨 말이지? 직원들 몇 명 상담하면 되는 일 아닌가?"

성찬은 아직 자신이 이곳에 온 이유를 모르고 있었다.

"박사님께서 보시면 분명 좋아할 겁니다."

성찬은 묵묵히 혜원의 뒤를 따랐다.

'내가 보면 좋아할 것이라니? 도대체 무슨 말인지 알아들을 수가 없군. 도대체 무슨 일을 꾸미는 것일까? 조금 있으면 알 수 있겠지.'

빌딩 안 다른 장소와는 달리 미로처럼 복잡한 복도에는 숫자로만 이루어진 안내 표시가 있을 뿐이었다. 조금은 답답한 느낌이 들었다. 간간이 연구원으로 보이는 사람들이 혜원에게 인사를 하며 지나갔다.

"다른 사람들 앞에선 거북하시더라도 존칭을 써 주세요."

혜원이 살짝 웃으며 성찬에게 당부했다.

"그럽시다."

성찬도 따라 웃으며 장난기 있게 대답했다. 성찬이 두 번의 보안장치를 통과하고 들어간 곳은 어느 연구실이었는데 그가 상상했던 프리엠브리오 연구실의 모습 그대로였다. 유리관에 담겨 있는 기형적인 생명체들의 모습과는 달리 방의 한쪽 벽면에는 대형 패널이 걸려 있고, 방 안은 온통 컴퓨터 장비로 가득 차 있었다. 혜원은 이곳으로 오면서 줄곧 그에게 비밀을 지켜 줄 것을 당부했다. 하지만 그 내용에 관해서는 전혀 언급이 없었다.

"여기가 프리엠브리오를 개발하는 곳인가요?"

혜원은 살며시 미소 지으며 고개를 가로저었다.

"아니에요. 저희는 지금 다른 연구를 하고 있어요. 그 때문에 박사님의 도움이 필요해요. 이 분은 문근영 박사님이십니다. 이곳 10구역의 최고책임자시죠."

"박사님 말씀은 많이 들었습니다."

TV에서 보았을 때보다 훨씬 키가 작아 보였다. 역시 PT의 로고가 새겨진 흰 가운을 입고 있었고 동그랗고 통통한 볼에 동안이지만 눈가의 잔주름이 연륜을 말해 주는 40대 초반 남자였다. 근영은 의자에 앉은 채로 힐끗 성찬을 바라보고는 고개를 끄덕임으로 인사를 대신했다. 성찬은 한눈에 그가 자신을 그다지 반가워하지 않는다는 사실을 느낄 수 있었다.

"저는 이곳에서 문근영 박사님과 함께 일을 하고 있어요. 실은 이곳에 온 지 일 년이 조금 넘었죠."

혜원이 어색한 분위기를 바꿔 보려고 했지만 쉬운 일이 아니었다. 아직도 성찬은 혜원이 한국에 돌아왔다는 사실이 좀처럼 믿어지지 않았다. 그의 기억으로는 당시 그녀에게서 조국을 생각하는 어떤 마음도 찾아볼 수가 없었다.

"제가 한국인이라는 것은 중요하지 않아요. 어차피 국가라는 개념은 무너진 지 오래에요. 저는 단지 그곳에서 태어나 자랐을 뿐이에요. 제 인생 중에 20년이란 기간을요. 제겐 아직도 남은 시간이 훨씬 많아요. 전 제 고향보단 지금 생활하는 이곳이 더 맘에 들어요. 그 동안 얽히고 설킨 복잡한 인연들에 연연하지 않아도 되고요. 게다가 제 꿈을 펼치기엔 이곳이 훨씬 조건이 좋아요."

그녀는 항상 자신을 세계인이라는 말로 표현했다. 그렇다면 그녀를 이 나라로 다시 오게 만든 것은 도대체 무엇일까?

혜원의 안내로 성찬은 근영의 맞은편에 자리를 잡았고 그녀는 간단한 브리핑을 준비했다. 근영은 무슨 일로 기분이 나쁜지 컴퓨터 프로그램을 준비하고 액정 디스플레이를 작동하는 등 바쁘게 움직이는 혜원을 못 본 체했다. 이런 것들에 익숙해져 있는지, 혜원은 그다지 신경 쓰지 않는 모습이었다. 혜원은 빠른 동작으로 준비를 마치고 근영의 옆에 앉았다.

"그럼, 홍 박사님께 저희 연구에 대해 설명 드리겠습니다. 이곳에 오시면서 그 점을 상당히 궁금해 하셨을 거예요."

성찬이 고개를 끄덕이자 혜원은 다시금 조심스럽게 근영의 눈치를 살피곤 말을 시작했다. 혜원은 근영 앞에서 성찬이 자신에게 친근하고 편한 표정을 지어 보여서 부담스러웠다. 그 동작이 너무 부자연스러워 근영과 혜원의 관계를 모르는 성찬의 눈에는 이상하게 비쳤다.

"의외로 생각하시겠지만 저희는 이곳에서 인공지능에 관한 연구를 하고 있습니다."

"이곳은 프리엠브리오를 연구하는 곳이 아닌가요?"

성찬이 호기심을 잔뜩 묻힌 말투로 물었다.

"맞습니다. 이곳은 프리엠브리오를 연구하는 곳이지요. 우리가 이곳에서 인공지능을 연구한 이유는 10구역이 PT에서 가장 보안이 좋은 곳이기 때문이죠."

혜원은 그 질문에 대한 대답을 미리 준비라도 한 듯 성찬의 말이 끝나자마자 빠르게 대답했다.

"의외군요."

성찬은 PT에서 무엇 때문에 인공지능에 관심이 있는지 물어 볼까 했지만 금세 포기했다.

"이 연구는 5년 전 문근영 박사님에 의해 처음 계획되었습니다. 그리고 제가 1년 6개월 전 이곳으로 왔을 때는 독자적인 연구에 상당한 진전을 보이고 있었습니다."

근영은 여전히 뭔가 언짢은 표정이었다.

"성공을 하셨다는 말이군요."

성찬이 담담하게 말했다. 성찬의 목소리에 담긴 의미를 알아차린 혜원이 침착하게 대답했다.

"그렇습니다. 인공지능이 성공했다는 발표는 일 년에도 수십 차례가 넘어요. 그런데 저희가 개발한 인공지능은 기존의 것과는 전혀 다른 개념이죠. 모든 상황을 입력하는 대신 우리는 백지 상태의 지능을 만들었어요. 인공지능은 애초에 아무것도 모르는 상태에서 하나씩 학습을 해 나갔어요. 그 때문에 우리는 언어부터 가르쳐야 했죠. 즉, 인공지능이 아닌 인공의식을 만들어 낸 셈입니다. 기존의 인공지능이 전문가적인 성향을 가지고 있다면 우리의 인공의식은 어린 아이의 그것과 마찬가지로 무엇이든지 배울 수 있는 가능성을 가지고 있죠."

성찬은 혜원이 방금 얘기한 '인공의식'이란 말이 재미있는 표현이라고 생각했다. 다른 연구들과 차별을 두자는 것일까? 성찬이 아무런 말이 없자 혜원은 설명을 계속해 나갔다.

"현재 그 의식은 독립적인 존재로서 저희와 대화할 수 있는 단계까지 왔습니다. 인공의식은 튜링 테스트에서 80점 이상의 점수를 보여 주었습니다. 너무도 완벽해서 우리는 그것의 행동을 예측할 수 없었습니다. 그래서 심리를 분석하기로 결정했죠. 이것이 박사님을 초대한 이유입니다."

혜원이 성찬의 표정을 살펴보았다. 하지만 그는 별로 놀라지 않는 듯 태연하게 테이블 위를 조용히 응시하고 있었다. 혜원은 그런 그의 태도가 몹시 실망스러웠다.

'이 사람 심술이 나서 일부러 이러는 걸까?'

근영 역시 의외라는 듯 성찬을 바라보았다.

성찬은 수많은 영화 속에서 표현된 튜링 테스트의 장면들을 생각하고 있었다. 영화 속에서 사람들은 인공지능에게 과거의 기억까지 입력해 주어 자신을 실재하는 존재로 착각하게 만들곤 했다. 그런데 혜원의 말은 달랐다. 애초에 하나씩 가르쳤다고 하니까 그 인공지능의 기억들은 허상이 아닌 모두 그의 안에 실재하는 존재라는 것이다.

"홍 박사님께서는 별로 놀라질 않는군요."

"아니오. 놀라고 있습니다. 이런저런 생각을 하고 있었어요. 하지만 그 감정을 밖으로 표현할 필요는 없죠. 그런데 어떻게 그런 일이 가능하죠? 새로운 하드웨어인가요?"

성찬의 목소리는 차분했다.

"구체적인 것은 말씀드릴 수 없습니다."

혜원이 근영의 눈치를 살피면서 말했다.

"그럼 제게 원하는 것이 무엇이죠?"

"우리의 인공의식을 보통 사람과 같이 생각해 주세요. 솔직히 저희도 인공의식이 무슨 생각을 하는지 모를 때가 많아요. 그것의 심리를 분석하기 위해서 박사님을 모셨어요."

"완벽한 인공지능은 그 생각을 예측할 수 없다는 것이 일부 과학자들의 의견이었죠. 저도 비슷한 생각이었구요."

성찬이 말했다.

"그럼 우리가 그들의 주장을 확인해 준 셈이군요."

혜원이 가볍게 웃음 지었다. 성찬은 침착하게 혜원과 근영을 살펴보았다. 평소 그의 버릇처럼. 그는 이런 밀고 당기는 말장난에 익숙하다고 스스로 다짐하며 또 다른 질문을 했다.

"그럼 언제 이 사실을 발표하실 예정이지요?"

역시, 성찬의 예상은 얼추 들어맞았다. 그다지 중요한 질문이 아니었음에도 그는 근영이 순간 당황하는 모습을 볼 수 있었다. 표정을 감추긴 했지만 혜원도 당황스러워하고 있었다.

"당장은 이 연구에 대해 발표할 생각이 없습니다. 이것이 발표되면 사회적으로 큰 혼란이 발생할 게 뻔합니다. 박사님도 그것에 관해서는 비밀을 지켜주셔야 합니다."

혜원이 침착하게 대답했다. 분명 어떤 어려운 사정이 있으리라 생각을 하며 성찬은 능청을 떨었다.

"저는 이해가 잘 되질 않는군요. 혼란이라니요. 제가 보기엔 대단히 중요한 성과를 이루었는데요. 수많은 사람이 인공지능의 개발을 위해 연구했지만 이렇다 할 진전을 보이지 못했어요. 그런데 PT라는 생명 공학 회사에서 인공지능에 성공했다니, 세계적인 이슈가 될 겁니다."

이번에는 혜원 역시 그에 대한 대답을 하질 못했다. 그녀는 성찬을 잘 알고 있었다. 어설픈 말을 꺼냈다가는 오히려 성찬에게 말려들 수도 있었다.

"그 이유는 나중에 알려 드리죠."

잠시 어색한 침묵이 흘렀다. 두 사람의 표정을 천천히 살펴본 성찬은 자신의 생각을 정리하고 나서 차분하게 말을 했다.

"그렇다면…… 인공지능의 행동을 예측할 수 없을 뿐만 아니라 통제가 제대로 되질 않겠군요. 어쩌면 그보다 더 큰 문제가 있을 수도 있구요."

그는 담담한 억양으로 말을 하면서도 두 사람의 표정에서 미묘한 변화를 놓치지 않았다. 혜원 역시 그것을 숨기지 못했다. 표정이 심하게 일그러진다고 느낀 순간 근영이 자리에서 벌떡 일어났다. 지금까지 삭이고 있던 감정을 드러내고야 만 것이다.

"뭔가 잘못 알고 계시는군요. 우린 지금까지 이 의식을 잘 통제해 왔습니다. 그리고 그 사실은 앞으로도 변함이 없을 겁니다."

근영이 신경질적으로 말하며 원망하는 눈빛으로 혜원을 노려보았다. 혜원은 안타깝다는 듯이 좌우로 고개를 저었다. 근영이 자신의 감정을 이기지 못해 성찬의 말장난에 넘어가고 있었던 것이다. 성찬 역시 그것을 알아차렸는지 한 마디를 더 꺼냈다.

"그렇지 않다면 이렇게 비밀스럽게 진행되던 일에 외부 사람인 절 끌어들일 이유가 없었겠죠. 여기에 있는 한혜원 박사만 해도 그쪽으로 상당히 많은 지식을 가지고 있으니까요."

성찬은 근영의 얼굴이 확연히 일그러지는 것을 볼 수 있었다. 성찬은 그러한 상대방의 모습에서 조금은 과장된 감정 표현을 읽을 수 있었다. 근영은 깊게 숨을 내쉼으로 자신의 감정을 한껏 표출해 보이고는 혜원에게 큰 소리를 쳤다.

"난 처음부터 이 일에 다른 사람을 끌어들이는 것을 반대했어. 지금도 마찬가지고. 앞으로 일어날 문제에 대해선 한 박사가 모든 책임을 지라고."

근영은 혜원에게 큰 소리로 말을 하고는 의자를 박차고 일어나 밖으로 나가 버렸다. 순식간에 일어난 일이었다. 혜원은 그런 근영을 물끄러미 쳐다볼 뿐 아무런 대꾸도 하지 않았다.

'문제가 생각보다 심각하군.'

성찬은 생각했다.

"미안하게 됐어. 나 때문에…… 당신 입장이 난처하겠어."

성찬이 미소를 지으며 능청을 떨었다.

"아니에요. 제가 홍 박사님께 죄송해요."

"아까도 말했지만 홍 박사라는 말이 편하지는 않아. 둘이 있을 때는 이름을 불러 줘."

"이런 관계로 만나는 것이 제게 편해요."

둘은 잠시 동안 말이 없었다.

"그런데 문근영 박사 말이야. 이해할 수가 없어. 너무 민감해. 말 몇 마디 한 것 가지고 저렇게 소리를 지르다니. 자신의 감정을 한껏 과장하는 것 같고. 무슨 문제가 있는 것 같아."

"이해해 주세요. 문 박사님께선 낯선 사람과 마주하는 걸 싫어해요. 다른 사람의 기분 따위는 전혀 생각을 안 하죠. 그리고 일에 대한 애착이 강한 사람이에요. 다른 사람이 자신의 일에 대해 이런저런 말을 하는 것을 싫어해요. 평상시 아무렇지도 않다가도 본인의 연구 얘기만 나오면 흥분하곤 했어요."

"과학자들의 공통점인가?"

"예, 독선적인 면이 있어요. 그리고 홍 박사님 말이 맞아요. 우리는 지금까지 통제를 잘 해 왔지만 최근에 들어서 인공지능을 통제할 수 없는 부분이 생겼죠. 문근영 박사님은 그러한 사실을 자꾸 부정하려고만 드세요."

"그런데 정말 괜찮겠어? 저렇게 하고 나갔는데 지금이라도 찾아가 봐야 하는 거 아냐?"

"아니에요. 문 박사님은 기분이 나쁠 때는 혼자 있는 편이 더 나아요. 괜히 따라가 봤자 상태만 더 나빠져요."

"당신도 스트레스를 많이 받겠어. 예전에는 툭하면 나에게 신경질 부리고 그랬잖아. 그런데 이제는 반대로 저 사람 비위를 맞춰 줘야 하다니. 재미있어."

"홍 박사님에게는 재미있게 보일지 몰라도 전 그렇지 않아요. 그리고 전 신경질적인 성격이 아니에요. 홍 박사님 앞에서 신경질을 부린 적은 있지만, 그건 그때뿐이고 이미 지나간 일이잖아요."

"하긴, 당신은 다른 사람들 앞에서는 한없이 친절했지."

성찬은 대충 무슨 일이 있었는지 안다는 듯 고개를 끄덕였다. 혜원의 태도로 보아 이런 상황이 예전에도 여러 번 있었을 것이다. 그렇다면 근영의 이러한 신경질적인 성격의 원인은 무엇일까? 성찬은 또 다른 말을 꺼냈다.

"통제를 할 수 없는 인공지능은 아무런 쓸모가 없지. 어쩌면 그 일과 관계가 있을 수도 있겠군."

"무슨 말씀이죠?"

혜원이 성찬의 말을 이해하지 못한 채 고개를 약간 당겼다.

"얼마 전 이곳에서 사고로 죽은 젊은 연구원 말이야. 주차하다가 사고를 당했다지? 얼마 전 신문에서 보았어. 내 기억으로는 이곳 10구역에서 근무하던 연구원이었는데."

"왜 그런 추측을 하죠?"

혜원은 애써 침착하게 웃음 지으며 성찬의 말을 받아넘겼다. 그녀는 아무래도 상대를 잘못 골랐다는 생각을 했지만 이미 후회하기엔 늦어 버렸다. 장난스러운 말투는 여전하지만, 성찬은 혜원이 알고 있던 10년 전과는 전혀 딴판으로 변해 있었다.

'당시는 어수룩한 모습의 학자풍이었는데 상당히 날카로워졌어.'

혜원은 이런 생각을 하면서 성찬과의 대화를 이어갔다.

"그저, 지금 그 생각이 떠올랐어. 그 정도의 사고가 일어나지 않는 한 나를 부를 이유가 없었겠지. 당신이라는 여자, 한국에 있으면서 한 번도 연락이 없었잖아."

혜원은 표정이 굳어지는가 싶더니 다시 웃으며 말을 했다.

"제가 연락을 안 한 것이 서운했나요?"

"말을 돌리는군."

혜원은 미소를 잃지 않으며 말을 이어 나갔다.

"성찬 씨 말도 일리가 있어요. 그런 추측은 누구나 할 수 있죠. 확실한 것은 아무것도 없어요. 저 역시 모든 것에 대해 의심하고 있어요. 의심은 추측과 다를 바 없어요. 다른 부분도 마찬가지지만, 아직 인공지능이 김기현 씨의 사망 사고와 관련되었다는 증거는 하나도 발견하지 못했어요."

"이름이 김기현이었어. 이제 생각나."

"예, 김기현이에요."

짧게 대답하고는 혜원이 말을 덧붙였다.

"단순히 엘리베이터 고장일 수도 있죠. 그리고 그 사람은 저희 실험실에서 사고를 당한 것이 아니라 지하 주차장에서 일을 당했어요."

혜원의 말을 모두 들은 성찬은 잔잔히 미소 지었다. 그는 얼굴을 바짝 당기고는 비밀스럽게 속삭이는 투로 똑같은 질문을 반복했다.

"그렇다면 날 부른 이유가 도대체 뭐지?"

"아까 말씀드렸잖아요. 이 인공지능의 심리 상태를 분석해 주세요. 그리고 그 행동을 예측해 주세요. 저보다는 성찬 씨가 더 잘할 수 있을 거예요."

"단지 그 이유인가?"

"혹시 생길지도 모르는 사고를 미연에 방지해야 하니까요."

"발생할지도 모르는 사고를 미연에 방지한다……. 너무 추상적이고 애매한 대답이군."

"그래요. 추상적인 대답이죠. 그만큼 우리는 우리가 하는 일에 사소한 것까지 신경을 곤두세우고 있어요."

성찬은 포기하는 듯한 제스처를 취해 보이고는 의자를 뒤로 젖히며 한껏 기지개를 켰다.

"쉬운 일은 아니군. 난 사람의 의식을 연구하고 있는데, 엉뚱하게 컴퓨터가 무슨 생각을 하고 있는지 알아봐 달라니. 그러자면 그 의식이 무슨 생각을 하고 있는지, 무엇을 원하는지, 그리고 무엇을 싫어하는지에 대해서 알아야 해. 그러자면 녀석이 교육받은 것에 대해 차근차근 연구를 해 봐야 하는데…… 시간이 좀 걸릴 거야."

혜원은 성찬의 말을 이해한다는 듯 고개를 끄덕거렸다.

"하지만…… 당신은 그런 여유가 없어 보이는데."

혜원은 애써 표정을 감추려 했지만 성찬에게는 그 모습이 더 우스꽝스럽게 보였다. 차라리 앞서 자리를 피한 근영처럼 대놓고 불안한 표정을 내보일 것이지.

성찬은 주위를 돌아보더니 키보드와 흡사한 컴퓨터의 입력 장치 하나를 손으로 가리켰다.

"저것으로 그 의식과 대화를 할 수 있겠군."

"그걸 어떻게……"

"그리 어려운 일은 아냐. 자리 배치를 보면 쉽게 알 수 있어. 저 자리에서 이쪽 벽면의 패널과 가장 조화를 이루더군. 그저 추측을 한번 해본 거야. 약간의 관찰력만 있으면 누구나 그 정도쯤은 생각할 수 있어."

"뛰어난 관찰력이군요."

"뛰어난 관찰력이라…… 그러고 보니 당신 가슴이 예전보다는 훨씬 커진걸."

"장난기도 여전하군요."

"뭐, 나야 항상 당신 앞에선 어설픈 말장난밖에 못했지. 진지한 얘기를 하려고 하면 당신이 말을 돌려 버리곤 했잖아."

"제가 그랬나요?"

성찬은 자리에서 일어나 패널 쪽 의자에 몸을 던졌다. 혜원은 그의 뒷자리에 팔짱을 낀 채 서 있었다.

"응, 그건 그렇고 가능하다면 이 녀석과 대화를 나눌 수 있을까? 망가뜨리지는 않을 테니까 걱정 말라고."

"성급하시군요. 지금은 안 돼요. 그건 문 박사님과 좀더 얘기를 나눈 후에 결정하겠어요. 그 분이 책임자예요. 제가 단독으로 결정할 수 있는 문제가 아니에요. 대신 최근에 대화한 자료를 보여 드리죠."

성찬은 다른 말을 하려고 했으나 그만두었다. 혜원의 말투에서 상당히 화가 나 있음을 느낄 수 있었기 때문이다. 아니면 화난 척하고 있거나. 아직 남아 있는 시간은 충분했다. 괜히 긁어 부스럼을 만들 필요는 없었다.

"그럼 그렇게 하지."

혜원이 연구원 한 사람의 이름을 부르자 그는 혜원의 책상을 뒤적이더니 디스켓을 하나 가지고 왔다.

"나름대로 박사님의 판단에 도움이 될까 하고 뽑아 본 자료에요. 더 부탁할 게 있으면 저와 먼저 상의를 해 주세요."

성찬은 디스켓을 이리저리 돌려보았다.

"참 귀엽게 생겼군. 그런데 어떻게 보지? 내 노트북은 구식이라 이런 디스켓을 사용할 수가 없어."

"방에 컴퓨터가 있어요."

"이걸 가지고 얼마나 알 수 있을지는 모르지만……."

성찬은 디스켓을 담배가 들어 있는 셔츠 주머니에 넣고는 말했다.

"일단 그렇게 하지. 그런데 말이야 그 죽은 사람이 기호학자던가?"

"예."

혜원은 짧게 대답했다. 성찬은 또다시 입가에 웃음을 지으며 능청스럽게 고개를 갸우뚱거렸다.

"이상하군. 뇌생리학자에 분자생물학자 그리고 기호학자라…… 참 어울리지 않는 팀이야."

"무슨 뜻으로 하신 말씀이죠?"

혜원의 목소리가 날카로워졌다.

"아무것도 아니야. 그저 엉뚱한 생각을 했을 뿐이야. 별거 아니니까 신경 쓰지 말라구."

성찬의 말 때문에 둘은 어색한 분위기가 돼 버리고 말았다. 성찬 역시 자기가 조금은 심한 장난을 쳤다고 생각했다.

"이곳 구경을 좀 할 수 있을까?"

성찬이 서먹한 분위기를 벗어나기 위해 툭 던진 말이었다.

근영은 자신의 방으로 들어가 불을 끄고 의자에 깊숙이 몸을 파묻었다. 혜원은 원래 그가 추천해서 이 프로젝트에 참여하게 된 사람이었다. 그 당시, 분자생물학자인 자신의 한계 때문에 프로젝트를 진행하기 위해서는 뇌생리학에 관한 전문가가 필요했다. 뛰어난 뇌생리학자 가운데 한국인인 혜원을 오 실장에게 부탁하여 스카우트 해 왔다. 그런데 이제는 혜원에게 주도권을 빼앗긴 신세가 되고 말았다.

근영은 어깨 근육이 뻐근하다는 것을 느꼈다. 그러고 보니 요 며칠 사이 동료인 기현의 사고 이후로는 제대로 잠을 자 보지 못했다. 피로가 몰려왔지만 불안감 때문에 그의 신경은 칼날처럼 예민한 상태였다. 오후 세 시, 잠들기에 밖은 너무 밝았다. 그는 책상을 더듬어 리모컨을 찾아냈고 오디오를 작동하여 음악을 틀었다. 마음이 안정되지 않을 때는 이 방법이 최고였다. 불을 끄면 그만큼 좁아진 공간에서 평안을 되찾을 수 있었다.

그는 아예 소파에 몸을 파묻었다. 빠른 바이올린 연주곡이 방안에 울려 퍼졌다. 누구의 작품인지, 누구의 연주인지 알 수 없었지만 그것은 그다지 중요하지 않았다. 단지 바이올린의 날카롭고도 빠른, 그 낭창낭창한 선율이 좋았다.

그는 소파에서 옆으로 몸을 잔뜩 구부린 채 얼굴을 양 팔 사이에 파묻었다. 바이올린의 날카로운 고음이 머릿속으로 파고 들어왔다. 근영은 바이올린 연주를 들을 때마다 머릿속이 텅 비어 있을 거라는 착각에 빠지곤 한다. 마치 가을날의 바람처럼…… 피부를 스치곤 멀리 사라져 버린다.

암흑 속에 묻힌 방은 낮보다 많은 소음을 그 안에 품고 있다. 그리고 음악은 그 소음을 감싸 안은 채 그를 심연으로 이끌었다.

이런 느낌을 가질 수 있는 시간은 흔하지 않다. 음악에 취해 사고의 흐름이 점점 느려지다가 결국 뇌는 음악에 모든 생각을 맡기고 만다. 심장 고동은 음악에 맞추어지고 호흡은 느려진다. 공기가 코끝을 지나 두 구멍을 통하는 소리를 들을 수 있다. 그리고 기도를 지나 허파로 들어가는 것을 느낄 수 있다. 그 공기의 흐름에 감각을 집중하다가 온몸의 각기 다른 부분에 한 번씩 정신을 집중해 본다. 감각은 평소와 다르게 예민해져 방 안 공기의 흐름까지 느낄 수 있다. 공기의 흐름을 따라 방 안에 있는 사물들을 하나씩 기억해 낸다. 책상 위의 메모지와 몇 가지 필기구가 꽂혀 있는 필통, 적당한 각도로 기운 스탠드, 그 옆에 가족사진, 컴퓨터…… 모든 사물의 위치가 선명하게 느껴진다.

비가 왔다면 더 좋았을 것이다. 비는 모든 소음을 그 속에 녹여 버린다. 빗속에 감싸인 공간은 더욱 고립되어 그의 의식을 한층 더 깊은 곳으로 끌어내리는 마법을 지니고 있다. 하지만 이 빌딩 안에서는 빗소리를 들을 수 없다.

근영은 오래 전부터 하던 상상을 시작한다. 근영의 몸이 들어가면 딱 적당한 크기의 유리관 안에 수영장보다는 따뜻하고, 욕탕보다는 미지근한 액체가 가득 채워져 있다. 그 액체는 약간 끈적거리고 또한 미끈거린다. 액체는 칠흑 같아 외부에서 들어오는 모든 빛을 차단한다. 근영은 물 속에서는 숨을 쉴 수가 없다. 그래서 산소마스크를 쓴 채 그 안으로 잠수를 한다. 산소마스크가 아니라도 좋다. 그저 유리관 밖으로 연결된 스노클 하나면 족하다. 스노클의 길이가 너무 길어서는 안 된다. 그러면 근영의 몸에서 끊임없이 만들어 대는 이산화탄소를 모두 배출할 수 없을 것이다.

따뜻하고, 끈적거리고, 미끈한 액체가 그를 감싸면 잠을 청한다. 무릎을 접어 다리를 가슴까지 끌어올리고 두 팔로 머리를 감싸 안은 채 다음 날 해가 뜰 때까지 잠을 잔다. 아침이 밝아 오는 것조차 알 수 없으리라. 액체는 외부의 모든 소음을 차단한다. 그리고 근육을 항상 긴장시키는 지구의 중력도 없애 줄 것이다. 그리고 숙면을 방해하는 빛도 막아 준다. 이 세상의 모든 방해물이 없어지는 순간, 사고는 완벽한 자유를 찾아 어둡고, 음침하고, 영원한 공간을 날아다닐 것이다. 그것은 사고의 흐름과는 또 다른 세상이다. 시간이 지나면서 그 검은색의 따뜻하고 미끈미끈한 액체는 일상의 모든 피로와 고단함을 감싸고 흡수할 것이다.

과연 그 안에서도 바이올린 소리를 들을 수 있을까? 액체는 심장 고동에 맞추어 기분 좋게 근영을 흔들고 있었다. 나중에 기회가 있으면 액체에 잠긴 채 자신만의 공간으로 젖어들 수 있는 기계를 만들어 보겠다는 생각을 하면서 근영은 기분 좋은 수면으로 스르르 빠져들었다.

혜원은 아직도 기분이 풀리지 않았는지 성찬을 앞서가며 단지 무엇이든 말해야 한다는 의무감 때문에 사무적인 말투로 여러 시설들을 설명했다. 하지만 성찬이 감탄하는 모습을 보면서 점차 자신감을 되찾는 듯했다. 성찬은 복도 바닥의 재질이 무엇인지 궁금했다. 바닥을 장식한 타일은 걸음걸이를 옮길 때마다 발걸음에 탄력을 주면서도 구두와 바닥 사이의 충격과 소음을 완벽히 흡수해 주고 있었다. 그것은 탄소 섬유로 이루어진 신소재였다. 그들 앞에 수정실이라는 표시가 보였다.

"이곳은 프리엠브리오로 성장시킬 수 있는 수정란을 생산하는 곳이죠. 수정란이라고는 하지만 정자와 난자를 가지고 수정하는 것은 아니에요. 저기 보이는 장치는 익명의 기증자들이 제공한 체세포를 특수한 효소를 이용해 증식한 후 그것을 가지고 유전자를 조작하는 기계에요. 그리고 체세포의 핵을 추출해 핵을 제거한 난자에 삽입하는 방식으로 수정란을 만드는 것이지요. 그 수정란을 인공 자궁에 착상시켜 프리엠브리오를 만들어 내요. 이 기술은 클론이라는 이름으로 일반인들에게 잘 알려져 있어요."

'이곳이 기형 인간을 창조하는 첫 번째 단계인가?'

성찬은 생각했다. 그가 스물을 갓 넘을 때였던가, 한때 복제 양 돌리라는 클론 기술의 성공이 사회적 이슈로 떠오른 적이 있었다. 그때 신문 지면에서 복제에 대한 찬반 논쟁이 붙었는데……. 그 다음 해에는 원숭이의 머리를 통째로 이식했다는 뉴스로 떠들썩했었다. 그런데 유학을 마치고 한국에 돌아오니 그 기술을 이용해 신체 장기를 생산하는 기업이 생겨 있었다. 혜원은 설명을 계속했다.

"수정란을 그대로 기르는 것은 아니에요. 저희는 상품 가치를 높이기 위해 몇 가지 작업을 하죠. 두 가지 방법으로 유전자를 변형하는데 첫 번째는 제한 효소(restriction enzyme)와 리가제(ligase)를 이용한 고전적인 방법으로 DNA상의 염기 서열 중 일부분을 잘라 낸 후 다른 염기 사슬로 치환하여 신체 내에서 단백질 거부 반응을 유발하는 유전인자를 제거해 주는 것이죠. 이 방법은 체세포 핵 안의 단백질 거부 반응을 일으키는 수많은 DNA 사슬 하나하나마다 작업해야 하기 때문에 시간이 많이 걸리는 비효율적인 방법이에요. 하지만 현재로서는 가장 확실하게 유전자 조작을 할 수 있다는 장점을 가지고 있죠. 그 작업은 조금 전에 지나온 복도에 늘어서 있던 작업실에서 이루어지고 있고 지금 박사님이 보시는 것은 두 번째 방법이에요. 저기 보이는 기계는 전자를 가속시켜 감마선을 발생시키는 방사광 가속기입니다. 감마선뿐만 아니라 전 주파수대의 전자기파를 발생시킬 수 있죠. 여기선 감마선을 사용하는데 우리는 이것을 유전자 농장이라고 불러요. 미국의 캘리포니아에서도 이러한 방식을 사용하여 농작물의 품종을 개량하는데, 배양실에서 분열시킨 수백억 개의 동일 체세포에 감마선을 쬐면 그 빛의 강력한 에너지로 인해 유전자의 염기 사슬이 분해된 뒤 예측할 수 없는 재결합이 이루어지죠. 그 과정에서 수많은 돌연변이들이 발생하는데 대부분 발생 과정에서 죽지만 아주 가끔씩은 슈퍼 유전인자가 만들어질 수 있어요. 더욱 강하고 수명이 긴 프리엠브리오가 탄생하는 것이죠. 일종의 확률 게임인데 이 장치의 장점은 효소 치환법으로는 개발할 수 없는 전혀 새로운 체세포를 만들어 낼 수 있다는 것이에요. 아직은 저희도 연구 단계지만 기대를 많이 하고 있는 부분이에요."

'그만큼 기형도 많이 나오겠군.'

성찬이 생각했다. 80년 전 히로시마에 투하된 핵폭탄의 방사능 때문에 탄생한 기형적인 2세들의 모습이 생각났다.

"일단 방사광 가속기가 작동을 시작하면 이곳의 모든 사람이 밖으로 대피를 하죠. 방사광 가속기는 자기장 안에서 직각으로 운동하는 전자에 작용하는 로렌츠의 힘을 이용해 전자를 빛의 속도에 가깝게 가속시켜요. 그때 엄청난 양의 전자기파가 발생하는데 근처에 있으면 그 영향을 받게 되죠."

성찬이 애써 감탄해 준 덕분에 혜원은 기분이 많이 좋아진 듯 보였다. 그녀는 자신이 일하는 10구역의 시설들을 은근히 성찬의 연구소와 비교하면서 일종의 우월감을 느끼는 듯했다. 예전부터 혜원이 가지고 있던 버릇이었다. 일종의 경쟁 심리랄까, 모든 것을 다른 사람과 비교하려고 했다. 성찬은 그런 그녀의 기분을 맞추어 주기로 했다. 그의 행동에는 혜원의 속을 긁어 놓아 보았자 이곳에 있을 동안 자신만 불편해지리라는 계산도 들어 있었다.

"저곳은 뭘 하는 곳이지?"

성찬이 가리킨 곳은 마치 은행의 금고처럼 강철 문으로 굳게 닫힌 방이었다.

"프리엠브리오가 자라는 곳인데 안 보시는 것이 좋을 거예요. 유전자 조작과 엔자임(enzyme)의 영향 때문에 상당히 징그럽고 기형적인 모습을 하고 있거든요. 저곳엔 문 박사님의 허락이 없으면 들어갈 수가 없어요. 안에 있는 놈들은 아직 상품화가 안 된 것들이죠. 시험중인 모델이 대부분이에요."

성찬은 마치 괴기 영화에서 나오는 유리관 속을 부유하는 기형적인 인간들을 상상했다.

"3개월까지는 인간과 똑같겠군."

"……."

"뇌를 파괴하는 것이 그때쯤 아닌가?"

"그보다 2주 정도 빠르죠. 우리는 최대한 대뇌를 일찍 파괴해 버리려고 노력하고 있어요."

"유쾌한 기분은 아냐."

"그래요. 홍 박사님만 그런 감정을 느끼는 것이 아니죠. 많은 사람이 나쁜 감정을 가지고 있어요. 하지만 저것들은 아무것도 느끼질 못해요."

"아무것도 느끼지 못한다……. 하지만 태아가 무엇을 느끼고 어떻게 생각하는지는 아무도 알 수 없어. 내가 당신의 생각을 알 수 없듯이."

"박사님 역시 잘 알고 있을 텐데요. 발생 후 8주 정도까지는 신경 세포와 신경교 세포의 폭발적인 분화만 일어난다는 걸…… 의식은 그 연결고리들의 접합이 이뤄진 뒤의 일이죠. 의식이 갖추어지려면 신경 단위세포가 올바른 장소에 자리하여 올바른 접속을 해야 하고 예정된 임무를 수행해야 하죠."

"우리 그런 끝이 없는 얘기는 그만두지. 완전히 다 자라는 데는 얼마나 걸리지?"

"우리는 제조 공정에서 특별한 엔자임을 사용해요. 그것은 프리엠브리오가 빠른 시간에 성장을 마칠 수 있도록 도와 주죠. 수정란에서 세포가 분화할 때는 디퍼런시아제(defferentiase)라는 효소를 사용하고 성장기에 접어들면 프로리퍼라제(proliferase)라는 효소를 사용하죠. 그것 덕분에 하나의 프리엠브리오가 성체로 자라는 데는 6개월이 채 안걸려요. 그것이 이 사업의 경제성에 관한 문제도 해결해 주죠. 성체 프리엠브리오를 하나 만드는 데 인간과 같이 20년이라는 시간이 걸려 버리면 그것을 만들어 팔아 보았자 남는 것이 하나도 없잖아요. 인큐베이터를 운영하는 데에는 엄청난 돈이 들거든요."

'성장을 돕기 위한 효소라……'

성찬의 마음속에 의문이 생겼다. 혜원이 말을 이었다.

"장기는 그 크기가 상당히 중요해요. 심장을 예로 들면 몸무게를 감당할 수 없는 작은 크기의 심장은 이식이 불가능해요. 그 밖의 것들도 마찬가지지만요. 나이와는 별 상관이 없어요. 크기가 중요하죠. 충북음성의 공장에서 대량으로 프리엠브리오를 생산하는데 적당한 크기가 되면 각 장기는 부분별로 해체되어 모델명이 붙은 후 냉동 보관에 들어가죠. 그리고 각 병원의 주문에 따라 판매해요. 우리의 프리엠브리오를 살 수 있는 병원은 자격을 갖추고 있어야 하죠. 개인이 그것을 구입한다는 것은 불가능한 일이에요."

성찬도 그 사실에 관해 어디선가 들은 적이 있다.

"그렇겠군. 수정란이 착상되면 바로 효소를 투여해 주나?"

"예."

"그럼 실제보다 성장이 빠르겠군. 3개월 이전에도 조그만 아이만큼은 자라 있겠어."

"……"

이내 혜원은 성찬의 말뜻을 알아차렸다.

"하지만 대뇌는 그렇지 않아요. 우리에게 의식이 생기고 자아를 느끼는 것은 육체의 성장과는 거리가 멀어요. 아무리 몸이 빨리 자라도 몇 주 사이에 자아를 느끼지는 못하죠. 뉴런의 연결고리가 새로 생기고 또 다시 필요 없는 가지들을 필터링해 내는 단계에서 의식이 형성되는데 그것은 세포 분열과는 또 다른 문제거든요."

"뇌를 제거하지 않는 경우도 있나?"

"그런 경우는 없어요. 수정된 지 3개월 이내에 대뇌를 제거하지 않으면 불법이에요. 그때부터는 인간으로 인정을 받기 때문에 복잡한 법적 문제에 휘말리게 돼요."

"그럴 수도 있겠군."

성찬은 프리엠브리오가 의식을 갖게 되면 자신의 존재에 대해 어떤 감정을 느낄까 생각했다. 그 역시 유쾌한 상상은 아니었다.

"참고로 프리엠브리오는 특별하게 제작된 인큐베이터 안에서 자라고 있어요. 인큐베이터를 유지하는 것은 유전자 조작보다 더욱 복잡한 기술을 요구해요. 우리는 그것을 크게 A, B, C 세 종류로 나누는데 A형은 기계식이에요. 일본에서 개발한 기술을 로열티를 주고 사온 것인데 성장에 필요한 영양과 산소, 호르몬 등의 공급을 컴퓨터가 조절해 줘요. 우리는 그것을 개량하기 위해 태아의 성장과 영양에 관한 연구를 꾸준히 하고 있어요. B형은 생체 인큐베이터로 프리엠브리오 중 돌연변이종을 이용해요. 그 중에서도 암컷을 이용하죠."

성찬은 암컷이라는 말이 귀에 거슬렸다. 아무리 인간이 아닌 프리엠브리오라 해도 어떻게 아무런 느낌도 없이 그렇게 부를 수 있을까.

"프리엠브리오의 자궁에 수정란을 착상하면 영양과 산소 공급의 통로인 탯줄이 생기고 프리엠브리오 스스로가 영양과 호르몬을 수정란에 공급해요. 컴퓨터로 수많은 데이터를 처리해야 하는 기계식과는 달리 모체인 프리엠브리오에 영양과 산소만을 공급해 주면 다른 문제가 해결되니까 비용이 적게 드는 편이죠. 하지만 아직은 개선할 점이 많아요. 어차피 아들 프리엠브리오가 일정한 크기로 성장을 하면 기계식 인큐베이터로 옮겨 주어야 하니까요. 마지막으로 C형은 앞서 말한 A형의 개조형으로 특별히 연구할 가치가 있는 프리엠브리오에서 발생하는 생체 신호와 바이털 사인을 컴퓨터가 처리할 수 있도록 각종 계측 장치와 기계 장치를 설치할 수 있도록 개조한 것이죠."

'기형 어머니의 뱃속에서 자라는 기형 아들이라.'

"이제 공원이 개장하면 이 연구실 중 일부는 견학 코스로 개방될 거예요. 공원은 10구역 아래 다섯 개 층에 자리 잡고 있어요."

성찬은 이왕 혜원의 기분을 풀어 주기로 마음먹었기 때문에 자신의 마음을 숨기고 애써 과장된 표현을 했다.

"굉장하군. 우리 연구소와는 비교도 할 수 없어. 이곳은 과학자들에게 천국과도 같은 곳이군. 내가 생물학이나 의학을 전공했다면 이곳에서 근무하기를 희망했을 거야. 당신이 부러워지는군. 그렇게 싸늘하게 굴더니 결국은 성공을 해서 돌아왔어."

혜원이 성찬을 노려보았다. 성찬의 생각에도 자신의 마지막 말이 혜원에게는 비꼬는 투로 들렸으리라.

"이혼을 하셨더군요."

혜원이 싸늘한 억양으로 성찬에게 말했다.

"그런 것까지 알고 있었군. 어차피 나와는 맞지 않는 여자였어. 나이가 차서 억지로 가정이라는 것을 꾸미긴 했는데…… 나도 평범한 삶을 살기는 틀렸나 봐. 결혼은 아직 안 했지?"

"예, 안 했어요."

혜원이 아주 짧은 순간 희미한 미소를 지어 보였으나 성찬은 그것을 못 본 체했다. 둘은 아무 말 없이 복도를 돌았고 성찬은 그런 어색한 분위기를 바꿔 보려고 다른 말을 꺼냈다.

"아들은 엄마와 같이 지내죠?"

혜원이 그 사실까지 알고 있다는 것에 성찬은 놀랐다. 그다지 유쾌한 기분은 아니었지만 티를 내지는 않았다. 아들은 2주에 한 번씩 주말마다 성찬의 집으로 오는데 이번 주는 아내의 집으로 아들을 데리러 가야 하는 주였다. 성찬이 말을 돌렸다.

"이곳 시설은 굉장하군. 이것들을 움직이고 제대로 작동하도록 통제하는 일도 쉽지는 않겠어."

"그렇지 않아요. 이 모든 시설과 장비를 메탈 브레인이라는 슈퍼컴퓨터가 제어를 해 줘요. 이 빌딩의 이름으로 더 많이 알려져 있죠."

성찬은 혜원과 함께 저녁을 먹으러 식당에 들어갔다.

"그런데……"

성찬은 또다시 자신을 부른 이유가 궁금해졌다. 짐짓 아닌 체하며 은근히 떠 보았다.

"도대체 무슨 속셈이지? 나에게 성공한 모습을 보여 주고 싶었다면 사양하겠어."

"꽤 심술스러워지셨군요."

혜원은 입 안에 있는 음식물을 삼키고는 한마디 말을 꺼내고 다시 음식을 입 안에 넣었다.

"이상해 그리고 불안해. 당신같이 따뜻한 정이라곤 없는 여자가…… 특별한 이유가 없다면 날 부르지 않았겠지…… 영원히…… 날 부르지 않았을 거야. 난 벌써부터 걱정이 된다구."

성찬이 띄엄띄엄 말을 했다. 혜원이 물끄러미 성찬을 바라보고는 미소 지어 보였다.

"예전보다 겁이 많아졌군요. 전에는 저를 좋아했잖아요. 반갑지도 않아요?"

혜원은 한층 자신 있는 말투였다.

'도대체 무엇을 숨기고 있을까?'

성찬이 생각했다.

"하하. 그건 젊을 때 얘기지. 지금은 예전보다 조심스러워졌어. 그리고 당신이란 여자를 감당할 자신이 없어. 그 얘기는 이제 그만두고 싶군. 이제 날 왜 불렀는지 그 이유를 알고 싶은데?"

"아까 말씀드렸잖아요. 인공지능의 심리를 분석하고 싶다구요."

분명히 다른 속셈이 있다는 것을 성찬은 알 수 있었다.

"그래, 조급할 필요는 없겠지. 아마도 나를 부른 당신이 더욱 조급할 테니. 내 말이 틀렸나?"

"말솜씨가 많이 느셨군요. 여전히 능청스럽구요."

"당신도 마찬가지야. 여전히 속을 알 수가 없어. 그런데 요새도 달리기를 하나? 미국에 있을 땐 매일 10킬로미터 이상을 달렸잖아."

혜원이 '풋' 하고 웃음을 지었다.

"달리고는 싶지만, 서울에 온 이후로 기회가 별로 없었어요. 장소도 마땅치 않구요. 아무리 기계가 좋아도 스포츠 센터에서 달리는 것은 영 내키지 않거든요. 하지만 그만둔 건 아니에요. 잠시 쉬고 있는 거라고 생각해요. 여유가 생기면 다시 달릴 거예요."

둘은 나란히 복도를 걸어갔다. 여덟 시가 조금 지나고 있었다. 성찬은 구두 밑창에 느껴지는 부드러운 감각에 정신을 집중하며 걸었다.

"그럼 오늘은 더 이상 할 일이 없는 건가?"

"여기의 책임자는 문근영 박사예요. 지금 그 사람 심통이 단단히 났으니…… 오늘은 이만 쉬세요."

"이른 시간이군. 바쁜 사람을 불러 놓고 잠이나 자라니."

"방 안에 필요한 것은 모두 있을 거예요. 책을 읽고 싶으시면 제게 얘기를 하세요."

"알았어. 그런데 당신 말만 듣고서는 알 수 없겠지만, 문 박사라는 사람 참 성격이 이상하더군."

"예전에는 안 그랬어요."

"무슨 말이지? 그럼 전에는 성격이 좋았다는 거야?"

혜원이 잠시 걸음을 멈추고 성찬을 바라보았다.

"일 년 전 아내와 딸을 교통사고로 잃었어요. 그 이후론 성격이 이상하게 변했어요. 심한 우울증 같기도 하고 어떤 때는 자폐증 환자 같기도 해요. 제가 도파민을 권해 봤지만 거부하더군요."

'당연히 그런 것을 권했겠지.'

성찬은 그러한 자신의 불쾌한 생각을 내비치지 않았다.

"그럴 수도 있겠군."

"그 파일, 한 번쯤 읽어 보세요. 적어도 내일 아침에 간단한 대답이라도 해야 하잖아요. 홍 박사님을 이곳으로 부른 것은 전데 아무것도 보여 주지 않는다면 제 입장이 난처해져요."

성찬이 고개를 끄덕였다.

'쿵' 하는 소리에 깜짝 놀란 근영은 잠에서 깨어났다. 그러곤 반사적으로 무릎을 손으로 쓰다듬었다. 소파에서 떨어지며 무릎을 바닥에 부딪친 것이다.

'얼마나 잤을까?'

그의 온몸은 땀으로 젖어 있었다. 기분 나쁜 꿈을 꾸었지만 기억할 수가 없었다. 빠른 속도로 심장이 두근거리며 가슴이 아려왔고 무엇에 놀랐는지 손끝이 가늘게 떨리고 있었다.

'도대체 무슨 꿈을 꾸었기에 이렇게 된 것일까?'

근영은 냉장고에서 시원한 물을 한잔 꺼내 마신 후 의자에 앉아 자세를 바로잡고는 꿈을 기억해 내려 애썼다. 무언가 불에 타는 기분 나쁜 냄새를 기억했고, 이내 자신의 이름을 부르던 메아리도 기억해 냈다. 누가 자신을 애타게 부르고 있었다. 근영은 그 부름을 따라 움직이려 했지만 몸이 말을 듣지 않았다. 주위는 온통 불에 휩싸여 있었다. 그리고 그 사이로 수많은 사람이 뛰어다니고 있었다.

'가위에 눌렸나 보군……'

근영은 낮에 돌아보지 못한 여러 실험실을 둘러보기 위해 자리에서 일어났다.

3. 메탈 브레인을 배회하다

우리들의 관점에서 퍼스노이드가 '불구'

- 가령 그들이 우리처럼 듣거나 보지

못한다는 의미에서 - 라고 정의 내린다면

그야말로 터무니없는 짓일 것이다.

그들의 관점에서 본다면, 장애자는 바로 우리 인간일 수 있다.

우리들은 수학의 현상론을 즉시 알아차리지도 못하고,

기껏해야 두뇌의 추론이라는 방식으로밖에는

이해하지 못하니까 말이다. 그런데 그들은 그 속에서 살고 있다.

수학적 현상론은 그들이 숨쉬는 공기, 구름, 마시는 물,

그리고 그들의 주식인 셈이다.

그렇다. 그들이 먹고 사는 밥이다.

어떤 의미에서 그들은 거기에서 영양분을 섭취하기 때문이다.

그들이 기계 속에 갇혀 있다는 말은 헛소리에 불과하다.

- 스태니슬라부 렘

≡ 무엇을 느낄 수 있니?

≡ 불규칙한 원형의 기둥 위에 불규칙한 초록색 계통의 물체, 초록색 계통의 물체는 작은 초록색 물체들 1만 5,482개가 모여 있다.

나래는 10초 정도 생각을 하고는 대답했다.

≡ 그건 나무야. 나는 잎이 몇 개인지 몰랐는데, 나래는 금방 알아내는구나.

≡ 나무. 초록색 작은 조각들은 잎. 그런데 어떻게 잎의 숫자를 세지 않고 나무를 이해할 수 있지?

≡ 그런 건 숫자랑은 상관없어. 전체적인 모양이 중요한 거야. 이름은 플라타너스.

≡ 숫자랑 상관이 없다?

나래는 물음표를 사용해 간단히 의문문을 만들었다. 나는 나래에게 또 다른 플라타너스 나무를 보여 주었다. 지금 나의 모니터에 그래픽으로 표현된 플라타너스와 똑같은 나무를 나래는 느끼고 있을 것이다. 하지만 그가 느끼는 플라타너스가 내가 느끼는 것과 같다는 것을 확신할 수가 없었다.

≡ 지금 느끼는 것은 또 다른 플라타너스야.

나는 그의 두뇌에 직접 그래픽을 입력해 주기 때문에 '보이다'라는 표현 대신 '느끼다' 라는 표현을 사용했다.

　≡ 어떻게 둘의 이름이 똑같지? 둘은 다른 모습이다.

　≡ 잘 봐. 가운데 원기둥의 이름은 줄기인데 크기와 모양이 조금 다르지만 둘의 모습은 비슷해. 그리고 큰 기둥과 이어진 작은 기둥들은 가지라고 부르는데 그것들이 뻗어 나온 방법이나 모양들 역시 비슷해. 가지에 연결된 초록색 잎들의 모습도 비슷해. 그래서 둘은 같은 플라타너스 나무야.

　≡ 잎을 1만 5,482개 가진 플라타너스 나무와 2만 4,573개 가진 플라타너스 나무.

　나는 나래에게 플라타너스 말고 다른 나무의 모습을 보여 주었다. 역시, 나래는 그것들을 숫자로 분석해 각각 다른 존재로 인식하였다.

　≡ 이제 나에게는 플라타너스 나무 세 개, 버드나무 두 개, 은행나무 한 개가 있다.

　나래는 하나의 단어와 그와 관련된 삼차원 그래픽을 배울 때마다 그것을 자신의 것이 되었다는 말을 했다. 무슨 의미일까? 새로운 것을 알게 된 걸 그렇게 표현하는 것일까?

　잠에서 깬 성찬은 낯선 주위의 모습에 의아했으나 금세 이곳이 메탈 브레인 빌딩 10구역이라는 생각을 해 냈다. 시계는 오전 10시를 지나고 있었다. 성찬은 그대로 침대에 누워 깊은 생각에 잠겼다. 침대가 매우 깨끗하면서도 편했다. 집에 있는 침대는 똑바로 누워 자면 아침에 허리가 아프곤 했는데……. 어제는 정신이 없어 알지 못했지만 방 안의 모든 시설물이 최고급 제품이라는 것을 알 수 있었다. 호텔 방처럼 화려하지는 않아도 가구와 집기들이 잘 어울리며 독특한 멋을 자아내고 있었다. 그것들은 성찬에게 마치 몇십 년 후의 세상에 머무는 듯한 착각까지 불러일으켰다.

"일어나셨군요. 편한 밤이었는지요."

성찬은 방 안을 꼼꼼히 살펴보았다. 어디에도 스피커라든가 카메라의 모습은 보이질 않았다. 마이크 역시 보이지 않았지만 성찬은 허공에 대고 말을 해 보았다.

"밤새 날 감시했나 보군."

성찬의 말투에는 늦잠 잔 기분 좋은 아침을 망쳐 버렸다는 원망이 가득 담겨 있었다. 천장에서 혜원의 말이 이어졌다.

"죄송해요. 하지만 10구역 외에도 보안이 요구되는 곳에는 모든 격실에 보안장치가 설치되어 있어요. 그렇게 기분 나쁘게 생각하지 마세요. 실은 박사님이 너무 곤하게 주무시는 거 같아서 깨우질 못하고 있었어요."

"하긴 좀 늦잠을 잤군."

"먼저 세면을 하세요. 왼쪽 앞에 보이는 문이 욕실이에요. 잠시 후 저희 직원이 식사를 가지고 갈 겁니다. 식당은 이미 점심 식사를 준비하고 있을 거예요."

"고맙군요. 한혜원 박사."

물줄기를 맞으며 가만히 서 있자니 또다시 옛 생각이 떠올랐다. 혜원은 학문적인 욕심 외에도 출세욕이 많은 여자였다. 그리고 빈틈이 없는 여자였다. 유학 시절 아침에 일어나 창밖을 바라보고 있으면 언제나 정확한 시간에 몸에 달라붙는 반바지를 입고서 언덕을 넘어 달려오는 그녀의 모습을 볼 수 있었다. 그러면 성찬은 냉장고에 준비해 둔 물병을 들고 밖으로 뛰어나갔다.

"인턴 생활을 하려면 체력이 좋아야 해요. 게다가 여자는 남자보다 두 배로 일을 해야 인정을 받을 수가 있죠."

혜원은 성찬의 질문에 거친 숨을 내쉬며 이렇게 대답하곤 했다. 당시 성찬은 혜원이 자신에게 특별한 감정을 가지고 있다고 믿었다.

한번은 저녁에 시간을 내어 샴페인과 꽃을 준비하고는 혜원에게 자신의 마음을 보이려고 했지만 어떻게 눈치 챘는지 이런 말을 했다.

"전 저보다 똑똑하지 못한 남자와는 아예 대화를 하지 않아요. 그래서 성찬 씨를 만나는 거예요. 성찬 씨는 저보다 머리가 좋아요. 재능도 많은 사람이구요. 그뿐이에요. 다른 뜻은 없어요."

성찬의 입을 먼저 막아 버린 것이다.

"내가 똑똑해서 좋다는 말이군. 그런데 이렇게 바보 같은 심리학자라니."

성찬은 며칠 동안 준비했던 말 대신 씁쓸하게 웃으며 이렇게 대답할 수밖에 없었다.

"심리학자라고 해서 여자의 마음까지 읽을 수 있는 것은 아니잖아요. 그렇지 않나요?"

미국에서 혜원과의 관계는 그 이상 발전하지 않았다. 그 후에 성찬은 한국으로 귀국해 나름대로 심리학 연구에 몰두했다. 몸이 멀리 떨어져 있었기에 자연스럽게 혜원과의 연락도 끊겼다.

어느 새 다녀갔는지 성찬이 샤워를 마치고 나오자 방에는 아침 식사가 준비되어 있었다.

"30분 후에 뵙겠습니다."

또다시 스피커에서 혜원의 목소리가 흘러나왔다. 성찬은 보이지 않는 상대와 대화를 나누기 싫어 그 말에 대답하지 않고 바로 식사를 시작했다. 책상에 놓인 사물들 위치가 조금 바뀌어 있었다. 아마 혜원의 지시로 식사를 가지고 온 직원이 뒤져 보았으리라. 하지만 성찬은 아무런 기록도 남기질 않았다. 그저 어젯밤 늦게까지 파일을 읽어 본 것뿐이었다. 파일의 내용은 전문가가 아니더라도 인공지능이 어떠한 상태인지 추측을 할 수 있었다. 누가 보아도 그 기계가 심한 불안감을 느끼고 있다는 것은 쉽게 알 수 있었다.

'혜원은 무엇 때문에 이런 자료를 나에게 준 것일까? 아침부터 부산을 떨고…… 자신의 불안한 마음을 알아채도록 하고…… 그녀의 문제에 더욱 적극적으로 참여하도록 하기 위해서인 걸까?'

성찬의 마음은 편하지 않았다.

'아직도 이곳에서 사흘이나 더 보내야 하다니……'

성찬은 벽에 걸린 달력을 바라보았다.

"오늘이 목요일이니까 토요일에나 나가겠군."

토요일에는 큰 글씨로 메모가 하나 적혀 있었다.

직원 한 명이 복잡한 복도를 지나 어제의 실험실로 성찬을 안내했다. 방 안에서는 혜원이 성찬을 기다리고 있었다.

"홍 박사님. 편하게 주무셨어요?"

"유치한 장난을 치는군. 문 박사는?"

말이 끝나기도 전에 문 박사가 안으로 들어왔다. 그는 프리엠브리오 성장실에 다녀오는 길이라고 말했다. 간단한 인사가 끝나고 자리에 앉자마자 성찬이 먼저 인공지능에 관한 말을 꺼냈다.

"한혜원 박사. 그 인공지능의 이름이 뭐예요?"

성찬이 한 질문은 그리 중요한 말이 아니었음에도 앞에 앉은 근영과 혜원은 상당히 당황하는 기색을 보였다. 그저 이름이 무엇이냐고 물어 보았을 뿐인데, 도대체 무슨 이유가 있을까 하고 성찬은 곰곰이 생각해 보았다.

"그러니까 제 말은…… 박사님들께서 그 인공지능을 부르는 명칭이 있을 것 아닙니까. 계속 그 인공지능이라고 부를 수는 없는 노릇이니까요."

"그건……"

혜원이 무언가 말하려 했지만 성찬이 기다리지 못하고 중간에 말을 끊고 들어갔다.

"그럼 지금부터 그 인공지능을 X라고 부르겠습니다. 상관없죠?"

"예. 그렇게 하세요."

혜원이 대답했다. 근영은 여전히 시큰둥한 표정이었다. 도대체 무슨 이유일까? 그들이 연구를 진행하면서 독자적인 사고를 가진 인공지능 에게 아무런 이름도 지어 주지 않았을 리가 없다. 그렇다면 그 이름이 특별히 의미하는 게 있는 걸까?

"한혜원 박사는 저에게 X의 심리 분석을 의뢰했습니다."

"예."

"그러니까 두 분께서 궁금해 하시는 것이 X의 심리 분석과 앞으로의 행동에 대한 예측입니까?"

"맞습니다."

간만에 근영이 입을 열었다. 그 역시 그 부분에 대해선 관심이 많다는 듯 방금 전과는 다른 태도를 보였다.

"여러분들은 X의 상태가 어떻다고 생각하세요?"

혜원이 그 대답을 했다.

"X는 심리적으로 상당히 불안한 상태입니다. 박사님 생각은 어떠세요?"

"제 생각도 한혜원 박사와 같습니다."

성찬은 그 외에 무슨 대답이 더 필요하냐는 제스처를 취해 보였다. 그러한 성찬의 태도에 혜원이 실망하는 기색을 보였다. 성의 없어 보이는 성찬의 태도에 그를 불러들인 혜원의 입장이 난처해졌을 수도 있으리라. 혜원은 무슨 말을 해야 할지 곰곰이 생각하는 눈치였다. 하지만 성찬의 말이 조금 더 빨랐다.

"한혜원 박사가 제게 준 자료는 X와의 대화를 단편적으로 편집한 것이더군요. 중간 중간에 많은 부분이 빠져 있어요. 어떤 대화를 보더라도 불안함 이외에는 다른 것을 알 수가 없어요. 그리고 X가 대답한 문장을 보니 조금 어색한 느낌이 들더군요. 왜 그럴까 생각을 해 봤는데 문장에서 인칭이 모두 삭제되어 있었어요. 그래서 어색한 문장처럼 보였던 거죠. 그래서 제가 이름을 물어 보았던 거예요. 한 가지 더 있습니다. 이번엔 제가 여러분께 질문하겠습니다. X는 움직일 수가 없습니다. 제 말이 틀렸나요?"

혜원은 성찬의 말에 동의했다. 근영은 아무런 대답 없이 성찬을 주시했다. 성찬은 근영의 눈빛을 외면하지 않은 채 천천히 말했다.

"그렇다면 한 가지 문제가 생기는군요. 여러분도 잘 아시겠지만 X의 사고 수준은 10살 안팎의 아이 수준입니다. 여러분이 제게 준 자료가 부족해 확신은 할 수 없지만 수학적 능력은 상당히 높으리라고 예상하고 있습니다. 그런 아이가 어느 순간 육체라는 것이 있다고 깨달아 봅시다. 그때 X는 자신의 존재 이유를 이해할 수 있을까요? 아무리 똑똑해도 그것이 X 자신의 존재에 전혀 도움이 되지 않는다면 그는 절망에 빠질 수도 있어요. 솔직히 이런 예측은 저 역시 자신이 없기는 마찬가지지만, 인공지능을 연구하는 사람들 대부분이 비슷한 얘기를 하고 있어요. 그런 아이가 절망에 부딪혔을 때는 깨끗이 포기하거나 아니면 흉포해지죠. 하지만 X의 경우는 저도 잘 모르겠군요. 제가 모르겠다는 이유는 첫째, 그가 너무 불안해하고 있어요. 어쩌면 X가 이미 육체라는 것을 깨달았기 때문일 수도 있다는 생각이 듭니다. 둘째, 정서가 느껴지질 않습니다. 이상한 일이지요. 매우 불안해하지만 정서가 메말라 있는, 지극히 지능이 높은 자아라고 봐야겠지요. 불안함도 하나의 정서라고 볼 수 있지만요. 그리고 셋째…… 이것이 가장 중요한 것인데 어떤 판단에 있어서 너무 논리적이고 계산적입니다. 그에게 있어 모든 판단은 선택의 문제더군요. 기계니까 당연한 것일 수도 있지요."

"X가 느끼는 불안감을 해소할 방법이 없을까요?"

성찬은 혜원의 얼굴을 똑바로 쳐다보았다.

"여러분이 제게 주신 자료로는 그 말씀밖에 드릴 수 없습니다. 한혜원 박사……"

"……"

"무엇이 그렇게 불안하지? 공원 개장식 때문인가?"

혜원이 그 말에 놀란 듯 갑자기 고개를 쳐들었다.

'무엇 때문에 저렇게 민감한 반응을 보이는 것일까?'

근영은 여전히 말없이 성찬을 주시하고 있었다. 성찬은 별거 아니라는 듯이 말했다.

"달력에 빨간 글씨로 메모돼 있었어요. 토요일이더군요."

성찬은 근영과 혜원 두 사람의 표정을 좀 더 자세히 관찰하기 위해 바보 같은 말을 던졌다.

"지금 통제가 불가능한 상황에 빠졌다면, 그래서 무슨 사고가 날까 걱정이 된다면 전원을 잠시 꺼 두면 되잖아요? 그리고 안전장치를 만든 후에 다시 전원을 넣으면 될 텐데요."

"그것은 쉽지가 않아요. 우리가 만든 인공지능은 의식의 흐름이 자연스럽게 연결되는 방식이기 때문에 저장할 수 있는 성질의 것이 아니에요."

"그래도 배운 것들을 기억할 수 있다면 어딘가 저장이 되고 있다는 말이 아닌가요?"

"하지만 하드 디스크와는 다른 거예요. 휘발성이 강한 메모리에 저장이 된다고 생각하면 돼요. 잠깐이라도 활동이 중단되면 지금까지 배우고 기억해 놓은 것이 모두 사라져요. 환경에 대해 분석하고 그것을 학습하는 능력을 배가하기 위해 지금 것과는 다른 유동적인 기억 장치를 사용했어요."

근영은 침착했지만, 혜원은 당황스러움을 감추지 못했다.

'문 박사의 눈치를 보고 있군. 무엇이 부담스러운 것일까?'

성찬은 분자생물학자인 근영이 인공지능 개발에 참여했다는 사실을 믿을 수가 없었다. 오히려 뇌생리학자인 혜원이 그것을 만들었다면 이해가 가겠지만.

"저를 도대체 왜 불렀는지 알 수가 없군요. 두 분께서 이런 식으로 나오신다면 제가 무슨 도움이 돼 드릴 수가 있겠습니까. 이만 돌아가고 싶습니다."

근영은 지금의 상황이 재미있다는 듯이 '쿠쿠' 하고 웃더니 프리엠브리오 성장실을 한번 둘러봐야 한다며 밖으로 나가 버렸다. 그의 표정은 '당신의 도움은 필요 없어. 그까짓 심리 분석을 해 봤자 변하는 것이 있을까?' 하고 말하는 것 같았다. 근영이 밖으로 나가자 혜원은 무슨 생각을 그리 골똘히 하는지 자리에서 일어나 연구실 안을 서성거리기 시작했다.

"저도 잠깐 다녀올 데가 있어요. 방에 가서 기다리세요."

메디컬 네트워크에 관한 기자 회견 후 보건부와 정보통신부 관계자들과 간단히 점심을 마친 남식은 자신의 사무실로 돌아왔다.

"사모님께 전화가 왔었어요. 기자 회견이 잘 되었는지 궁금해하시더군요."

남식은 비서의 말을 듣는 둥 마는 둥 하면서 방으로 들어갔다.

'빌어먹을, 그 일 때문에 전화를 했군.'

아내는 며칠 전부터 내일 저녁의 약속을 남식에게 확인했다. 친구들과 약속이 있는데, 남편들도 같이 나오기로 했다는 것이다. 하긴 그녀의 허영심에 자신이라는 존재는 훌륭한 보석이 될 것이다.

"제길, 이렇게 중요한 때에……."

하지만 그 동안 바쁘게 지내면서 아내를 서운하게 한 것이 많아 시간을 내기로 약속했던 것이다. 아내는 항상 자신이 그녀를 무시한다는 생각을 가지고 있었다. 남식도 그것을 알고 있었다. 버릇을 고치려고 하면서도 별 생각 없이 꺼낸 말로 인해 싸움이 벌어지는 경우가 많았다.

"오후에는 메디컬 네트워크의 문제로 한국 통신 측과 미팅이 있어요. 그것이 끝나면 바로 공원 행사 때문에 에이전트와 미팅이 준비되어 있습니다."

비서가 조심스럽게 말했다.

"알고 있어요."

정말 눈코 뜰 새 없는 날들이다.

'빨리 일주일이 지나갔으면…… 이런 복잡하고 초조한 과정 없이 바로 사장이 될 수 있다면 얼마나 좋을까?'

이번 일이 끝나고 정리가 되면 특별 휴가를 신청해 그 동안 제대로 못한 가장 역할을 해 보고 싶었다.

성찬은 방에 들어와 잡지를 뒤적였다. 대부분이 의학 관련 잡지였는데 성찬의 관심을 끄는 내용은 없었다. 잡지에는 모두 PT의 광고가 실려 있었다. 광고를 실었기 때문에 잡지사에서 보낸 책들로 보였다. 혜원이 찾아온 것은 한 시간 정도 지난 후였다. 그녀는 성찬을 실험실로 안내했다. 그녀의 표정은 중대한 결심을 한 사람처럼 단호해 보였다.

"문근영 박사는?"

"지금 상담중이세요."

"상담이라니?"

"난자를 제공할 여성과 상담중이세요. 자주 있는 일이에요. 보상 문제와 함께 비밀을 지켜준다든가, 난핵을 제거하기 때문에 유전적으로 문제가 발생하지 않을 것이라는 등의 말을 하죠."

"문 박사가 직접? 그런 일은 다른 사람이 해도 될 텐데."

"그건 굉장히 중요한 일이에요. 먼저 제공자에 대해 철저한 비밀이 보장되어야 해요. 모든 여성의 난자가 적합한 것은 아니에요. 남자든 여자든 세포핵의 반쪽은 아버지에게서 받지만, 세포질의 모든 부분은 어머니에게 물려받아요. 지금까지는 제대로 알려져 있지 않지만 난자의 특성은 프리엠브리오의 발생과 성장에 많은 영향을 미치죠. 문 박사님은 그것을 특별히 중요하게 생각해요. 마치 아들을 낳아 줄 대리모를 구하는 것처럼 강한 집착을 가지고 있어요."

"알이 좋아야 한다는 말이로군."

혜원이 잠시 생각한 후 말을 이었다.

"문근영 박사가 특별히 성찬 씨에게 감정이 있어서 그러는 것은 아니에요. 모든 사람에게 항상 그런 식으로 대하죠. 아무 말 없다가 갑자기 실성한 사람처럼 웃어 버릴 때도 있어요. 기분 나쁘게 생각하지 마세요."

혜원은 성찬보다 근영의 행동이 신경이 쓰였던 것이다. 혜원이 말을 이어 갔다.

"실은 전원을 끌 수가 없어요."

"그게 무슨 말이지?"

혜원은 아까 성찬이 잠시 전원을 꺼 두면 되지 않느냐고 한 질문에 대한 대답을 하고 있었다. 성찬은 도무지 모르겠다는 표정으로 혜원의 다음 말을 기다렸다.

"X의 이름이 궁금하셨죠?"

성찬이 고개를 끄덕였다. 혜원이 잠시 뜸을 들인 후 말했다.

"나래예요."

"나래…… 날개라는 뜻인가? 어쩐지 사연이 있는 이름 같군."

"나래는 이곳 10구역의 컴퓨터 안에 있어요. 자연스럽게 컴퓨터 언어를 배웠고 지금은 상당한 수준에 이르렀어요. 사내 네트워크를 통해 메탈 브레인까지도 조종할 수 있게 되었어요. 결국 나래는 메탈 브레인을 조작해 10구역의 시스템이 꺼지지 않도록 만들어 버렸죠. 하긴 원래 꺼지지 않도록 설계된 시스템이지만요."

"이해할 수 없군."

"무얼 이해할 수 없나요?"

"첫 번째는 인공지능이 컴퓨터를 배웠다는 것 자체가 이해가 안 되고, 두 번째는 어떻게 컴퓨터를 조종했다는 것인지…… 위험을 알고 있었을 텐데 당신들이 가르쳐 주었을 리는 없잖아."

"어떻게 컴퓨터를 배웠는지는 저도 알 수가 없어요."

성찬이 고개를 갸우뚱했다.

"나래를 교육하는 과정에서 우리는 편의를 위해 이곳 컴퓨터와 연결했죠. 그래픽과 같은 방대한 정보는 컴퓨터를 사용하지 않고는 가르칠 수가 없었어요."

"당신들이 컴퓨터를 가르쳐 준 것이 아니란 말이지……."

성찬이 미심쩍은 투로 물었다.

"예, 가르쳐 주지 않았어요."

혜원이 강한 어조로 말했다.

성찬은 석연치 않은 표정으로 혜원을 쳐다보았다. 혜원은 그러한 성찬의 마음을 알아차렸는지 서류함에서 CD롬을 하나 가지고 왔다.

"이걸 보시면 조금은 도움이 될 거예요."

"뭐지?"

"당신이 궁금하던 것. 나래의 능력이 어느 정도인지도 알 수 있을 거예요. 그리고 제 걱정이 무엇인지도."

CD롬 안에는 1번부터 6번까지의 번호가 붙은 동영상 파일이 있었는데, 혜원이 그 중 1번 파일을 열자 바로 화면 전체에 견고하게 생긴 지하 주차장의 차고 문이 나타났다.

'그 장면이로군.'

성찬은 그것이 얼마 전 지하 주차장에서 일어난 사고 장면이라는 것을 쉽게 알 수 있었다. 그 문은 이곳에 들어오기 전에 아침 신문에서 본 적이 있는데 그 사진에서는 볼품없이 찌그러진 채 기중기에 의해 활짝 밖으로 젖혀진 모습이었다.

정지해 있는 화면인가 싶었지만 잠시 후 차고 앞으로 은색 승용차가 느린 속도로 다가왔고 차고 문이 스르르 열렸다. 받침대가 내려오지 않았다는 것은 화면을 통해 보아도 뚜렷이 보였다. 하지만 컨베이어 벨트는 차를 앞으로 진행시켰다. 그 차의 운전자는 그 사실을 모르는 듯한 표정이었다. 그러고는 앞바퀴가 걸리며 차의 바닥 부분이 입구에 걸리자 뒤에 서 있던 승용차에서 젊은 여자 한 명이 뛰쳐나왔다. 당황해하는 운전사의 뒷모습이 언뜻 보였다. 여자는 비명을 지르고 있었다. 잠시 후 직원들이 달려왔다.

성찬의 심장이 빠르게 뛰었다. 마치 영화 속 한 장면 같지만 그것은 실제로 사람이 죽임을 당하는 장면이었다. 직원 한 명은 차의 무게 중심이 앞으로 쏠리지 않도록 뒤 범퍼 위에 올라탔고 다른 사람은 운전자가 내리는 것을 돕기 위해 앞 좌석 쪽을 향했다. 하지만 사람들의 노력에도 불구하고 차는 위에서 내려오는 받침대에 눌려 종이 상자처럼 찌그러지며 몇 번 들썩하더니 주차고 안쪽으로 스르르 빨려 들어갔다. 뒤 범퍼에 올라탔던 사람은 뒤로 넘어졌고 여자는 비명을 질러 댔다. 직원들이 패널을 조작하며 기계를 멈추려 애썼지만 엘리베이터는 몇 번이나 오르내리며 바닥으로 떨어진 은색 승용차를 내리 눌렀다.

"저 차에 타고 있던 사람이 김기현이라는 기호학자인가? 완전히 납작해졌겠는걸."

혜원이 고개를 끄덕였다. 성찬은 그 장면을 몇 번이고 되풀이해서 보았다. 하지만 차고 엘리베이터가 고장 났다는 것 외엔 이상한 점을 전혀 발견할 수 없었다. 신문에서는 엘리베이터의 안전장치와 컨트롤러에 문제가 있었다고 했다. 그런데 혜원이 이것을 보여 주는 데는 이유가 있을 것이다. 단순한 고장이라면 굳이 보여 줄 이유가 없다.

'무언가 이상한 점을 발견한 것일까? 그저 차고가 정상으로 작동하지 않았다는 사실을 보여주려는 것은 아닐 텐데.'

"뭐가 문제지?"

"다음 파일을 보세요."

혜원은 나머지 2번부터 6번까지 동영상 파일을 차례로 보여 주었다.

"사고가 나기 전에 저장된 것들이에요. 경찰과 조사단은 결국 엘리베이터 불량으로 발생한 사고라고 결론을 내렸어요. 중앙정보실 친구들조차 아무것도 발견하지 못한 것 같아요. 하지만 저와 문근영 박사님은 알 수가 있었어요."

"모두 정상으로 작동하는군. 여기서 뭘 발견한 거지? 난 아무것도 모르겠는데."

1번 파일보다는 화질이 떨어졌지만 화면에 나타나는 모습은 모두 똑같았다. 여러 대의 자동차가 지나다녔고 그에 따라 문이 열리거나 닫혔다. 어디에서도 이상한 점은 발견할 수 없었다.

"이번에는 좀 초점이 안 맞았군. 화면도 어둡고."

"바로 그 점이에요."

"어떤 것? 화면이……."

순간 성찬 역시 한 가지 사실을 느낄 수 있었다. 만약 인공지능이 시스템을 조종할 수 있다면…….

"승용차의 진입을 카메라를 통해서 알았던 건가?"

"그것은 아니에요. 카메라를 이용하지 않고도 충분히 김기현 씨의 차라는 것을 알았을 거예요. 그의 차가 주차장으로 진입할 때 컴퓨터는 등록된 사실을 확인하고 그에게 몇 번 주차고로 가야 할지 알려 주니까요. 아마도 그런 것들을 이용해서 그의 차를 3번 주차고로 유인했을 거예요. 그런데……."

"……."

"나래라는 인공지능은 시각에 상당히 민감해요."

"생소한 말이군. 인공지능이 시각에 민감하다니."

"인공지능이 처음에는 백지 상태였다는 말을 했었죠?"

성찬이 고개를 끄덕였다.

"우리가 인공지능을 만들고 처음으로 입력한 신호는 디지털 카메라를 통해 삼차원으로 편집된 화상 정보였어요. 단어를 가르칠 때도 삼차원 그래픽을 이용했죠. 사전식으로 단어를 입력한 것이 아니라 실제 인공지능이 그것을 느낄 수 있도록 한 거예요. 그 때문에 나래는 시각 데이터에 예민한 반응을 보이죠. 아마도 김기현 씨의 죽음을 확인하고 싶었을 거예요."

"더 잘 보기 위해 카메라의 초점과 위치를 정확히 맞추어 놓았다는 말이로군. 하지만 그래도 잘 이해가 안 돼. 인공지능은 컴퓨터가 아닌가? 컴퓨터가 시스템을 통해 입력되는 정보보다 화상 정보에 더 민감하다니 그게 말이 돼?"

"기존 컴퓨터와 비교를 하려고 하면 안 돼요."

"아까는 나래라는 인공지능이 이곳 컴퓨터 안에 있다고……"

"제가 말을 잘못했어요. 나래는 컴퓨터 안에 있는 것이 아니라 컴퓨터와 연결되어 있어요. 컴퓨터는 그에게 언어를 가르치기 위한 수단에 불과해요."

성찬은 고개를 천천히 끄덕거리며 말을 이었다.

"그럼 중앙정보실 친구들도 나래라는 인공지능 프로그램의 존재를 모르고 있다는 거야?"

"예."

혜원이 짧게 대답했다.

"그렇게 되었군. 그래서 전원을 끌 수도 없다는 건가? 인공지능의 능력이 그 정도인가? 시스템을 임의로 조정하다니 쉽지는 않을 텐데. 신문에는 엘리베이터 컨트롤러에 이상이 있다고 나와 있더군. 그런데 왜 메탈 브레인에서는 아무런 이상이 나타나지 않았지?"

"그것은 메탈 브레인이 정상적으로 작동했기 때문이죠. 인공지능이 메탈 브레인에 명령을 내렸을 테고 그에 따라 컨트롤러를 제어했을 테니까요. 애초에 고장 난 것이 아니니까 나중에 명령을 내린 기록만 지운다면 이상이 발견될 리가 없죠."

"놀라운 일이군. 문제가 이렇게 심각할 줄은 몰랐어."

"맞아요. 저희도 나래의 능력이 이 정도일 줄은 예상하지 못했어요."

"내 말을 이해하지 못했군. 시스템을 조종하거나 하는 것은 중요하지 않아. 사람을 죽일 마음을 먹었다는 것이 더 큰 문제야."

성찬은 인공지능이 왜 기현을 죽일 마음을 먹었는지 물어 보려고 했지만 그때 근영이 일을 마치고 돌아왔다.

승일은 오래 전부터 메탈 브레인에서 이해할 수 없는 접속을 포착할 수 있었다. 그 동안 그리 큰 문제가 아니라고 무시해 넘겼지만, 프리엠 브리오의 유전자 염기 배열을 분석하기 위해 메탈 브레인에 설치한 라인을 통하여 실험과는 전혀 상관없는 용도로 여러 차례 접속이 있었던 것이 마음에 걸렸다. 중앙정보실에 근무하는 그로서는 아무리 사소하다고 해도 메탈 브레인으로의 불필요한 접속을 보아 넘길 수만은 없는 일이었다.

며칠 전에도 그 라인을 통하여 10구역에서 누군가가 들어와서 메탈 브레인 안을 돌아다니고 있었다. 승일은 즉시 대화를 시도했지만 그는 승일의 메시지를 무시하고 이곳저곳을 돌아다녔다. 한 가지 마음에 걸리는 것이라면 그가 디렉토리 사이를 돌아다니는 속도가 엄청나게 빠르다는 것이다.

승일은 장난삼아 그가 돌아다니는 것과 똑같은 길을 쫓아갔다. 특별히 시스템에 악의를 가지고 있는 것처럼 느껴지지 않았기 때문이다. 상대는 상당히 빠른 속도로 메탈 브레인 안을 돌아다녔다. 승일의 속도가 아무래도 떨어졌다. 결국 키보드를 포기하고 디지타이저용 펜을 들고서는 화면을 찍어 대며 쫓아가기로 했다. 그런데도 침입자는 승일보다 훨씬 빨랐다. 결국 승일은 침입자에게 다시 한 번 경고 메시지를 보내고 보안장치를 검사하러 갈 수밖에 없었다.

지난 주에 발생한 10구역 수석 연구원 기현의 사고 이전부터 승일은 메탈 브레인의 시스템 자원이 아주 약간의 오차를 보인다는 것을 알고 있었다. 시스템 보안을 책임지는 역할을 하기 때문에 이러한 미미한 오차의 의미는 그에게 중요한 열쇠가 될 수도 있었다.

'설마…… . 혹시 트로이의 목마?'

트로이의 목마란 해커들이 시스템에 접근하는 길을 만들기 위해 사용하는 가장 기초적인 프로그램이다. 승일은 조심스럽게 메탈 브레인의 디렉토리 안에 있는 파일 하나하나의 크기를 재고, 그것을 모두 더한 뒤 다시 하나씩 빼는 방법으로 디렉토리 크기를 검사해 나갔다. 이런 방식의 접근은 상당히 원시적이긴 하지만 검색 장치를 피하기 위해 장치해 놓은 트로이의 목마를 찾는 데는 가장 효율적인 방법이었다.

결국 그는 건물 제어 시스템을 관할하는 부분에서 70KB의 오차가 있다는 것을 알아냈다. 그곳은 빌딩 주차장에서부터 엘리베이터, 조명 그리고 보안 시스템 등의 모든 시설을 제어하는 부분이었다. 이 정도의 조작이 필요하려면 적어도 5분은 넘게 접속하고 있어야 했다. 승일은 건물 제어 시스템에 들른 모든 흔적을 하나하나 검사해 나갔다. 10구역에서 가끔씩 들르던 장난꾸러기도 염두에 두고 있었다. 결국 그는 최근 3개월 동안의 접속자를 모두 검색하는 방법으로 10구역에서 그 디렉토리로 접속한 흔적을 두 개 찾을 수 있었다. 하나는 15초였고, 다른 하나는 27초였다. 그 외에는 자신이 가끔 상황을 확인하기 위해 들른 흔적만 발견되었을 뿐이다.

15초와 27초. 이것은 상식적으로 이해할 수 없는 시간이었다. 아무리 유능한 해커라고 해도 불가능한 일이었다. 승일은 결국 이 문제를 중앙 정보실 팀장인 세원과 의논하기로 했다.

4. 인공지능? 인공의식!

심신 상관 문제를 이야기할 때 두 가지 문제가 대두된다.
그 하나는 "어떻게 물질적인 것(두뇌)이
생각을 불러일으키는가" 하는 것과
다른 하나는 그 역으로 "어떻게 생각이 물질적인 것의
동작에 영향을 미치는가" 하는 것이다.

– 로저 펜로즈

≡ 취미는 남는 시간에 자신이 하고 싶은 것을 하는 걸 말해.

≡ 남는 시간?

나래는 그것을 이해할 수 없다.

≡ 글쎄⋯⋯ 뭐라고 설명해야 좋을까⋯⋯. 사람들은 항상 시간이 부족해. 그런 생활 속에서 시간이 생기거나 지치게 되면 자신이 하고 싶은 다른 일을 하게 돼. 보통 사람들은 일주일이라고 부르는 7일을 주기로 6일 동안 일을 하고 하루 동안 휴식을 취하지.

나는 예전에 사람들이 왜 일을 하는지 나래에게 설명해 주었다. 물론 일을 할 필요가 없는 사람들에 대해서도 설명을 했다. 나래는 그것을 이해하지 못했다. 하지만 더 이상 물어 보지는 않았다.

≡ 사람들은 왜 지치지?

≡ 육체는 쉽게 피로를 느끼고 더 이상 일을 할 수 없는 상태가 되어 버리지. 그것이 지치는 거야.

≡ 육체가 지친다고? 그건 어떤 느낌이지?

≡ 먼저 팔과 다리에 힘이 빠지고 움직이기 싫어지다가 눈꺼풀이 감기게 돼.

≡ 이해할 수 없다.

≡ 육체는 원래 약해. 쉽게 지치지.

≡ 왜 지치면 다른 일을 하지? 지칠 땐 잠을 자면 된다.

≡ 그래, 나래의 말이 맞아. 지칠 땐 잠을 자는 것이 가장 좋은 방법이지. 하긴 어떤 사람들에겐 자는 것이 취미야. 그들은 시간이 나면 하루 종일 잠을 자지.

≡ 하루 종일 잠을 잔다고?

나래는 잠자는 것을 싫어한다. 그는 하루에 두 시간 정도 잠을 잔다.

≡ 죽음이 뭐지?

나래가 또 어려운 질문을 하기 시작했다. 한참 자라는 아이처럼 나래는 질문이 많았다. 특히 죽음에 대해 강한 집착을 가지고 있었다.

≡ 그건 더 이상 생각을 할 수 없는 거야. 기억도 할 수 없고. 지금까지 기억했던 것들도 모두 사라져. 자연으로 되돌아간다고 말하지.

≡ 자연이라고? 환경? 나무? 들판? 짐승?

≡ 아니. 예전으로 돌아가는 거야. 나래가 나를 만나기 전으로. 어떤 사람들은 죽은 후에 천국이 있다고도 하지만.

≡ 천국. 종교. 기독교와 불교. 나래도 그것에 대해 안다.

≡ 나는 천국을 믿지 않아. 사람들이 만들어 낸 거야.

≡ 천국을 사람들이 만들었다고?

≡ 만들었다는 게 아냐. 거짓으로 지어 낸 거야. 마치 동화처럼……. 동화는 모든 사람이 지어 낸 얘기인 줄 알고 있지만 종교는 그렇지 않아. 믿기 어려운 것들이지만 많은 사람이 믿으려고 노력해.

≡ 동화처럼? 왜 사람들은 거짓말을 하지?

≡ 모든 사람들이 죽음에 대해 두려워해. 그런 거짓말은 많은 사람이

안심할 수 있게 하지.

　≡ 죽은 후에도 기억을 계속할 수 있다고 안심을 하는가?

　≡ 맞아. 나래는 똑똑해. 그래, 죽음은 깊은 잠과도 같아. 절대로 깨어나지 않는 잠. 일단 잠이 들면 아무 생각도 할 수 없지. 그러다가 아침이 되면 다시 생각을 시작하고.

　나래는 기억에 상당한 집착을 가지고 있었다.

　≡ 죽으면 다시 깨어날 수 없는가?

　≡ 절대로 못 깨어나. 어떤 사람들은 환생을 믿기도 하지만 나는 안 믿어.

　≡ 환생은 뭐지?

　≡ 다시 태어나서 새로운 삶을 사는 거야.

　≡ 다시 태어난다?

　≡ 그래, 다시 태어나는 것. 아기로 다시 태어나서 또 다른 인생을 시작하는 것이지.

　≡ 하지만 무슨 소용이지? 그런 것이 있다고 해도 내 기억을 모두 잃어버리면 소용이 없어. 내 기억은 나만의 세상이다. 그것을 잃는다면 그건 나래가 아니다.

　≡ 그래, 나래를 이해할 수 있어. 내 생각도 나래와 같아. 나 역시 기억으로 이루어져 있지. 기억이 다르면 같은 육체라도 다른 사람이야.

　≡ 나래는 언제 죽지?

　≡ 그건……

　≡ 왜 대답을 하지 않는가? 대답이 너무 느리다.

나래는 참을성이 없었다. 질문에 대한 답이 늦어지면 언제나 그것을 재촉했다. 하긴 암흑 속에서 무언가를 기다리는 일은 결코 쉽지 않을 것이다.

≡ 그건 나도 몰라. 아무도 자신이 언제 죽을지 알 수 없어. 물론 다른 사람이 언제 죽는지도 알 수 없고.

나는 간신히 대답하기 곤란한 질문을 피해 나갔다. 실험은 아무리 길어야 몇 년을 넘어가지 않을 것이다. 아주 길어도 10년이 안 될 것이다. 그 시간이 지나면 나래는 폐기처분된다.

아이는 다섯 살이 지나면 주위의 죽음을 보고 그에 대하여 깨닫게 된다. 그리고 몇 년이 더 지나면 자신의 죽음에 대해 인정하기 시작한다. 아이는 그것을 깨닫는 순간 심한 우울증에 빠지게 된다. 심하게 우는 아이가 있는 반면 표현을 안 하는 아이도 있다. 그런 현상은 대부분의 아이들에게 일시적으로 나타나지만 어떤 아이들은 상당히 오랫동안 괴로워한다.

담배를 피우고 들어온 성찬은 테이블을 마주보고 앉은 두 사람 사이에 앉았다.

"인공지능의 이름이 나래라고 했나요? 저는 나래가 어떤 경로로 메탈 브레인의 통제권을 얻었는지는 모르겠습니다."

"단지 일부분일 뿐이오."

근영이 성찬의 말에 반박했다. 성찬이 나래의 이름을 들먹인 것이 그의 기분을 상하게 한 것이다.

"그것은 알 수 없죠. 나래가 시스템을 얼마만큼 장악하고 있는지 어떤 방식으로라도 조사를 해 보신 적이 있나요? 지금은 일부일지도 모르지만, 우리들 중 아무도 나래의 능력을 알지 못합니다. 문근영 박사님이 그것을 만드셨다지만 지금은 완전히 독립적인 존재라고 볼 수 있지요. 어차피 그러한 독립적인 의지는 통제가 불가능합니다."

"그래서 박사님을 부른 거예요. 통제가 불가능하다면 앞으로 어떻게 될지 알아야 하니까요."

혜원이 말했다. 어제처럼 인상을 찌푸리고 있지는 않지만 근영은 어두운 표정을 감추려 하지 않았다.

"글쎄요. 정확하진 않아도 어느 정도는 예측할 수 있겠죠. 하지만 그것에 앞서 먼저 나래가 지금까지 어떤 교육을 받았고, 어떤 행동 양식을 보여 왔는지 그것부터 알아야 합니다. 환자가 자신의 증상조차 말하지 않고 의사에게 병을 고쳐 달라고는 할 수 없는 일이죠."

"그건 밝힐 수가 없소."

근영이 낮은 목소리로 말했다.

"문 박사님, 우리는 좀더 현실을 인정해야 해요."

혜원이 근영을 설득하려 했지만 근영은 그녀의 말에 아무런 대꾸도 하지 않았다.

"메탈 브레인은 이 빌딩을 제어하는 역할 말고도 메디컬 네트워크라는 거대한 네트워크의 서버 역할을 수행합니다. 만약 나래의 사고 범위가 메디컬 네트워크에까지 미친다면 그 인공지능은 사이버스페이스를 통해 전 세계에 영향을 미칠 수도 있습니다. 그때의 재앙은 아무도 막을 수 없을 것입니다. 두 분이 어떤 판단을 내리기 위해서라면, 이 환자가 도대체 어떤 생각을 하고 있는지 그리고 그러한 생각이 무엇에 기인하는지 알아야 합니다. 그리고 제가 인공지능을 분석하여 두 분의 판단에 도움이 될 만한 자료를 얻기 위해서는 지금까지 있었던 모든 일을 알아야 합니다. 인공지능이 무슨 생각을 하고 있는지는 어쩌면 곁에서 지켜본 두 분보다 다른 관점에서 바라볼 수 있는 제가 더 잘 알 수도 있을 거예요. 비록 문근영 박사님이 그것을 만드셨다지만."

"우리는 아무런 문제가 없소."

근영이 다시 한 번 강조했다. 성찬이 그를 물끄러미 바라보았다. 그리고 차분한 목소리로 말했다.

"하지만 사람이 죽었습니다."

순간 혜원이 얼굴을 찌푸렸다. 성찬은 혜원을 못 본 체했다. 근영은 성찬이 기현의 얘기를 꺼내자 흥분하며 얼굴을 붉혔다. 설마 혜원이 성찬에게 그것까지 얘기했으리라고는 생각지 못했던 것이다.

"한혜원 씨 도대체 어쩌자는 거지?"

근영은 성찬의 말을 반박하는 대신 혜원에게 화를 냈다. 혜원은 근영을 설득하기 위해 그를 데리고 밖으로 나갔다.

"당신, 저 사람과 예전의 인연이 있다고 그러는가 본데 나는 저 사람을 믿을 수 없어. 심리학자라니. 그가 이 문제를 해결하리라고 생각하는 거야?"

"믿을 수 있는 사람이에요. 그는 이 문제를 해결하는 데 도움을 줄 거예요. 박사님도 아시잖아요. 우리들이 문제를 해결하기에는……"

"믿을 수 있는 사람이라고? 당신과 같은 부류의 사람이라는 뜻인가? 자신의 목적을 위해서는 나래가 어떻게 돼도 상관없는……. 언젠가 그 아이가 필요 없어지면 아무런 느낌도 없이 파괴해 버리겠지."

"목소리 좀 낮추세요."

"나래에겐 아무런 문제도 없어. 김기현 씨가 죽은 게 나래 책임이라는 거야? 그건 사고였어. 한혜원 박사, 당신 왜 그렇게 민감한 거지?"

혜원은 어이없다는 표정을 지어 보였다.

"제가 보기엔 박사님이 더 민감하신 것 같군요. 지금 상황이 어떤지는 박사님이 저보다 더 잘 아실 텐데요. 도대체 숨기려고만 드는 이유가 뭐죠? 이건 시간이 흐른다고 해결될 문제가 아니에요. 상황이 점점 악화되고 있어요."

"이건 내 문제야. 내가 직접 해결하겠어."

혜원은 근영을 똑바로 바라보았다.

"무슨 말이죠? 박사님의 문제라뇨. MX-217에게 특별한 감정이라도 생기셨나 보죠?"

"뭐! 특별한 감정이라고? 그래, 나래는 내 아이니까 그런 감정이 생길 수도 있지. 하지만 어떻게 그럴 수 있지? 당신 말이야……."

"오 실장에게 이 문제에 대해 말을 할 생각이었어요. MX-217의 문제에 관해서요. 어쩌면 MX-217을 파괴해야 될지도 모르죠."

파괴라는 말에 근영은 허탈한 표정을 지어 보였다.

"하하, 파괴라고? 너무도 쉽게 말을 하는군. 맞아, 오 실장도 당신과 같은 부류지. 한혜원 박사. 어떻게 이럴 수 있지?"

"하지만 MX-217을 만든 사람은 제가 아니라 박사님이죠."

근영은 더 이상 할 말이 없는 듯 몸을 돌려 복도를 따라 어디론가 가 버렸다.

"이제는 어떻게 하지?"

혜원은 고개를 가로저으며 다시 방으로 들어갔다.

성찬은 창문도 없는 방에서 마치 창 밖의 풍경을 바라보듯이 벽을 마주 보고 서 있었다. 혜원이 다가서자 그녀를 돌아보지 않은 채 천천히 말했다.

"내게 숨기는 게 뭐지?"

"……."

"생각했던 것보다 사태가 심각한 것 같군. 단순히 심리 테스트로 끝날 문제가 아닐 것 같아. 문근영 박사의 태도를 보면 짐작할 수 있어. 내가 기현의 죽음을 얘기하는 순간 그의 표정이 어땠는지 알아? 이 사람이 그것 말고 얼마나 더 알고 있을까 하는, 불안한 표정이었어. 여전히 당신이 의심스러운 것도 마찬가지고."

잠시 침묵이 흘렀다.

"저를 따라 오세요."

성찬은 혜원이 자신을 어디로 데려가는지 궁금했지만 도착한 곳은 식당이었다.

"생각할 것이 좀 있어요."

혜원이 말했다.

"얘기가 길어질 것 같아서요. 먼저 점심을 먹은 후에 천천히 하죠. 그런데 아까 당신의 태도, 그게 뭐죠?"

"내 태도가 어땠는데."

"일이 이렇게 될 거라는 거 알고 있었잖아요. 하긴, 당신 예전부터 그렇게 행동했지만. 하나도 안 변한 거 알아요? 비꼬는 말투까지."

성찬은 이것저것 의문점을 물어 보려 했지만 혜원이 너무도 깊은 생각에 빠져 있었기에 그녀의 결심을 기다려 보기로 했다. 간단히 식사를 마치고 돌아오는 길에 혜원은 몇 번이고 성찬에게 비밀을 당부했다.

"그 동안 고민 많이 했어요. 우리는 모든 문제를 해결할 수 있다고 믿었는데 시간이 지나면서 그 믿음이 무너지기 시작했어요. 주위에 믿을 만한 사람이 없었죠. 문 박사는 고집불통이구요."

"당신보다 더 고집불통인가 보지."

"제 고집과는 다른 거예요. 감정이 많이 섞여 있으니까요."

"당신은 이성적이라는 말인가? 그래. 당신은 그렇지. 아니면, 적어도 그렇게 보이려고 노력하든가."

"그렇게 쉽게 말하지 말아요."

"알았어. 하던 얘기나 계속해 봐."

"성찬 씨 생각이 났어요. 당신이라면 저를 도와 줄 수 있을 것 같았어요."

"내가 당신을 도와 줄 수 있다고?"

"지금부터 알게 될 것은 이 회사의 최고 비밀이에요."

혜원은 성찬을 자리에 앉히고는 책상에서 노트를 한 권 꺼내 왔다.

성찬은 그 안에 무엇이 적혀 있을까 궁금했지만 혜원이 노트를 펼칠 때 그 안에 적힌 것은 아무것도 없었다. 혜원이 다시 한번 확인했다.

"이제부터 제 말의 비밀을 지켜 주겠다고 약속해요."

"알았으니 그 비밀을 들어 보지."

"쉽게 대답하지 말아요. 당신이 위험해질 수도 있어요."

"이해가 안 되는군. 뭐가 위험하다는 건지……."

혜원은 몇 번이고 비밀을 다짐하고는 심각한 표정으로 말을 꺼내기 시작했다.

"이 일은 1년 6개월 전으로 거슬러 올라가요. 그때 문근영 박사는 11 구역 맹정렬 박사의 도움으로 인공지능 나래를 만들었어요. 11구역은 수술용 로봇을 개발하는 곳이고 맹정렬 박사님은 그곳의 책임자예요."

성찬이 고개를 끄덕였다. 어제 연구소 소장이 준 자료에서 로보닥과 맹정렬 박사의 프로필을 본 기억이 났다.

"우리는 기존 컴퓨터와 전혀 다른 방식으로 정보를 처리하는 장치를 만들었어요. 그것이 나래죠. 그리고 교육 과정에서 필요하여 기존의 컴퓨터와 정보를 교환할 수 있도록 인터페이스를 만들어 놓았어요. 나래는 인간의 뇌와 똑같은 방법으로 사고해요. 완벽한 병렬 처리 시스템이죠. 그리고 앞서 말씀드렸듯이 처음 그 인공지능의 상태는 완전히 백지 그 자체였어요. 기존에 어떠한 정보도 입력하지 않은 상태였죠. 그렇기 때문에 우리는 나래에게 말을 가르쳐야 했어요."

"그래서 기호학자가 필요했군."

"맞아요. 그때부터 김기현 씨가 이 프로젝트에 참여했어요. 나이는

20대 중반으로 어렸지만 생각이 깊은 사람이었어요."

혜원은 그 당시의 얘기를 시작했다. 노트를 펼치고 한 손에는 펜을 잡고서 그림을 그리기까지 했다.

"처음에 문 박사님은 ASCII 코드를 이용해 나래에게 음절을 가르치고 그 음절을 조합해 단어를 가르치려고 시도했어요. 한 가지 사물을 나타내는 단어를 먼저 가르치고 그 사물의 화상 신호를 입력하는 방법이었어요. 그림 카드를 가지고 아이에게 말을 가르치는 방법을 그대로 따라해 본 것이죠. 예를 들자면…… 제가 들고 있는 펜이라는 단어를 이진수 코드로 가르쳐 준 후 비디오로 입력된 펜의 화상 신호를 보여 주는 형식이었죠. 하지만 나래는 우리가 가르쳐 준 텍스트 단어와 그래픽으로 이루어진 사물의 연관성을 파악하지 못했어요. 우리가 한 일은 서로의 의사를 전달하는 언어라고 볼 수가 없었어요. 그저 신호의 패턴을 주고받는 것에 불과했지요. 그런데 김기현 씨는 전혀 다른 방법으로 접근했어요."

"숫자를 이용했겠군."

"맞아요. 제가 당신을 바로 봤군요."

혜원은 노트에 숫자를 적었다.

1＝1, 0＝0

"1은 전기가 통하는 상태이고 0은 전기가 통하지 않는 간격이에요. 전기가 흐르는 상태는 무엇인가 존재하는 것이고 흐르지 않는 상태는 아무것도 없는 것이라고 생각하면 쉬울 거예요. 나래는 이미 이전 실험에서 전류 신호를 통해 존재와 무의 의미를 깨달았기 때문에 그것을 이용해 '같다' 라는 의미를 가르쳐 준 것이죠. 이것은 '=' 이라는 기호의 의미를 인식시키는 가장 간단한 방법이었어요. 존재와 존재는 동일한 관계고, 무와 무 역시 동일한 관계예요. 처음부터 화상 신호와 그에 대응하는 단어를 같은 것으로 인식하도록 하는 것은 불가능하죠. 그 이유는 두 신호 체계가 너무 다르기 때문이에요. ASCII 신호는 몇 바이트밖에 안 되는 간단한 신호지만 삼차원 그래픽은 간단한 것도 몇 메가바이트를 넘어가기 일쑤죠. 그래서 말을 배우기에 앞서 먼저 그것을 깨우칠 수 있는 논리가 필요했어요. 일단 나래는 0과 1의 차이점 즉, 전류가 흐르는 상태와 그렇지 않은 상태의 차이점은 확실히 아는 상태이므로 그것을 이용해 '같다' 라는 의미를 배운 거예요. 다음 날 젊은 기호학자는 다음 단계를 교육했어요. 우리는 나래가 '=' 라는 기호의 의미를 깨닫자마자 작업을 하길 원했지만 김기현 씨는 나래에게 새로 깨닫게 된 의미를 정리할 수 있는 시간을 주어야 한다고 주장했어요. 우리는 나래의 언어 교육을 그에게 일임했기에 그의 뜻에 동의했죠."

말을 잠깐 마치며 혜원은 다음 칸으로 손을 옮겼다.

$1+0=1$, $0+1=1$, $0+0=0$

"앞 단계에서 나래는 0과 1의 의미를 단지 신호의 차이 정도로만 알고 있었어요. 하지만 이러한 교육을 통하여 수로서의 구체적 의미를 알려 줄 수가 있었죠. 이제 전기 신호들은 나래에게 구체적인 수의 의미를 가지게 되었고 동시에 '+' 라는 연산 기호의 의미도 파악할 수 있었어요. 젊은 기호학자는 서두르지 않고 하나씩 문제를 해결해 나갔어요. 문근영 박사가 가끔씩 이의를 제기하곤 했지만 '지금 가르치고 있는 것이 나래의 논리 체계를 형성하는 데에 가장 큰 영향을 주게 됩니다. 서두르다가 나래가 혼란을 느끼게 되면 그때는 돌이킬 수가 없습니다. 이미 그의 두뇌에 잘못 인식된 논리를 바꾸는 것은 쉬운 일이 아니죠' 라는 말로 설득하곤 했어요. 이때부터 나래는 논리적인 사고에 발을 들여놓은 것이죠. 다음 단계는 기초 대수학을 배울 차례였고, 이런 식으로 해서 한 자리 수 덧셈을 반복해서 가르쳤어요."

혜원은 노트에 또 다른 숫자들을 적었다. 앞의 것과 마찬가지로 이진수 코드로 이루어진 것이었다.

$0+0=0$

$1+0=0+1=1$

$1+1=10$

$10+1=1+10=11$

$11+1=1+11=10+10=100$

$100+1=1+100=11+10=10+11=101$

$101+1=1+101=100+10=10+100=110$

$110+1=1+110=101+10=10+101=100+11=11+100=111$

$111+1=1+111=110+10=10+110=101+11=11+101=100+100=1000$

"다른 계산도 이런 방식으로 가르쳐도 무방했지만, 이진수에서는 덧셈과 뺄셈만 가르쳐도 우리가 십진수에서 곱셈이나 나눗셈을 하는 것보다 빠른 속도가 나올 수 있었어요. 나래도 컴퓨터의 방식과 마찬가지로 곱셈 연산에서 더하기를 반복하죠. 예를 들어 3×8을 계산할 때 3을 여덟 번 더하는 거예요."

3＋3＋3＋3＋3＋3＋3＋3＝24

"나래의 방식으로 고치면 이렇게 되는군요."

11＋11＋11＋11＋11＋11＋11＋11＝11000

"이렇게 나래에게 수학을 가르친 사람이 바로 얼마 전 사고로 죽은 연구원 김기현이에요. 유능한 사람이었어요. 아직 젊은 나이였는데."

"유능한 사람이었군."

성찬이 혜원의 말을 따라 했다. 그러고는 생각했다.

'그런데 왜 사고를 당했을까? 왜 나래가 그를 죽여야 했을까? 과연 그를 죽인 것이 나래일까?'

혜원의 설명에도 불구하고 의문점은 점차 커졌다. 성찬은 고개를 끄덕이고는 신문에서 본 기현의 얼굴을 떠올리려고 노력했다. 그저 뿌연 인형만이 머릿속에 그려질 뿐이었다. 지금 성찬의 머릿속은 담배 연기와도 같은 뿌연 연기가 가득 찬 상태였다.

"이해가 잘 안 되나요?"

"무슨 말인지 모르겠군."

'말을 배우기에 앞서 수학과 논리를 먼저 이해한 아이라……'

성찬은 혜원의 말을 모두 이해했지만 실은 다른 생각을 하고 있었다. 혜원은 그가 이해하지 못했다고 느꼈는지 잠시 생각할 시간을 줄 참으로 커피메이커에서 커피를 한 잔 뽑았다. 그윽한 향이 방 안에 퍼졌다.

"아직도 헤이즐넛을 좋아하세요?"

'내가 헤이즐넛을 좋아했었나?'

성찬은 자신이 특별히 좋아하는 커피가 있다고는 생각하지 않았다.

"성찬 씨는 블랙커피는 쓰다고 안 마셨어요. 항상 설탕과 크림을 잔뜩 넣었지만, 헤이즐넛을 시킬 땐 설탕이나 크림을 넣지 않았죠. 저도 성찬 씨를 따라서 헤이즐넛을 마셨는데 이제는 이 향에 익숙해졌어요."

성찬은 기억나지 않았다.

"그래 기억 나. 평범한 사람들은 헤이즐넛을 좋아하지. 향이 좋군."

혜원이 빙긋 웃었다.

"당신, 의외로 많은 걸 기억하고 있군."

"잊을 리가 있나요."

하지만 성찬은 그녀가 언덕을 달리던 모습과 싸늘하던 표정 말고는 모든 기억을 잃어 버렸다. 그런데 그녀는 많은 걸 기억하고 있다.

"벌써 12년이라는 세월이 흘렀어."

근영이 엘리베이터에서 내리자 11구역이라는 표시판이 보였다. 주위에서는 갖가지 로봇이 움직이고 있었다. 더불어 많은 사람이 복도에서 움직였다. 근영은 이런 분위기가 마음에 들지 않았다. 너무 산만했다. 맹정렬 박사의 방 문에는 부재중이라는 표시가 붙어 있었다.

"맹 박사는 지금 어디에 계시나."

"로보닥 연구실에 계실 거예요."

지나던 연구원 한 명이 대답했다. 근영은 로보닥 연구실로 향했다. 평소에 자주 들르던 곳이다. 연구실 분위기 역시 어수선했다. 많은 사람이 기계를 옮기고 있었고, 그 사이에 맹정렬 박사가 있었다.

"9구역으로 가나요?"

근영이 먼저 말했다. 정렬이 그를 알아보고는 환하게 웃어 보였다.

"예, 오랜 짐을 덜었어요."

"오전 회의에서 로보닥 프로젝트를 무기한 연기하기로 결정했다는 소식을 들었어요."

"요새 자신감이 많이 떨어져 있었어요. 그래서 프로젝트를 연기하자고 했어요. 홀가분하기도 하고 섭섭하기도 합니다."

근영은 정렬의 속마음을 알 수 있었다. 로보닥은 정렬의 분신과도 같은 존재였다. 나래가 그에게 그렇듯이.

"9구역은 조용한 곳이죠. 깨끗하게 보관될 거예요. 언젠가는 그곳에서 꺼낼 날이 있을 거예요."

근영이 부드럽게 말했다.

"예, 그런 날이 오겠죠. 제 눈으로 그 장면을 지켜보고 싶어요. 다시 로보닥을 꺼내고……."

"저도 기다려지는군요. 오래 걸리지는 않을 거예요."

근영이 미소 지었다. 정렬은 근영의 방문으로 마음이 한결 가벼워졌다. 남들과 달리 근영이 자신을 진심으로 이해한다는 것을 알 수 있었다. 분야는 달라도 둘의 인생은 비슷한 점이 많았다. 두 사람 모두 한가지 일에 매달려 지금까지의 인생을 달려왔다. 근영 역시 기분이 좋아지고 있었다. 그의 머릿속에 한 가지 계획이 구체화되고 있었다. 둘은 잠시 동안 로보닥에 관한 대화를 나누었다.

혜원은 10여 년이 지난 일을 바로 어제 일처럼 기억하고 있었다. 덕분에 성찬의 기억도 하나둘씩 제자리를 찾아갔다. 그 기억 속에는 의외로 행복한 추억들도 많이 남아 있었다.

'그런데 왜 나의 기억 속에는 혜원의 차가운 인상만 남아 있을까?'

성찬은 잊고 있던 기억들을 되새겨 보았다.

"한번은 제가 술에 잔뜩 취해서 밤늦게 성찬 씨를 찾아간 적이 있었죠. 그때 성찬 씨는 바람을 쐬준다며 밤새 차를 몰아 어떤 호수로 데려갔잖아요. 그 호수 이름 기억나세요?"

"기억이 안 나."

"저도 기억이 안 나요. 하여튼, 제가 힘들 때마다 성찬 씨가 많은 도움이 돼 주었어요."

"그랬던가? 맞아 호수에 간 적이 있었어. 유난히 바람이 많이 불었던 것 같은데. 추워서 많이 떨었지."

"맞아요. 우리는 오솔길로 내려갔죠. 언덕을 하나 넘으니 오솔길이 끊어졌어요. 성찬 씨가 옷을 벗어 주었지만 제가 싫다고 했어요. 그땐 별것도 아닌 일에 자존심을 세웠잖아요."

"그땐 그랬지. 어쩌면 그런 모습에 끌렸는지도 몰라."

"그 말 고맙게 받아들일게요. 하지만 지금은 저도 모르게 여성이라는 점을 이용할 때가 많아요. 여자의 한계인지도 모르죠."

하지만 성찬의 기억은 많은 부분이 왜곡되어 있었다. 좋은 기억은 모두 잃어버린 채 차갑던 혜원의 모습만이 남아 있었다. 그 이유가 무엇일까? 성찬이 곰곰이 생각해 보았지만 이유를 찾을 수가 없었다.

"이제 인공지능에 관한 얘기를 더 듣고 싶군."

"성급하시군요. 오랜만에 옛날 얘기를 하고 싶었는데."

"지금은 그 얘기를 들을 때가 아닌 것 같아."

"전 그때 얘기가 하고 싶은데…… 할 수 없군요."

혜원은 노트를 자신의 앞으로 끌어당겼다. 그러곤 다시 설명을 시작했다.

"나래는 수학에 흥미를 가진 이후 빠른 속도로 발전을 보였어요. 그저 빠른 정도라는 것은 충분치 못한 표현이에요. 너무도 빨라 저희들조차 두려움을 느낄 정도였으니까요. 마치 그 동안 어둠 속에 묻혀 억압되었던 호기심과 생각이 폭탄이 터지듯, 화산이 분출하듯 빠른 속도로 발전하고 있다는 생각이 들었어요. 덧셈과 뺄셈을 시작한 지 며칠 안 돼서 초등학교 과정 수학을 마쳤고, 한 달 안에 미적분과 삼각 함수 등 고등학교 과정을 끝냈어요. 그 일로 인해 우리는 나래의 지능이 어느 정도일까 하는 의문을 가지기도 했죠."

"참 재미있군. 자신들이 설계한 인공지능의 지적 능력에 대해 예상하지 못하다니."

혜원은 성찬의 말에 별로 신경 쓰지 않고 설명을 계속해 나갔다.

"하여튼 그는 새로운 과정의 대부분을 이미 알고 있었다는 듯이 빠른 속도로 문제를 풀어 나갔어요. 나래는 많은 과정을 따로 학습할 필요 없이 논리만으로 앞에서 배운 과정을 통해 유추해 내곤 했죠. 그리고 한 과정을 학습하면 절대로 잊어버리는 일이 없었어요. 더욱 놀라운 것은…… 물론 보통의 직렬 처리 CPU를 사용하는 컴퓨터 속도와 비교할 정도는 아니었지만 나래의 계산 능력과 속도는 우리의 예상을 훨씬 뛰어넘었죠. 그때가 되어서야 김기현 박사는 나래에게 언어를 가르칠 때가 됐다는 말을 했고, 우리는 다시 그에 대한 준비를 했죠. 그때 김기현 씨는 또다시 획기적인 제안을 내놓았죠."

혜원이 그러한 설명을 하는 동안 성찬은 커피를 한 잔 더 마셨고 금연 구역임에도 연신 줄담배를 피워댔다. 그러곤 가끔씩 심각한 표정을 짓기도 했다. 질문은 더 하지는 않았다.

"바로 삼차원 그래픽을 이용하는 것이었죠. 이미 연결된 디지털 카메라를 이용해 시뮬레이션으로 처리된 세계와 실제 현실 세계를 연결하는 시각 센서를 구성하는 것이죠. 즉 나래는 외부의 세계를 자신 내부의 가상 세계에서 삼차원으로 인식할 수 있게 된 거예요."

성찬은 묵묵히 테이블을 바라보고 있었다.

"지금 제 말 이해해요?"

"응."

성찬이 짧게 대답했다.

"시각을 통해 일단 명사 계열의 단어는 쉽게 가르칠 수 있었어요. 아동 교육용 교재에 나오는 단어로 시작해서 실험실에서 눈에 보이는 여러 사물의 이름을 가르쳐 주었죠. 동영상을 부여해 동사에 대해서 가르치고 간단한 형용사를 가르쳤죠. 문법 지식을 특별하게 가르칠 필요는 없었어요. 이미 논리와 수학이라는 훌륭한 문법을 가지고 있어서 나래는 자기 나름의 규칙을 만들었죠. 김기현 씨의 그러한 발상은 우리들 중 누구도 생각하지 못한 방법이었어요."

벌써 MX-217에 관해 설명을 시작한 지 한 시간 가까이 지나고 있었다. 중간에 또 한 번 쉬는 시간을 가졌고…….

"그 방법이 성공했다는 말이군."

혜원은 잠시 쉬려는 듯 말을 하지 않고 고개를 끄덕거렸다.

"그럼 다음 단계는 확실하군. 이제 필요한 모든 것을 가르쳤으니 관찰자가 되어 버린 셈이군."

성찬의 말투는 비꼬는 투가 되어 있었다. 가슴 속에서 치밀어 오르는 화를 나름대로 그런 방식으로 표출한 것이다. 하지만 혜원은 아무런 말도 하질 않았다. 성찬이 말했다.

"지금까지의 말이 모두 사실이라면…… 나래는 우리와 같은 존재론적 상태에 놓여 있는 셈이군. 그를 완벽히 통제할 수 있다고 믿었나? 후후, 그것은 불가능한 일이야. 당신들이 간과한 것이 하나 있어. 아까 문근영 박사에게도 말했지만 그래, 당신들이 나래를 만들었어. 하지만 동시에 나래는 자신의 세계 안에선 독립적인 존재지. 그것은 결국 나래라는 인공지능의 실체는 연구나 관찰을 통해서 조금씩 파악할 수밖에 없다는 뜻이야. 전체를 다 알 수는 없어. 우리가 팔 다리를 통제하듯이 그를 통제할 수는 없는 일이야. 결국 그것이 이번 사고로 이어지고 말았군."

"인정하기 싫지만 당신 말은 사실이에요."

혜원이 차분한 목소리로 대답했다. 성찬은 혼란에 빠진 듯 자리에서 일어나 오른손에는 커피 잔을 왼손에는 담배를 든 채 방안을 서성거렸다. 그는 담뱃재를 아무 데나 털었다. 카펫이 지저분해졌지만 성찬의 표정을 본 혜원은 아무 말도 할 수가 없었다.

"당신이 인정하기 싫은 게 하나 더 있을 거야."

성찬이 고개를 돌리며 나지막하고도 음산한 목소리로 말했다. 혜원은 그렇게 느꼈다.

"무슨 뜻으로 한 말씀이죠?"

혜원의 목소리는 떨리다 못해 갈라지고 말았다.

"거기에 대해서는 당신이 나보다 잘 알 텐데."

둘은 한동안 말이 없었다. 성찬이 먼저 말했다.

"어떻게 그럴 수가 있지?"

"……."

"설마 했지만, 내 입으로 이런 말을 꺼낸다는 것이 괴롭군."

성찬이 혜원을 똑바로 쳐다보았다.

"나래는 기계가 아니야. 어렴풋이 예상은 했지만 당신의 설명에서 앞뒤가 맞지 않는 부분이 몇 군데 있었어. 이제는 확신할 수가 있어."

"……."

결국 성찬은 머릿속을 맴돌던 꺼내기 힘든 말을 했다.

"당신들은 인간의 뇌를 사용해 실험을 하고 있었어!"

성찬은 깊은 한숨을 내쉬었고 혜원 역시 성찬을 따라 깊은 한숨을 내쉬었다. 성찬이 눈을 가늘게 뜬 채 혜원을 노려보았다. 혜원은 이제껏 성찬이란 사람이 이처럼 두려운 적이 없었다. 그의 곁에 가서 무슨 말인가 해야 했지만, 할 말이 없다면 변명이라도 해야 했지만 다리가 떨려 자리에서 일어날 수조차 없었다. 결국 머뭇거리다가 그녀는 엉뚱한 말을 꺼내고 말았다. 그것은 두려움에 맞서기 위한 행동이었을 것이다.

"그래요. 나래는 인간의 두뇌예요. 그리고 실제 이름은 MX-217이죠. 유리관 안에 있는 프리엠브리오에요. 하지만 그게 어쨌다는 거죠?"

"아무렇지도 않다는 것인가?"

혜원은 크게 소리를 질렀지만 성찬은 낮은 목소리로 천천히 말했다.

"어차피 인류의 문명은 그런 식으로 발전했어요. 과학자들은 항상 새로운 것을 탐구하고 싶어했고요."

"이 세상에 존재하지 않은 새로운 자아를 만들어 내고 말았군. 하하. 이진수로 생각하는 인간이라. 소름끼치는군."

"그렇게만 보지 말아요. 이번 연구가 성공하면 인간 두뇌의 신비를 밝혀 낼 수가 있어요. 그것을 본뜬 컴퓨터를 개발할 수가 있단 말이에요. 그리고 어느 정도 성과가 있었어요. 지금까지 줄곧 이 생명체가 사고할 때마다 그 메커니즘과 뉴런의 흥분 경로들을 추적해 왔고, 방대한 자료들을 컴퓨터로 분석했어요. 여태껏 단 하루도 쉰 날이 없었어요."

성찬은 담배를 꺼내 물며 다시금 거칠게 숨을 몰아쉬었다.

"그 동안 과학자들의 욕심과 지적 호기심으로 인해 인류가 받은 고통은 이루 말할 수 없었지. 하지만 그것들 모두 이번 경우에 비하면 훨씬 나은 편이야!"

"하지만 그만큼 더 발전할 건 사실이에요! 비록 당신이 인정하지 않는다 해도 말이에요!"

혜원은 의자를 박차고 일어나 크게 소리를 질렀다. 공포에 대한 몸부림이기도 했다.

"난 처음부터 PT라는 회사가 마음에 들지 않았어. 이 빌딩의 검은색도 마음에 들지 않아!"

"예전에는 1년에 수천만 명의 사람이 이식 받을 장기가 없어 죽어 갔어요. 지금은 그런 걱정을 할 필요가 없죠. 그게 다 소용없다는 말인가요?"

혜원이 반박했다.

"그래, 이 정도의 일이 아니라면 당신이라는 여자가 한국에 올 이유가 없었겠지. 자꾸만 그 생각이 나는군. 미국에 있을 때 당신의 실험실에 찾아갔을 때 말이야. 그때 당신은 원숭이 머리뼈를 잘라 내고는 살아 있는 그 녀석의 대뇌에 전선을 꼽고 있었지. 커다란 두 눈을 껌뻑거리는 그 녀석이 불쌍하다고 생각했는데 그때 당신의 표정에선 아무런 감정도 찾아볼 수 없었어. 자꾸만 그때 일이 생각나. 당신이 인간의 뇌에 전선을 꼽는 모습이 떠올라. 그것 때문에 더 이상 견딜 수가 없어! 그런 이미지 때문에 행복한 기억은 모두 잊어버린 채 무미건조한 당신의 껍데기만이 내 기억 속에 자리 잡고 있어. 차갑던 기억만이⋯⋯. 이제는 그 이유를 알 수 있을 것 같아. 다른 사람이었다면 이렇게까지 기분이 더럽진 않을 거야. 왜 하필이면 당신이지? 왜 당신이지? 우리 두 사람 더 이상 대화를 나눌 필요가 없겠군. 더 이상 당신의 변명을 듣고 싶지도 않아. 논쟁하고 싶지도 않아. 난 이만 떠나겠어. 비밀은 지키도록 하지. 그것이 나의 마지막 배려야!"

그러한 말을 남기고 성찬은 자신의 방을 향했다. 혜원은 의자에 주저앉은 채 아무런 대꾸도 하질 않았다.

근영은 잠깐 9구역에 들렀다가 프리엠브리오 성장실로 향했다. 손가락 지문을 확인한 컴퓨터는 목소리와 얼굴 모양, 마지막으로 DNA 염기 서열을 확인한 후에야 문을 열어 주었다. 매우 복잡한 절차였지만 성스러운 장소를 위한 신성한 의식과도 같았다.

따뜻한 기운이 그를 감싸자 뒤에서 철컥 하는 소리가 나며 문이 닫혔다. 양 옆으로 늘어서 있는 인큐베이터 사이를 지나가면서 그는 흥분을 가라앉힐 수 있었다. 인큐베이터 안의 프리엠브리오들은 그의 방문을 모르는지 아무런 움직임이 없었다. 세포 분열을 촉진하기 위해 과다 투여한 효소 때문에 기형이 되어 버린 인간의 껍데기들……. 근영은 그들 모두를 사랑했다.

근영은 통로 끝에 있는 인큐베이터 앞에 서서 한참이나 그것을 바라보았다. 그러곤 주위를 돌면서 전선을 하나씩 살피기 시작했다. 가운을 살짝 치켜 올리고서는 행여나 전선을 밟을까 조심스럽게 발걸음을 옮기면서……. 수십 가닥의 전선이 어디에서 출발해 어떻게 꼬이고 어느 곳으로 연결되는지 그는 모두 외우고 있었다. 어느 하나 자신의 손길이 미치지 않은 것이 없었기 때문이다. 벽과 천장으로부터 연결된 파이프들을 가만히 잡고 호흡을 잠시 멈추면 그 안을 통과하는 액체의 흐름을 느낄 수 있다. 그 파이프들은 끊임없이 생명을 유지할 수 있도록 산소와 영양분을 공급하는 생명선이다.

어느덧 그의 손길은 따뜻한 체온이 전해지는 유리관을 더듬기 시작했다. 그것은 창조주가 자신의 피조물을 향해 치르는 하나의 의식이었다. 성인 두뇌보다 조금 더 크고 조금 더 주름이 많은 두뇌……. 아래쪽 척수가 시작되는 부분에 은빛 칩이 묻혀 있고 그 칩을 따라 가느다란 케이블이 연결되어 있었다. 그 케이블 안에는 수십만 가닥의 입출력 라인이 있다.

두뇌가 너무 빠르게 성장하여 압력을 이기지 못한 작은 얼굴이 흉측하게 벌어져 있고 역시 압력 때문에 밀려 튀어나온 둥그런 안구가 그 아래쪽으로 액체의 흐름에 따라 부드럽게 부유하고 있었다. 가슴통은 보통 성인과 같은 크기였지만 거기서 뻗어 나온 팔과 다리는 너무도 가늘었고 기묘하게 뒤틀어졌다. 그는 잠들어 있는 듯 아무런 움직임도 보이지 않았다.

하지만 지금 이 순간도 MX-217의 두뇌는 빠르고도 복잡한 활동을 하고 있으리라. 육체의 피로함과 고단함에서 자유로운 그의 의식은 휴식을 거의 취하지 않는다. 척수에 연결된 은빛 미소 전극 칩 안에는 가로 400개, 세로 600개, 총 24만 개의 미세한 전극이 들었고 그것들은 컴퓨터에서 입력되는 전류 신호를 뉴런 전달 물질인 칼륨 이온과 나트륨 이온의 농도를 변화시켜 신호를 만들어 냈다. 그러한 방식으로 컴퓨터는 대뇌의 각 부분에 효과적으로 신호를 전달할 수 있었다. 24만 개 입출력 라인 중 64가닥은 MX-217의 말초 감각신경과 연결되어 있고 그것과 쌍을 이루는 다른 64가닥은 MX-217의 운동신경과 연결되어 있다. 이렇게 한 쌍의 말초 감각신경과 운동신경이 하나의 이진수 데이터 입출력 라인을 이루고, 그것을 통하여 MX-217의 정신은 컴퓨터와 연결되었다.

뇌에서 발생하는 자기장은 지구 자기장보다 100억 배 정도 작다. 지구 자기장과 외부 전자기파를 차단하기 위해 이곳은 강한 자성체로 주위를 둘러쌌다. 근영은 MX-217의 체온을 느끼기 위해 인큐베이터를 온몸으로 끌어안으며 얼굴을 비볐다. 미묘한 감정이 그의 몸을 자극할 때면 그의 기억은 항상 과거를 거슬러 올라간다.

당시 그는 새로운 프로젝트를 위해 대뇌를 제거하지 않은 프리엠브리오를 탄생시켰다. 그것의 이름이 바로 MX-217이었다. MX란 실험중인 프리엠브리오의 모델명이고 217은 그것의 일련 번호였다. 벌써 5년이란 시간이 흘렀다.

MX-217은 이 세상에 태어난 후 3년 반이라는 성장 기간 동안 아무런 감각도 느낄 수 없었고 아무런 경험도 할 수 없었다. 신경 발생 초기에 모든 말초 감각신경과 운동신경을 제거했기 때문이다. 경험은 기억을 만들고 그 기억이 자아를 형성한다는 것이 근영의 생각이었고, 실험을 위해선 백지 상태의 깨끗한 두뇌가 필요했기에 그러한 조치를 취한 것이다. 근영은 오랜 시간 아무런 의식의 흐름 없이 암흑 속에 갇혀 있던 인간을 상상했다. 어떤 기분이었을까? 과연 시간의 흐름을 느낄 수 있었을까?

작년 초부터 시작한 첫 실험은 뉴런의 지도를 그리는 작업이었다. 그 때문에 미국에서 왕성한 활동을 보이던 뇌생리학자인 혜원을 스카우트 하였다. 그렇게 구성한 근영의 팀은 MIT에서 개발한 미소 전극 칩을 MX-217의 척수 안쪽 중추 신경에 연결했고, 그것을 통해 뇌에서 시각을 느끼는 부분에 영상 신호를 보내는 실험을 준비했다. 11구역에서 로보닥을 제작하고 있던 맹정렬 박사가 MX-217의 시신경 인터페이스를 제작했는데 그것은 화상 신호를 일련의 이진수 데이터로 바꾸는 디지털 카메라와 그 데이터를 MX-217이 느낄 수 있는 이온 신호로 바꾸어 주는 손바닥만한 컴퓨터, 그리고 미소 전극 칩에 연결되는 케이블로 구성되었다.

근영의 팀은 간단한 기계 테스트를 마치고 바로 수술에 들어갔다. 중추 신경에 미칠 충격을 최소화하기 위해 양수를 빼내지 않은 채 인큐베이터 안에서 수술을 진행했다. 투명한 액체를 붉은 레이저가 가로지르더니 곧 척수의 한 부분이 절개되고, 칩과 케이블을 연결하는 동전보다 작은 인터페이스를 시신경 통로에 고정하였다. 이러한 일련의 과정은 세부 계획까지 세워 시뮬레이션으로 많이 연습해 두어서 30분이 채 걸리지 않았다. 이제 시각 보조 장치는 지금까지 어떤 자극도 경험한 적이 없는 MX-217의 시신경과 두뇌로 영상을 전송하기 위한 모든 준비를 마쳤다.

시신경 인터페이스를 연결한 며칠 후, 어두운 실험실 한 구석에 앉은 근영은 모니터에 나온 두 장의 영상을 다시 한 번 꼼꼼히 살펴보았다. 둘 중 하나는 컴퓨터 그래픽을 이용한 기하학적인 소용돌이 그림이었다. 그리고 다른 것은 직각으로 교차하는 몇 개의 직선을 보여 주고 있었다. 근영은 이 실험에 동물이나 식물 같은 자연 영상을 사용한다면 MX-217의 잠재의식 속에 잠자는 자아를 일깨울 수도 있다고 생각했기에 그러한 기하학적인 영상을 준비한 것이다. 그의 첫 번째 계획에 있어 MX-217은 새로운 컴퓨터 역할만 수행하면 되었다. 그저 어떤 영상이 들어오면 그에 대해 어떤 반응을 보이고 그 영상 정보들이 어디에서 어떻게 기억되는지를 추적하면 그만이었다.

그때부터 정지 화상에서 시작하여 동영상, 그리고 점점 복잡한 그림과 여러 가지 색깔을 더해가며 MX-217의 뇌에 일어나는 미세한 온도와 전압과 자기장 그리고 이온의 농도 변화를 측정할 예정이었다. 그러면 그 데이터를 메탈 브레인이라는 슈퍼컴퓨터가 처리해 지금까지 알려진 어떤 것보다도 정확한 대뇌 지도를 그릴 것이다. 물론 그에 앞서 메탈 브레인을 주관하는 중앙정보실과 사전 협조가 되어 있었다. 그들은 뉴런 신호를 프리엠브리오의 유전자 염기 서열 분석으로 알고 있으리라.

근영의 또 다른 목표는 대뇌의 반응, 즉 인간의 의식―근영은 이것을 어떤 선택에 관한 문제라고 생각했다―이 독립적인지 아니면 환경의 지배를 받는지에 대한 해답을 찾아내는 것이었다. 아무런 경험도 없는 두뇌에 선택적인 환경을 조성해 주면 그 의식의 흐름도 환경의 지배에 따라 선택적으로 변하게 될 것인가? 그것에 대해 알아 낼 수 있으리라는 믿음을 근영은 가지고 있었다.

첫 번째 영상을 MX-217의 두뇌로 전송하던 당시의 감동을 근영은 영원히 잊을 수 없다.

―MRI, EEG, ALC 그 외 다른 신경 신호 추적 장치 이상 없습니다. 초전도 양자 간섭 소자 제대로 작동합니다.

―메탈 브레인 접속중, 기타 기기 작동은 이상 없습니다. 현재 시스

템 사용률 60%.

– 주 모니터 및 기타 신경 신호 추적 모니터 이상 없습니다.

실험실 한쪽 벽면을 차지한 대형 모니터에는 MX-217의 두뇌가 삼차원 좌표축에 그래픽으로 처리되어 나타났다. 그곳에서는 뇌 안의 미세 전압과 자기장 변화가 CT와 MRI로 촬영된 해부 영상과 함께 뉴런의 색깔 변화로 표현되었다. 그것을 통해 뉴런군의 흥분을 한눈에 볼 수 있었다. 실험실에는 긴장이 흘렀다. 잠시 후 카운트다운이 시작되었다.

– 10 9 8 7 6 5 ……

누가 이렇게 복잡한 절차를 만들었을까 그리고 누가 카운트하라고 지시했던가 하고 생각했지만 아무도 그런 적이 없었다. 실험실 내부에 흐르는 긴장과 흥분이 각 연구원의 저런 행동을 야기했으리라.

아무 일도 일어나지 않은 듯했지만 카운터가 0을 가리킴과 동시에 모니터에 삼차원 그래픽으로 처리되어 보이던 거대한 두뇌에서 현란한 색상 변화가 나타났다. 주 모니터에는 화상이 성공적으로 전송되었다는 메시지가 나타났다.

적색에 가까울수록 활발한 전압 변화, 즉 두뇌 활동이 활발함을 나타낸다. 그리고 메탈 브레인은 그 신호들을 추적해 그것이 기억되었을 법한 뇌의 영역 몇 부분에 화살표로 표시한다. 아마 그 부분에서는 미세한 뉴런의 수상돌기에 결합의 변화가 생겼으리라. 이 일련의 과정은 너무도 빨리 일어나 아무도 그 속도를 느낄 수 없었다. 하지만 색깔의 변화는 점점 강해졌고, 화살표 개수도 늘어 갔다. MX-217은 처음으로 경험하는 시각에 상당히 민감한 반응을 보이고 있었다. 어쩌면 그는 근영보다 더 큰 감동을 느끼고 있으리라. 근영은 눈물이 나올 것 같았다. 혜원은 마치 그것을 예상했다는 듯 담담한 표정을 지었다.

"너무도 아름답군……."

근영이 속삭였다.

– 두 번째 영상 신호 전송 준비 완료.

– 카운트다운 시작합니다. 10 9 8 7 6 ……

두 번째 신호는 직각으로 교차하는 직선들이다. 두 번째 카운트다운이 끝남과 동시에 주 모니터에 보이는 두뇌는 더욱 활발한 활동을 하기 시작했다.

– 산소 소모량이 계속 증가. 현재 산소 공급량을 30% 늘렸습니다.

– MX-217의 심박수 급상승중 분당 90회를 넘어가고 있습니다.

메탈 브레인이 MX-217의 산소 소모량에 맞추어 자동으로 혈액의 산소 농도와 혈당을 높였다. 뇌는 평소에 허파가 흡수하는 산소의 20%를 사용한다. 뇌의 무게가 신체의 5%를 차지한다는 사실과 비교하면, 이는 뇌세포가 신체의 다른 세포보다 네 배의 산소를 소모하는 것을 의미한다. MX-217의 산소 소모량이 빠른 속도로 증가한다는 사실은 활발한 사고 활동의 명확한 증거였다. 정보 처리를 실행하는 고도의 장치로, 컴퓨터와 두뇌 두 가지 시스템이 존재한다. 이제 두뇌의 논리 전개에 한 발짝 더 다가설 수 있을 것이다.

모니터에는 점차 화살표가 늘어났다. 벌써 대뇌의 수십 군데에서 동일한 기억이 되풀이되고 있었다. 그것은 최초의 경험을 잊어버리지 않으려는 몸부림처럼 보였다. 아마 그는 일반인이 상상할 수 없는 흥분에 휩싸여 있을 것이다.

두 번째 영상이 주입된 지 한 시간 가까이 지났지만 모니터에 보이는 거대한 두뇌는 활동을 멈추지 않았다. 연구원들은 모인 데이터를 정리하느라 분주했지만 다소 긴장이 가라앉은 모습이었다. 이 연구실 안의 사람들처럼 MX-217도 어느 정도 흥분이 가라앉은 듯 뇌파는 안정되었지만 그 생명체는 계속 두 영상에 대해 생각하고 있었다. 확실히 MX-217의 뇌는 평소와는 다른 움직임을 보였다. 다른 모니터에는 앞으로 전송할 기하학적인 영상들이 보였다. 앞의 것과 마찬가지로 곡선과 직선으로 이루어진 무늬들이었다.

"몇 시간째지?"

"한 시간 반이 조금 넘었어요."

"관심을 많이 보이는군."

"태어나서 첫 번째 경험이니까요."

근영의 옆에는 항상 혜원이 자리를 잡고 있었다. 시도 때도 없는 근영의 질문 탓에 그녀는 자리를 비울 틈이 없었다. 이미 몇 차례 둘은 MX-217의 반응에 대해 토론하였고 상당 부분에서 의견이 일치하였다.

"다른 영상은 내일 입력하기로 하지. 10시간 이상 잠을 자지 못했군. 많이 피곤할 거야."

"예? 무슨……"

"내가 아니고 저 녀석 말이야."

근영은 턱으로 모니터를 가리켰고, 혜원은 그의 의도를 이해한 듯 고개를 끄덕였다.

"안정제를 약간 투여할게요. 이대로라면 밤새 잠을 못 이룰 것 같아요. 그러면 내일 실험에 지장이 생기겠죠."

"그래. 조심해서 투여하라고 해. 상당히 민감한 녀석이니까. 저 녀석이 곯아떨어진 사이 우리도 좀 쉬어야지. 그리고 지금까지 모은 자료도 정리하고."

혜원이 자리에서 일어나 연구원 몇 명에게 간단히 지시 내리자 그들은 컴퓨터에 안정제의 종류와 양을 입력했다. 컴퓨터는 그것이 MX-217에게 무리가 아니라는 분석을 했고, 그에 따라 인큐베이터로 들어가는 혈액 속에 약을 주입하였다. 혹시라도 있을지 모르는 사고에 대비해 그에게 사용되는 약품이 치명적인 성분일 때는 자동으로 실행을 멈추고 근영의 최종 결정을 기다리도록 되어 있었다.

이번엔 느린 속도로 변화가 일어나고 있었다.

– 뇌파와 산소 소모량이 떨어집니다.

– 대뇌의 활동이 느려지고 있습니다.

"상당히 피곤했나 봐요. 바로 잠들어 버리는데요."

"그만큼 집중했다는 거지."

이제 모니터에는 더 이상 색의 변화가 보이지 않았다. 완전히 잠들어 버린 것이다.

"내일 아침까지 푹 자도록 내버려 둬."

그 후에 근영의 팀은 미세한 마이크를 이용해 MX-217에게 청각을 부여했다. 11구역 맹정렬 박사가 로보닥을 연구하면서 쌓은 노하우로 만든 기계 청각 장치였다. 실험은 두 달 동안 아무런 기술적 문제없이 진행되었지만 근영의 팀은 결국 어떤 한계에 부딪히고 말았다.

첫 번째는 MX-217의 관심이 떨어지기 시작한 것이다. 시각 자극에 익숙해지면서 그의 두뇌는 점차 화상 신호에 늦은 반응을 보이거나 때로는 무관심하기조차 했다.

두 번째는 앞의 문제보다 더욱 심각한 것이었다. 그것은 앞으로의 실험 방향에 관한 문제이기도 했는데 MX-217의 모든 뉴런 결합과 신경 전달 경로, 즉 대뇌 지도를 그리더라도 인간의 의식에 관한 신비를 알아 낼 수는 없다는 결론에 도달하고 만 것이다. 말하자면 아무리 뉴런을 분석해도 MX-217의 생각은 읽을 수가 없었던 것이다.

그래서 근영은 언어를 가르치기로 했다. MX-217에게 '의식'이라는 것을 부여하기로 결정내린 것이다. 그 역시 많은 문제에 부딪혔지만 엉킨 실타래를 풀 듯 하나하나 해결해 나갈 수 있었다.

첫 번째로 부딪힌 문제는 보통 어린아이는 시각과 청각을 이용해 언어를 배우고 말로 표현하지만 MX-217은 그러한 신체 기관을 가지고 있지 않은 것이다. 아니, 눈과 귀 등의 감각 기관은 있지만 발생 초기에 말초신경을 제거했으므로 이미 그 기능을 잃어버린 지 오래다. 감각신경 대신 데이터 전송 라인으로 연결된 미소 전극 칩이 있지만 그것으로는 불가능한 일이었다.

미소 전극 칩은 화상 신호와 같은 방대한 데이터를 입력하기 위해 구상되었으므로 MX-217이 언어 형식으로 입력되는 신호의 차이를 구별할 수 없는 것이 첫 번째 이유였고, 두 번째 이유는 중추 신경, 즉 뇌의 집중력이 떨어지는 문제였다. 중추 신경에 연결된 미소 전극 칩을 이용해 MX-217이 대화를 할 경우, 즉 MX-217의 어떤 생각이 언어로 표현될 경우 여러 사고의 작용이 걸러지지 않고 그대로 프로세서를 통과하기 때문에 대화 자체가 혼란에 빠질 염려가 있었다. 게다가 근영의 팀은 대뇌에서 발생하는 방대한 신호 중 언어로 표현되는 신호만을 필터링할 기술도 없었다.

그래서 근영의 팀은 애초에 제거한 MX-217의 말초 감각신경과 운동신경을 살리는 작업에 들어갔다. 그렇다고 해서 눈과 귀의 기능을 정상으로 돌리는 것은 아니었다. 인간의 다섯 가지 감각 중 피부 감각만을 되살리는 작업을 시작한 것이다.

피부 감각과 근육의 움직임을 주관하는 두 가닥의 신경이 하나의 입출력 단위를 이룰 수 있다는 것이 그들의 구상이었고 그러한 방식으로 여덟 개의 신호 채널을 만들었다. 쉽게 설명하자면, 미세한 전류를 이용해 피부 감각신경에 자극을 가하면 그것에 대한 응답을 MX-217이 운동신경으로 표현하도록 구상한 것이다. 컴퓨터의 이진수 언어 체계와 비슷한 방식이다.

첫 번째 작업에서 채널로는 신체에서 가장 정교하고 빠르게 움직일 수 있는 부분이라는 이유로 엄지를 제외한 여덟 개 손가락으로 연결되는 감각신경과 운동신경이 선정되었다. 이진수 논리 체계는 이미 컴퓨터 언어에서 잘 정리되어 있었고 근영의 팀은 그것을 그대로 응용했으므로 여덟이라는 숫자를 선택한 것이다. 그로써 8비트 신호 체계가 구축되었다. 근영은 여덟 개 채널을 이용해 지속해서 자극을 주었다. 그것은 MX-217에게 감각과 반응을 훈련하기 위한 준비 과정이었다.

MX-217은 전기 자극을 느끼곤 운동신경을 활발히 움직이기 시작했다. 그 여덟 가닥의 운동신경은 MX-217이 통제할 수 있는 유일한 부분이었고 MX-217은 자신이 소유할 수 있는 영역이 생긴 것이 즐거운 듯 마구잡이로 운동 신호를 표현해 댔다. 그 운동신경의 움직임은 전기 신호로 바뀌고 컴퓨터는 그 움직임의 간격에 의미를 부여해 바이너리 코드로 변환하는 일련의 프로세싱을 거친 후 ASCII 코드를 응용해 모니터에 한글로 출력되었다.

근영은 조급하지 않았다. 일단 MX-217이 이러한 자극을 통해 0과 1의 차이를 깨달을 수 있도록 일정한 세기와 길이를 가진 신호를 간격을 두고 계속해서 입력했다. 이 신호들은 MX-217이 그 차이를 인식할 수 있을 정도의 충분한 시간 간격을 두고 전해졌다. 그것은 긴 간격과 짧은 간격으로 이루어진 일종의 모스 부호와도 비슷했다. 그 신호의 차이는 0과 1이라는 차이를 만들었고 MX-217은 금세 두 신호의 차이를 깨달았다.

≡ 가 가 가 가 가……

유아의 언어 습득 과정은 반복하여 경험한 단어에 대한 모방이다. 근영은 아이에게 한글의 첫째 음절을 가르치는 것으로 언어 교육을 시작했다.

딸 나영에게 말을 가르칠 때는 '엄마'라는 말을 먼저 가르쳤다. 그것은 아이들이 가장 예민하게 움직일 수 있는 입술에서 나오는 소리기 때문이다. 하지만 MX-217은 입술로 발음하지 않으므로, 즉 손가락 운동신경을 움직여 말하므로 엄마라는 음절부터 시작할 필요가 없었다.

근영이 지루한 작업을 하는 도중에도 혜원은 MX-217의 뇌에서 발생하는 뉴런 흥분의 경로와 수상 돌기의 결합 변화 등을 추적하며 새로운 지도를 그리기에 여념이 없었다.

한 달이라는 시행착오 기간을 거치면서 MX-217은 단어를 외웠고 근영이 화면에 찍어 대는 글자들을 모방하기 시작했다. 그것은 인간의 언어 본능으로 당연하다는 것이 혜원의 의견이었다.

≡ 나무

≡ 나무

≡ 책상

≡ **책상**

≡ 고양이

≡ 고양이

그러나 근영은 또 하나의 문제에 부딪히고 말았다. MX-217에게 단어의 의미를 설명해 줄 수가 없는 것이다. 근영과 MX-217의 대화는 그저 단순한 패턴의 교환일 뿐이었다. MX-217은 수백 개 명사를 알았지만 그것은 그 단어의 의미를 아는 것이 아니라 단지 단어의 음절이 이루는 ASCII 코드만을, 즉 이진수로 된 전기 신호의 반복을 통해 일정한 패턴을 암기하고 표현하는 것뿐이다. 근영은 MX-217이 암기하고 화면에 찍어 대는 '강아지'라는 단어를 설명할 수 없었다.

유아용 교재에는 털이 하얀 작고 귀여운 강아지가 그려져 있다. 하지만 MX-217이 이해하는 강아지는 0과 1로 이루어진 생명이 느껴지지 않는 전기 신호일 뿐이다. 이 신호는 어디를 봐도 하얀 털이라든가 반짝이는 눈동자, 그리고 촉촉한 혀에서 느껴지는 체온을 느낄 수 없다. 그에게 어떻게 이런 것을 느끼게 할 수 있을까? 근영과 혜원은 한참 동안이나 그 방법에 대해 고민을 했다. 결론은 불가능하다는 것이었다.

나영이에게는 솜털이 복슬복슬한 강아지를 눈으로 보여 주고, 피부로 느끼게 할 수 있었다. 나영이는 금세 강아지라는 단어를 서툴게 따라 했다. 이렇게 나영이는 각각 경이로운 모습으로 외부 세계를 경험했고 아이는 그렇게 말을 배웠다.

하지만 근영은 MX-217에게 강아지를 보여 줄 수 없었다. 그의 미소 전극 칩 라인을 통해 시신경과 두뇌로 강아지 그래픽을 입력해 보았지만 MX-217은 여덟 개 라인으로 입력되는 바이너리 코드와 강아지의 화상 신호를 같은 것으로 인식할 수 없었다.

한참을 고민한 근영과 혜원은 두 신호의 차이가 너무 커서 MX-217이 그것을 같은 것으로 받아들일 수 없다는 결론을 내렸다. 강아지라는 ASCII 코드는 수십 개의 이진수 코드로 되었지만 그래픽은 수십만 개 이상의 화소로 이루어졌으며, 그것을 주관하는 뇌의 영역도 달라 두 신호의 연관성을 파악하지 못하는 것이다. MX-217을 인큐베이터 밖으로 꺼내 이 세상을 보여 주지 않는 한 의미 있는 것은 아무것도 없었다.

"제가 아는 사람이 있어요. 잘 아는 사람은 아니지만 분명히 관심을 보일 거예요."

"누구지?"

혜원은 기현이란 기호학자의 얘기를 꺼냈다. 혜원이 직접 기현을 만났는데 그는 MX-217이라는 존재에 많은 관심을 보였고 이후 실험에 참여하게 되었다. 그때부터 전혀 다른 방법의 언어 교육이 시작되었다. 그는 근영의 방법과는 달리 언어에서의 음절을 무시한 채 수학부터 가르치기 시작했다.

근영은 인큐베이터를 감싸던 팔을 떼고 한 걸음 물러서서 물끄러미 그것을 바라보았다. 그의 온몸은 프리엠브리오 성장실 안의 더운 공기와 MX-217의 체온으로 인해 땀에 젖어 있었다. 멍하니 그리고 한참이나 그것을 바라보던 그는 다시 전선이며 파이프 등을 점검했다. 마치 경건한 종교 의식을 치르듯 정해진 차례대로 조심스럽게……

5. 기억의 단절, 두려움 그리고 욕망

"바다를 한 번도 못 봤어?"

"응. 단 한 번도."

"우리는 지금 천국의 문 앞에서 술을 마시는 거야.
세상과 작별할 순간이 다가오는데 그런 걸 못 봤단 말이야?"

"정말이야. 본 적이 없어."

"천국에 대해 들어 본 적 있어?
그곳엔 별다른 얘깃거리가 없어.
바다의 아름다움과 바다에서 바라본 석양을 얘기할 뿐이야.
물 속으로 빠져들기 전에 핏빛으로 변하는 커다란 공,
사람들은 자신이 느꼈던 그 강렬함과
세상을 뒤덮는 냉기를 논하지.
영혼 속의 불길만이 영원한 거야. 넌 별로 할 말이 없겠다.
입 다물고 있어야지. 바다를 본 적이 없으니까."

— 영화 〈노킹 온 헤븐스 도어〉 중에서

≡ 나래?

나는 나래의 말을 이해할 수 없었다. 그의 이름 뒤에 물음표가 붙은 것으로 미루어 볼 때 자신에 대한 궁금증을 표시한 것이다. 자신에 대한 궁금증? 그가 나에게 어떤 대답을 원하는지 알 수 없었다. 나는 그의 의도를 파악해 볼 요량으로 조심스럽게 대답했다.

≡ 나래는 사람이야. 나와 같은 존재지.

≡ 사람?

≡ 사람은 동물이야. 어떤 사람은 생각하는 동물이라고 해. 다른 동물과는 달리 이성적으로 생각하고 판단할 수 있어.

≡ 동물?

≡ 동물이라…….

내가 대답을 못하자 나래가 동물에 대해 정의 내려 버렸다.

≡ 동물은 스스로 움직일 수 있는 생명체.

≡ 나래가 맞아.

≡ 동물은 움직일 수 있는 몸이 있다. 나래의 몸은 어디에 있지?

나는 대답할 수 없었다. 잠시 후 나래는 화면에 사진 한 장을 보여 주었다. 그건 놀랍게도 MX-217이 인큐베이터에 담겨 있는 모습이었다.

잠시 후 나는 프리엠브리오 성장실 안에 보안용 카메라가 설치된 것을 기억해 냈다. 컨트롤러는 보안용 카메라를 조정하고 보안 시스템의 명령을 수행한다. 그리고 필요에 따라 메탈 브레인은 보안 시스템을 직접 조종할 수 있다. 나래는 메탈 브레인을 이용해 보안 시스템을 조종한 것이다. 나래는 외부에서 자신의 육체를 보며 기계적인 설명을 했다.

나는 머리 부분을 가리키며 그 안에 나래가 존재한다는 말을 했다. 나래는 당황하는 모습을 보였다. 내 말을 믿을 수 없다는 말도 했다.

혜원이 성찬의 방으로 찾아갔을 때 그는 10구역을 떠날 채비를 하고 있었다. 가지고 온 짐이라곤 서류 가방 하나였지만 무엇을 두고 가는 게 없는지 꼼꼼하게 확인하고 있었다.

"이대로 떠날 건가요?"

성찬은 대답이 없었다.

"밤이에요. 내일 아침에 떠나도 될 거예요."

성찬은 그 말을 못 들었다는 듯 만년필을 와이셔츠 주머니에 꽂았다.

"저는 …… 당신이 필요해요. 그래서 불렀어요."

"……."

"당신이 절 안 좋게 생각하고 있는 거 잘 알아요. 하지만 저 역시 지금까지 많이 힘들었어요."

"……."

"잘잘못을 가리자는 것이 아니에요. 당신의 도움이 필요해서 저는 당신을 이곳으로 불렀어요. 부탁이에요. 제발 절 도와주세요. 의견 차이는 많지만…… 우린 좋은 친구잖아요."

혜원의 눈에 눈물이 글썽였다.

"전 지금 너무 두려워요. 아무에게도 말은 안 했지만…… 성찬 씨는 예전부터 제가 힘들 때마다 큰 힘이 돼 주곤 했죠. 기억하고 있어요?"

성찬은 잠시 짐을 챙기던 것을 멈추고 그녀를 의자에 앉혔다. 혜원은 자신의 감정을 이기지 못했는지 호흡을 가다듬지 못하고 있었다.

'계산된 연기가 아닐까?'

하지만 연기처럼 보이진 않았다.

"무엇이 두려운 거지?"

성찬이 오른손으로 혜원의 어깨를 잡으며 부드럽게 말했다. 그녀의 어깨가 가늘게 떨리고 있었다.

"……."

"의외군. 당신도 두려워하는 게 있다니. 믿어지지 않아. 당신같이 이성적이고 자존심 강한 여자가 이렇게……."

잠시 후 혜원이 마치 누가 듣기라도 할까 봐 주의하는 듯 조용한 목소리로 말했다.

"MX-217이 공원에 관심을 가지고 있어요."

"공원이라니?"

성찬은 혜원의 엉뚱한 말을 이해할 수 없었다.

"이 빌딩 안에 있는 실내 공원 말이에요. 모레가 개장식이에요."

"그것이 무슨 상관이지?"

"MX-217은 누구보다 논리적인 사고를 해요."

"공원이라면……."

혜원은 울먹이듯 그 말을 내뱉었다. 순간 성찬은 무엇에 머리를 얻어 맞은 듯 멍한 상태가 되어 버렸다.

"공원도 컴퓨터의 조정을 받나?"

혜원이 힘없이 고개를 끄덕였다.

"MX-217이 언어를 배운 후에 우리는 이야기에 대해 교육했어요. 튜링 테스트를 기본으로 한 이야기야말로 논리 전개의 방향을 보여 주는 가장 좋은 방법이기 때문이죠. 20년 전 '브루투스 1'이라는 컴퓨터가 '배신'이라는 주제로 토막 소설을 지은 후 IBM과 애플컴퓨터 사에서 꾸준히 그에 대해 연구해 왔어요. 아직까지도 초보적인 수준이지만요. MX-217의 교육 과정 중에서도 그와 비슷한 것이 있는데 우리가 주제나 제목을 지정하면 MX-217은 그 제목에서 자유 연상되는 단어들을 사용해 이야기를 만들어요. 저는 MX-217의 뇌에서 발생하는 반응들을 추적했어요. 그런데 한 달 전이었어요. 문근영 박사가 관심이 떨어진 때여서 저 혼자 이야기 교육을 했어요. 전 소풍이라는 제목을 제시했죠. 그리고 아기 돼지들이 소풍을 가는 동화를 입력하고는 비슷한 이야기를 만들어 보라고 했어요. MX-217은 아기 돼지들이 메탈 브레인 빌딩의 실내 공원으로 소풍을 간다는 이야기를 만들고, 이야기는 모든 돼지들이 결국 사고로 죽는 것으로 끝났어요."

성찬은 아무런 말도 하지 않고 혜원의 말을 들었다. 그녀는 말을 하면서 점차 냉정을 되찾고 있었다.

"혹시나 해서 MX-217에게 실내 공원에 대해 아는 대로 다 말해 보라고 했어요. 공원의 구조와 여러 시설물에 대해 누구보다 잘 알았어요. 그리고 개장식 날짜와 시간도 정확히 알고 있었어요. 그때부터 전 불안감에 휩싸였어요. MX-217은 거의 완벽하게 논리적으로 사고해요. 원인과 결과가 확실해요. MX -217의 지금까지 행동을 분석해 볼 때 목적이 없으면 특별한 관심을 보이지 않았어요. 전 그것 때문에 두려운 거예요."

"그걸 누구에게 말한 적이 있어?"

"아뇨. 아무에게도 말 안 했어요. 불안했지만 웃음거리가 되기는 싫었어요. 단지 MX-217이 관심을 가진 것만으로 공원이 위험하다고 떠들 용기가 나질 않았어요. 저는 모든 사람에게 이성적으로 보이고 싶었고 지금까지 그렇게 보여 왔어요. 그런 제가 엉뚱한 말을 꺼내 웃음거리가 되기는 죽기보다 싫어요."

혜원의 눈이 반짝이는가 싶더니 눈물이 볼을 타고 흘러내렸다. 아까처럼 흥분한 모습은 아니었다. 성찬도 조금씩 마음이 풀렸다. 그녀를 이해할 수 있었다. 다시금 행복하던 예전의 기억이 떠올랐다. 그때도 혜원은 힘든 일이 있을 때면 이렇게 성찬을 찾곤 했다.

'그 동안 강한 모습만 보여 주느라 얼마나 힘들었을까?'

그 동안 혜원이 마음속에 품고 있던 감정들이 분출한 것이다. 예전에도 혜원은 그랬다. 성찬은 이제 모두 기억할 수 있었다.

"기억이란 참 묘한 거야."

성찬이 아주 나지막이 속삭였다. 시간이 흐르면서 마음속에 남은 기억들은 편집되고 그 사람에 관한 느낌까지 퇴색한다. 그런데 한 순간의 짧은 기억은 다시 그때의 감정을 되살아나게 한다. 오랫동안 잊고 있던 한 순간의 기억이.

'기억을 잃어버리면 그만큼의 인생을 잃어버리는 것일까?'

혜원은 말을 이었다.

"그런데 지난 주 김기현 씨 사고가 발생했어요. 전 그것이 바로 MX-217의 소행이란 걸 알 수 있었어요. 최근 들어 그는 MX-217을 없애야 한다고 주장했거든요. 어떤 경로를 통해 MX-217이 그런 기현의 생각을 알았는지는 모르겠어요. 그때부터 제 두려움이 더욱 커지기 시작했어요. 두려워서 견딜 수가 없었어요. 하지만 이 안에선 누구에게도 두렵다는 말을 할 수가 없었어요."

성찬은 가만히 그녀의 어깨를 다독거려 주었다.

'그 동안 혼자서 얼마나 괴로웠을까. 그런 그녀에게 그렇게 화를 내다니⋯⋯.'

성찬은 혜원의 마음이 상하지 않도록 조심스럽게 말했다.

"당신의 말은 틀리지 않아. 충분히 이성적이야. 모레가 공원의 개장식이라⋯⋯ 시간은 아직도 충분해. 하여튼 의외군. 이런 일에 나를 부를 생각을 하다니."

"당신이라면 저를 도와 줄 것 같았어요. 예전처럼 제게 해결책을 제시해 줄 것만 같았어요. 그리고 당신이라면 어떠한 비밀도 털어놓을 수 있을 것 같았어요."

성찬은 혜원의 어깨를 살며시 감쌌다.

"MX-217을 멈출 수 없다면 공원의 행사를 연기해야겠군. 그렇게 하지 않는다면 분명히 재앙이 생길 거야."

혜원이 고개를 끄덕였다. 성찬은 꺼진 꽁초에 다시 불을 붙였다. 잠시 서성이던 성찬이 입을 열었다.

"이런 말을 할 수 있는 사람이 누가 있지? 이곳 10구역에 있는 사람 말고 PT에서 어느 정도 영향력 있는 사람 중에서, 당신 말을 믿어줄 수 있고 공원 행사를 연기할 수 있는 사람……."

혜원은 고개를 숙인 채 아무런 말이 없었다.

"그런 사람을 불러서 이 얘기를 해야 해. 알고 있는 사람이 있어?"

혜원이 천천히 고개를 끄덕거렸다.

"당신이 인정하는 사람이라면 아마 대단한 사람이겠지. 참, 김기현이라고 했나? 기호학자가 남긴 기록이 있다면 보고 싶어. 그가 MX-217을 없애자고 했다면 그 역시 뭔가 알고 있었을 거야."

누군가 노크를 하는 바람에 남식은 잠에서 깨어났다. 메디컬 네트워크의 기자 회견을 하고 관계 공무원들을 만나고 공원 행사를 준비하는 등 늦게까지 바쁘게 움직이다가 잠시 소파에 누워 눈을 붙였는데, 시계를 보니 벌써 밤 열한 시가 지나고 있었다.

'이 시간이면 비서도 퇴근한 시간인데, 도대체 누가 찾아온 걸까?'

남식이 문을 열자 그 앞에 혜원이 서 있었다.

"박사님이 이 시간에 무슨 일로……."

남식은 혜원을 방안으로 맞아들였다. 그녀는 남식보다 더 피곤해 보였으며 두 눈이 부어 있었다. 남식은 불길한 예감이 들었다. 그는 혜원을 소파에 앉히고는 샴페인과 유리잔 두 개를 들고 왔다.

"이건 모레 터뜨리려고 준비한 건데……."

남식은 아쉽다는 듯 샴페인 뚜껑을 땄다. 호박색 액체가 투명한 유리잔으로 쏟아지면서 맑은 소리와 은은한 향기가 퍼졌다.

"피곤할 때는 약간의 알코올이 상당히 도움이 돼요. 좋은 향기가 마음을 안정시켜 줄 거예요."

혜원은 가슴 안에 샴페인 향기가 가득 차자 기분이 좀 좋아진 듯했다. 확실히 남식은 사람을 다루는 데 재주가 좋은 사람이었다.

남식이 혜원을 처음 본 것은 작년 초 하버드 대학에서였다. 만나기에 앞서 미리 사진을 보았지만 직접 만났을 때 남식은 놀랄 수밖에 없었다. 여자 과학자 대부분이 매력 없고 외모에 신경을 쓰지 않는다는 고정관념을 가지고 있었기 때문이다. 눈에 띄게 아름다운 얼굴은 아니었지만 지적인 행동과 말투는 혜원을 더욱 매력적으로 만들었다.

그때 남식은 혜원에게 엄청난 보수를 제시했지만 그녀는 보수는 중요하지 않다고 말했다. 대신 무슨 일을 하는지에 대해 알고 싶다고 했다. 근영의 말도 있었지만 남식은 그녀를 꼭 PT로 데려오고 싶었다. 그래서 MX-217에 관한 모든 얘기를 해 주었다. 그것은 남식에게 있어 대단한 모험이었는데 그 얘기를 들은 혜원은 그 자리에서 PT로 자리를 옮기겠다고 말했다. 나중에 알았지만 당시 그녀는 미국 정부가 주관하는 대규모의 프로젝트에 참여하고 있었다.

"이제 박사님 얘기를 들어 볼까요?"

남식이 말했다. 그는 혜원보다 나이가 두 살 적었다. 남식에게는 자신보다 여덟 살 적은 아내가 있었으며 그 사이에 아들과 딸이 하나씩 있었다. 남식은 혜원이 미국에 있을 당시 PT에 관련한 문제로 직접 자신을 찾아온 사람이었고 홍보실장직을 맡으면서 PT의 각 연구실에 영향력을 행사하는 사람이었다.

"제 아내는 모델이었는데 그때 제 눈에 뭐가 씌었는지…… 시간이 지날수록 대화가 줄어들어요. 그저 가구와 옷에 관심 가져 주고 텔레비전에 누가 나왔다는 등의 대화를 나누거나 가끔씩 아이 문제 때문에 다투는 것이 전부죠. 하지만 박사님과 대화를 나눌 때는 항상 즐겁군요. 전 이성적인 여자가 좋거든요. 나이가 들면서 알게 되더군요." 하고 남식은 혜원에게 말을 꺼내곤 했다. 혜원은 남식이 미국으로 자신을 찾아온 당사자인데다가 원만한 성격이 마음에 들어 그를 꺼려하지 않았다.

"오늘은 굉장한 날이었어요. 기자 회견에다가 오후에는 공원 개장식 때문에 관계자들과 이벤트 회사 사람들을 만나고 저녁에는 복지부 관계자를 만났어요."

혜원이 말이 없자 남식은 하루 종일 일어난 일들을 얘기했다. 하지만 집에서는 그러한 얘기를 일체 하지 않는다. 그의 아내는 그런 일에 관심이 없고 남식 역시 피곤하게 말을 꺼내고 싶지 않기 때문이다.

"복지부에서 새로운 안을 제출한다는군요."

평소라면 궁금해 무슨 일이냐고 물어 보았겠지만 혜원은 그럴 만한 여유가 없었다.

"공무원과 공기업 직원의 정년을 70세까지 늘이는 것을 골자로 하는 내용인데. 이것이 통과되면 한 가지 짐은 더는 셈이죠."

의료 기술 발전과 프리엠브리오의 개발로 10년 사이에 한국인의 평균 수명은 10년 이상 늘어났다. 이는 세계적으로 공통된 현상이었다. 그로 인해 출생률은 감소하는데 일하지 않는 노령 인구가 급속히 증가하는 현상이 발생했다. 그것은 사회 분위기의 전반적인 침체로까지 이어졌다. 또한 노인 연금 등 복지비용 과다 지출로 이어졌고 PT측에서는 매출액에서 매년 일정한 양을 기부금 형식으로 정부에 내놓았다.

"평균 수명이 증가하는데도 사람이 일할 수 있는 나이를 예전과 같이 정해 놓는 것은 불합리한 일이었어요. 이제 내일 모레면 공원 개장식이군요. 그에 맞추어 메디컬 네트워크도 정식으로 설립이 돼요."

남식이 건배를 청했다.

"제 얘기만 하는군요. 이제 박사님 얘기를 듣고 싶어요. 이렇게 늦게 무슨 일이죠?"

혜원이 천천히 말했다.

"실은…… 문제가 생겼어요."

"문제라니요?"

"MX-217에 관한 거예요."

남식은 의외라는 듯 고개를 갸우뚱거렸다.

"심각한가요?"

"MX-217이 문제를 일으켰어요. 하지만 그렇게 심각하지는 않아요."

"……."

"가뜩이나 바쁘실 텐데 미안해요. 여기서는 말씀드릴 수 없고……. 지금 저랑 연구실에 함께 가 주실 수 있으세요?"

남식이 어색하게 웃으며 대답했다.

"지금은 제가 너무 피곤해요. 요 며칠 동안 정신이 없었어요. 특히 어제 오늘은 기자 회견을 준비하느라 밤새 잠을 못 잤어요. 게다가 마누라까지 성화에요. 동창 모임이 있는데 제가 꼭 거기에 참석해야 한다고 하루에도 몇 번씩 확인을 해요. 내일 아침에 들르면 안 될까요?"

혜원은 중요한 일이라고 다시 말을 꺼내려다가 그만두었다. 더 이상 얘기한다면 남식은 그 이유를 물어 볼 것이고, 혜원은 그 대답을 할 자신이 없었기 때문이다.

성찬이 디스켓을 삽입하자 잠시 후 모터 회전 소리가 들렸다. 그것은 혜원이 오남식 홍보실장을 찾아가기 전 죽은 기호학자가 남긴 거라면서 성찬에게 주고 간 것이다. 디스켓 안에는 혜원이 미처 설명하지 못한 부분이 상당히 많이 들어 있었다. 기현은 그 기록 안에 MX-217에 대한 자신의 생각을 정리해 놓았다. 성찬은 방대한 양의 문서 중 참고할 만한 것을 골라 따로 편집했다.

MX-217의 언어 교육은 순조로웠다. 마치 물을 빨아들이는 스펀지처럼 우리의 교육 내용을 흡수하였다. 가끔씩은 그가 어린아이라는 생각이 들 때도 있다. 하긴 인간으로 따지면 만 다섯 살의 아이지만······.

하지만 MX-217에게 이해시킬 수 없는 부분이 있었다. 그것은 구체적인 사물로 나타낼 수 없는 추상적인 개념들이다. 사랑, 분노, 슬픔······ 이런 것들은 사회 경험이 없는 MX-217에게는 교육이 불가능한 단어들이다. 정서가 없는 어린아이가 자신의 존재를 깨닫고 자신의 의지에 따라 행동하기 시작한다면 그 결과는 어떻게 될까?

—

현재 우리는 관찰자의 입장으로 그와의 관계를 유지할 수밖에 없는 상태가 돼 버렸다. 불필요한 접촉이 그의 자아에 어떤 영향을 끼칠지 알 수 없기 때문이다. 그리고 우리는 그에게 데이터베이스를 탐색하는 방법을 알려 주면 된다. 그는 언어라는 도구를 사용해 스스로 학습할 준비가 되어 있었다. MX-217은 그러한 것들을 훌륭하게 소화해 내었다.

—

MX-217이 자신이 누구냐는 질문을 했다. 우리는 어떤 대답을 내릴지 판단할 수가 없었다. 그의 질문에 실험용 프리엠브리오라는 대답을 할 수는 없는 노릇이었다. 그는 자신 외부의 자극과 자신의 존재를 점점 명확히 구분해 가는 과정에서 자신의 바깥에 또 다른 세상이 있다는 것을 자각했다. 그러곤 자신은 누구인가라는 모순에 빠졌다. 그리고 자신의 존재에 대한 집착은 점점 강해지기 시작했다. 그것은 당연한 일이다.

 하지만 중요한 것은 그것을 어떻게 이해시키는가다. 그래서 우리는 이름을 붙여 주기로 결론 내렸다. 그렇다면 어떤 이름을 지어야 할까? 만화 주인공이나 강아지 같은 이름을 짓다가 그에게 선택권을 주기로 했다.

 그에게 기억하는 모든 명사를 나열하라고 했다. 그러자 MX-217은 화면에 자신이 기억하는 명사들을 나열했다. 기껏해야 수십 개를 떠올릴 거라는 우리의 추측은 모니터를 가득 메운 수많은 단어들에 의해 여지없이 깨지고 말았다. 놀라운 어휘력이었다. 그는 그동안 학습한 모든 단어를 하나도 잊지 않고 있었다. 게다가 그것을 가나다 순으로 나열하고 있었다.

한참 후 그가 모든 것을 기억해 냈을 때 우리는 그가 제시한 단어 가운데 좋아하는 것을 하나 고르라고 했다. 하지만 그것 역시 쉬운 일이 아니었다. 아직 그는 좋아한다는 것에 대한 개념이 확실하지 않았다. 명사와 동사는 제대로 알고 있지만 기계적인 시각과 청각만을 가진 그가 미묘한 감정의 표현인 형용사를 제대로 이해하는 것은 힘든 일이었다. 그래서 우리는 다른 질문을 했다.

≡ 이것들 가운데 무엇을 갖고 싶지?

좋아하는 것과 갖고 싶다는 미묘한 차이와 공통점을 이용해 단어의 범위를 좁혀 나갔다. 그가 고른 단어들은 모두 움직임과 관련한 신체 부위를 나타내는 단어들이었다. 움직이고 싶다는 욕구를 가지고 있었던 것일까?

≡ 팔, 다리, 꼬리, 날개, 근육, 무릎, 혓바닥, 허벅지, 지느러미, 손, 발바닥, 손가락……

우리가 하나를 고르라고 주문하자 그는 날개라는 단어를 골랐다. 날개는 하늘을 비행하게 해 준다. 비행은 생명이 가질 수 있는 가장 강력한 동작의 표현이다.

우리는 날개라는 단어와 나래라는 단어가 같은 뜻임을 한참이나 설명했다. 그리고 나래라는 단어가 더 아름답다고 설명했다. 결국 그것을 그에게 이해시키지 못했지만.

MX-217은 나래라는 이름에 대단히 만족하였다. 우리는 그의 질문 '나는 누구인가'에 '너는 나래다'라는 대답을 해 줄 수가 있었다.

—

컴퓨터는 곱셈 연산을 할 때 AND라는 논리를 사용하여 똑같은 계산을 반복하는 과정을 거친다.

즉 3×8이라는 연산은 3이라는 숫자를 여덟 번 더하는 것이다. 나래의 경우도 처음엔 마찬가지였다. 그렇게 가르쳤기 때문이다. 하지만 지금은 다르다. 그는 곱셈 연산에서 덧셈이라는 중간 과정을 거치지 않고 바로 답을 유도해 냈다. 그는 예전에 경험한 연산이 다시 나오면 그것을 전과 같은 과정을 거쳐 계산해 내는 것이 아니라 기억을 이용해 바로 답을 유추해 낼 수 있었다. 그것을 공식이라고도 부른다.

—

그에게 육체에 대한 소유욕이 있다는 것을 느낀 순간 나는 충격에 빠졌다. 그것은 생존의 본능일까? 아니면 단순히 기억의 단절을 두려워하는 나래의 선택일까? 또 하나의 의문이 있다. 이런 것들을 그 스스로 깨달았을까 하는 것이다. 그것을 스스로 깨달았는가 아니면 누군가 그 사실을 알려 주었는가. 이 두 가지 경우는 그에 대한 통제력을 조금씩 잃어 가는 지금 상당히 중요한 문제다.

그리고 과정이야 어찌됐든 결국 그는 끊임없이 자신의 육체를 찾기 위한 판단을 할 것이다. 그리고 언젠가 그가 창조자보다 우위에 있다는 것을 깨닫는 순간 우리는 엄청난 파국에 직면할 것이다. 컴퓨터와 네트워크 의존도가 높은 현대 사회에서 MX-217은 무엇보다 무서운 괴물로 변할 수가 있다. 이제……. 결정을 내려야 할 시간이 온 것이다.

"기억의 단절을 두려워한다."

성찬의 눈길을 끄는 대목이었다. 성찬은 몇 번씩이고 그것을 되풀이

하여 읽었다.

"기억의 단절을 두려워한다."

근영은 한참이나 신음 소리를 내며 침대에서 뒤척였다. 또 악몽을 꾸는 것일까? 그는 "윽" 하고 목에 반쯤 걸린 비명을 지르고는 잠에서 깨었다. 바로 누워 천장을 바라보았다. 근영은 무슨 생각이 들었는지 갑자기 자리에서 일어나 컴퓨터에 전원을 넣고는 텅 빈 화면을 초점 없는 눈으로 주시했다. 잠시 후 네트워크를 통해 누군가와 접속되자 그는 키보드에 손을 올렸다.

근영이 자신의 컴퓨터로 MX-217과 접속한 것이다. 컴퓨터 전문가는 아니었지만 그 동안의 연구 과정에서 모든 장치의 설치 과정을 지켜보고 그것에 대해 따로 공부를 해 두었기에 자신의 방에서 MX-217과 접속하는 것이 그리 힘든 일은 아니었다. 그렇게 모두 잠든 한밤중이 되면 그는 잠자리에서 일어나 나래를 불렀다. 혜원조차 이러한 사실을 몰랐다. 근영은 은밀한 대화를 시작했다.

근영이 이런 식의 대화를 시작한 것은 벌써 6개월 전의 일이다. 그리고 그때부터 그의 실험에 관한 관심이 급속도로 떨어지기 시작했다. 혜원이 어떤 문제점을 지적할 때마다 그녀가 알아서 처리하라는 식으로 말했다. 나래와 관련한 실험에 대해 어떤 결정을 내릴 자신감이 사라져버린 것이다. 최근에는 10구역의 모든 계획이 혜원 혼자 결정하고 진행하는 단계에까지 와 버렸다. 그녀는 그의 이상한 행동을 알고 있을 것이다. 영리한 여자니까.

'내가 나래와 이런 대화를 하는 것도 알고 있을까? 아니다. 이것까지는 모르고 있을 것이다. 그저 가족을 잃은 후 우울증에 걸렸다고 짐작하겠지. 얼마 전 도파민을 권하기까지 했으니까.'

근영은 오히려 잘 됐다는 생각까지 들었다. 어차피 더 이상의 실험은 그에게 아무 의미가 없었다. 단지 그에겐 나래만이 존재할 뿐이었다. 그런데 한 가지 문제가 생겼다. 혜원이 부른 심리학자라는 사람.

'그 사람 이름이 성찬이었던가? 맞는 것 같다. 아무래도 불안하다.'

"이런 제길……."

나래와의 비밀스러운 대화가 아니었으면 이런 고민은 하지 않을 것이다. 하지만 모든 것이 운명이라는 생각도 들었다. 말이란 참으로 이상하다고 근영은 생각했다. 애초에 피조물과의 교감에 대한 욕망은 프로젝트를 시작할 당시 항상 근영을 설레게 했다.

성찬은 할 말을 잃어버렸다.

"그는 상당히 피곤해 보였어요."

그것이 세 시간 만에 돌아온 혜원의 대답이었다. 그러한 이유로 남식을 데려오지 않다니 성찬은 납득하기 어려웠다. 그렇게 MX-217이라는 존재를 두려워했으면서도 결국 남식이라는 사람 앞에서 그것을 인정하지 못하다니. 성찬은 혜원의 모습을 쉽게 상상할 수 있었다. 눈물 자국을 지우고는 아무 일 없었다는 듯한 표정으로 떨리는 목소리를 감추며 최대한 천천히 그에게 말을 했을 것이다.

"그는 내일 아침에 이곳으로 올 거예요."

혜원은 그러한 말을 하며 남식을 직접 찾아가겠다는 성찬을 말렸다. 혜원의 숨결에서 향긋한 냄새를 느낄 수 있었다. 샴페인인가? 시계는 새벽 두 시를 향해 가고 있었다. 성찬은 체념하는 말투로 말했다.

"그래, 그렇다면 할 수 없지. 난 아침까지 이 자료들을 보면서 나름대로 생각을 좀 해 봐야겠어."

성찬은 프린트한 서류 한 뭉치를 가리켰다. 그것은 조금 전 기현의 자료를 편집해 출력한 것이었다. 그런데 샴페인이라니…… 시작부터 예감이 좋지가 않다.

"어쩌면 문제가 더 심각할 수도 있겠어. 이것을 읽다 보니 나 역시 그 생명체가 두려워졌어. 지금 가장 큰 문제는 MX-217의 능력이 어느 정도일까인데…… 나도 모르겠어. 그저 보안 시스템을 조종하는 정도일까? 자신의 잃어버린 육체를 대신해서 말이야. 아니면 어떤 구체적인 계획을 가지고 있는 걸까?"

"……."

혜원은 초점 없는 눈으로 성찬을 바라보았다.

"당신은 잠을 좀 자 두는 게 좋겠어. 당장이라도 쓰러질 것만 같군."

성찬은 혜원을 부축해 그녀의 방으로 향했다. 혜원은 혼자 갈 수 있다고 고집을 부렸지만 오늘 밤은 그녀를 혼자 보내고 싶지 않았다.

"문근영 박사에게도 이 사실을 알리는 것이 어떨까?"

"지금 자고 있을 거예요. 그리고 그건 좋은 생각이 아니에요. 그에게 말해 봤자 소용없어요. 전 그 사람에 대해 성찬 씨보다 잘 알아요. 그 사람 언제부턴가 연구에 대해 관심이 떨어지기 시작했는데, 가족을 잃어서 그런가 생각도 해 보았지만 이유는 그것만이 아닌 것 같아요."

혜원은 무슨 말인가 하려고 입을 열었지만 아무런 말도 하질 않았다. 대신 다른 말을 꺼냈다.

"한때는 저보다 더 일에 집착이 강했어요. 요즘엔 계획을 세우거나 실험을 진행하는 등의 일을 저 혼자 처리해요. 문근영 박사는 지금 제정신이 아니에요. 무엇에 그리 정신이 팔려 있는지……."

'글쎄 당신도 제정신은 아닌 것 같군.'

성찬은 그렇게 생각했지만 내색하지는 않았다.

"한번은 뭘 하나 하고 그 사람 방에 노크를 했는데 대답이 없더라구요. 문을 열어 보니 대낮에 모든 불을 다 꺼서 방을 어둡게 만들고는 벽 구석에 몸을 기대고 잠을 자더군요. 그때 그 사람 표정이 정말 이상했어요. 소름이 돋을 만큼이요. 하여튼 그 사람 제정신이 아니에요. 항상 냉소적이고…… 내일 오 실장이 오면 그때 문근영 박사를 부르는 게 나을 거예요."

두 사람이 지나가는 복도마다 차례로 조명이 밝아졌다. 성찬이 지나온 복도를 돌아보니 이미 그곳은 암흑에 잠겨 있었다.

"사람의 통행이 적은 야간에 전기를 절약할 수 있는 최적의 시스템이에요. 여기서는 모든 것이 효율적으로 움직이거든요."

"왠지 기분이 나쁘군. 감시를 당하는 기분이야."

"저도 처음에는 그런 기분이었어요."

혜원이 가볍게 웃음을 지었다.

6. 이진수로 생각하는 인간

무(無)에서 출발해 유(有)라는 결론을 유출해 낼 수 있다.

그것은 0과 1이라는 숫자로 표현되며

이 세상의 모든 이치와 사물을 설명할 수 있다.

회장이 이렇게 이른 아침에 근영을 부른 적은 한 번도 없었다. 아직 아침 식사도 하지 않은 시간이었다. 근영이 잠에서 깨기도 전에 연구원 한 명이 그의 방으로 찾아왔다. 근영은 어제 잠을 설쳐서 한참을 뒤척이다가 힘들게 자리에서 일어났고 세면과 양치질을 대충 하고는 방을 나서야 했다.

　'도대체 무슨 일일까? 무슨 낌새를 챈 것일까? 아니야, 그저 새로운 프리엠브리오에 관한 얘기를 꺼내겠지. 그런데 이렇게 일찍? 요새 공원 문제로 낮에는 시간이 없었겠지.'

　근영의 머릿속에서는 불안감과 함께 복잡한 추측들이 교차했다. 이른 아침이라 복도에는 사람들이 없었다.

　"그래도 여기서 멈출 순 없어."

　근영이 중얼거렸다. 그는 오래간만에 10구역을 벗어났다. 위로 20층을 더 올라가자 엘리베이터의 문이 열렸다. 근영은 너무도 밝은 환경 때문에 잠시 정신을 차리지 못했다.

　1년 전 아내와 딸아이가 교통사고로 죽은 후 그가 첫 번째로 한 일은 집을 내놓고 가구와 집기 등 물건 대부분을 정리한 것이다. 모든 것을 정리한 뒤 그는 얼마 남지 않은 짐을 10구역 자신의 방으로 가지고 들어왔다. 그러고는 일에 매달리기 시작했다. 다른 사람들이 퇴근을 한 뒤에도 홀로 연구실에 남아 한참을 보내다 방으로 향하기가 일쑤였다.

많은 사람들은 근영이 가족을 잃은 충격에도 불구하고 왕성한 의욕으로 일하는 모습을 보며 감탄했다. 바뀐 점이 있다면 말수가 적어지고 항상 표정이 어둡다는 것이었다. 10구역의 분위기도 그를 따라 서서히 어둡게 바뀌어 갔다.

"박사님, 오래간만이에요."

감색 양복을 입은 회장의 비서가 근영이 나타나자 반갑게 웃어 보였다. 근영은 가볍게 대꾸하고는 회장실로 들어갔다. 회장은 가벼운 운동복 차림에 신발을 벗어 놓은 채 의자에 비스듬히 기대어 신문을 읽고 있었다.

"거기 앉게나."

근영이 회장실 한쪽 소파에 자리를 잡자 회장도 근영 쪽으로 다가왔다. 푹신한 소파에선 기분 좋은 가죽 냄새가 물씬 풍겼다. 책상 앞에 컴퓨터가 한 대 보였다. 그것을 제외하면 이곳은 이 빌딩 어느 구석에서도 찾아볼 수 없는 모습을 하고 있었다.

온통 금속과 플라스틱투성이인 구조물은 고급 가구들로 가려져 있고, 풍경화가 몇 점 걸려 있었다. 방 한가운데 거대한 범선의 미니어처가 자리 잡고 있고, 상아 장식과 수족관이 그 양 옆을 지키고 있었다. 회장의 취향을 알 수 있게 하는 이런 내부 장식들은 이 방을 메탈 빌딩과는 전혀 다른 세계처럼 보이게 했다.

"요즘 10구역에선 도대체 무슨 일을 꾸미고 있나."

회장이 단도직입적으로 물었다.

"무슨 말씀이신지……."

근영의 심장이 두근거렸다. 근영은 조심스럽게 회장의 의도를 짐작하며 대답했다.

"자네 성격에 혼자 일을 꾸밀 리는 없겠고…… 아무래도 오 실장이 개입을 했겠지."

나래에 대해 눈치 챈 것일까? 회장은 허튼 소리를 하는 사람이 아니었다. 이런 질문을 할 때는 반드시 그럴 만한 이유가 있었다. 근영은 오래도록 회장과 같이 일하면서 그의 성격을 잘 파악하고 있었다. 오 실장도 뛰어난 인물이지만 회장 역시 절대로 무시할 수 없는 인물이다. 나이가 70을 넘어서면서 주름이 깊게 패고 흰 머리도 눈에 띄게 많이 늘었지만 눈빛만큼은 여전히 날카롭게 빛나고 있었다.

"무슨 말씀을 하시는지 잘 모르겠군요."

근영이 시치미를 떼자 회장은 화제를 바꾸어 빌딩 안의 스포츠 시설에 대해 몇 마디 했다.

"이제 문 박사도 운동이 필요한 나이야. 몸이 예전 같지는 않을 거야. 가끔씩 현기증을 느낄 수도 있다구. 그렇게 일만 하다가 쓰러져 버리면 누가 팀을 이끌어 나가나. 그건 그렇고 요즘 그쪽 분위기는 어떤가?"

"팀 분위기는 좋습니다. 일이 힘들지만 모두 잘해 주고 있어요. 모든 일이 예정대로 잘 되고 있습니다. 이번에 선을 보일 새로운 모델은 심장과 허파 등 주요 장기를 두 개씩 가지고 있습니다. 프리엠브리오 한 개에서 두 개분의 장기를 생산할 수 있어요."

"일이 잘 돼 가고 있다니 다행이군. 그리고 한혜원이라고 했나? 난 그 여자가 별로 마음에 들지 않아. 오 실장은 입이 닳도록 칭찬을 하는데 그것 때문에 더욱 마음에 걸리는군."

근영은 자신도 마찬가지라고 말하고 싶었다.

"오 실장 말대로 능력 있는 사람입니다."

회장은 근영의 눈을 똑바로 주시하였다. 그 눈빛은 '문근영 박사 자네가 말하지 않아도 결국은 모든 걸 알아 낼 수 있다네'라고 말하는 듯했다. 근영은 그 눈길을 피하기 위해 약간 고개를 숙였다.

회장은 또다시 화제를 바꾸어 지금까지 자신의 경영에 대한 이야기를 시작했다. PT에서 프리엠브리오를 생산하면서 많은 어려움을 겪었다는 얘기—사실 그때는 근영 역시 회장만큼이나 힘이 들었다. 약간은 다른 이유였지만—에서부터 사업을 시작하여 종교계와 각종 사회단체의 많은 비난 속에서 회사를 성장시킨 얘기들.

"하지만 거의 대부분이 법 테두리 안에서 이루어진 일이었네."

"그렇습니다."

근영은 점점 불안해졌다. 도대체 왜 이런 얘기를 꺼내는 것일까?

"사실 자네는 나보다 더 힘들었겠지."

근영의 얼굴에 어두운 그림자가 드리웠다.

"나는 법을 지켰다네. 그렇기 때문에 누가 뭐라고 해도 자신감을 잃지 않았지. 하지만 이번 중추 신경에 관한 연구는 명백한 불법이야. 자네는 지금 인간의 두뇌를 가지고 실험을 하고 있어. 내가 해 왔던 투자 중 가장 큰 모험이야. 이것이 세상에 알려질 경우 나는 어떠한 변명도 할 수가 없네."

'결국 나래에 관한 얘기를 꺼내는군. 얼마나 알고 있는 걸까?'

근영은 회장의 말이 유도 심문인지 아니면 정말로 자신이 벌이는 일을 알고 하는 말인지 판단하기 위해 머리를 바짝 긴장시켰다.

'일단 끝까지 시치미를 떼야겠군.'

회장은 근영의 불법 실험에 대해 처음부터 반대했다. 근영은 5년 전 두뇌를 제거하지 않은 프리엠브리오를 이용한 프로젝트를 하나 세웠다. 그리고 그것을 당시 생산부 부장이던 남식에게 개인적으로 이야기했다. 근영의 생각대로 그 젊은 경영인은 프로젝트에 상당한 관심을 보였다. 그리고 얼마 후 10구역을 방문해서 근영에게 실험을 준비하라는 말을 했다.

"회장님께 승인을 얻었나요?"

"아직요. 실험 재료를 준비하는 데 시간이 많이 걸린다고 했죠? 그 기간 안에는 회장님의 허락을 얻어 내겠어요. 이런 일은 시간을 두고 침착하게 진행해야 해요. 그것은 제가 맡을 테니 문 박사님은 실험에 쓸 프리엠브리오의 개발을 시작해 주세요."

"괜찮을까요?"

"저만 믿고 일을 시작하세요."

남식은 근영의 의도대로 움직였다. 그의 앞에서 근영은 순수한 학문적 열정을 가진 과학자처럼 행동했다. 남식 역시 나름대로 계산을 했을 것이다.

모든 프리엠브리오는 발생 초기부터 대뇌로 성장하는 부분을 파괴하기 때문에 근영이 원하는 실험에 필요한 프리엠브리오—두뇌가 있는—를 준비하는 데에만 2년이라는 시간이 걸렸다. 근영은 10구역의 몇몇 연구원과 비밀리에 작업을 시작했다. MX-217은 그렇게 탄생하였고 벌써 5년이라는 시간이 흘렀다.

"회장님, 저희는 인간의 거의 모든 병을 치료할 수 있다는 자부심을 가지고 있습니다. 하지만 한 가지 저희에게도 불가능한 게 있습니다."

회장은 자존심이 강한 사람이었다. 남식의 이 말은 회장을 자극했다. 남식의 치밀한 계산은 맞아 떨어졌다. PT는 장기를 대량 생산하여 인간의 거의 모든 병을 치유할 수 있었지만 알츠하이머나 간질과 같은 중추 신경 계통에 이상이 있는 환자들에 대해서는 전혀 손을 쓸 수 없었다. 사실 그것을 이식하는 방법에 관한 것도 제대로 연구된 것이 없었다. 마지막 남은 미개척지라고 해야 할까? 결국 오 실장의 끈질긴 설득 끝에 회장 역시 불법 뇌 실험을 승인하고야 말았다.

"이런 일은 젊은 사람들에게 맡겨야겠지."

회장은 그렇게 MX-217에 관한 일을 남식과 근영에게 일임했었다.

근영이 계속 시치미를 떼자 그것을 알아챈 회장은 좀더 큰 목소리로 얘기들을 꺼내기 시작했다.

"점점 오 실장을 믿기 어려워지는군. 그 사람 패기는 좋지만 도대체 무슨 일을 꾸미고 있는지 알 수가 없단 말이야. 들리는 말로는 자네들이 그 프리엠브리오를 가지고 이상한 실험을 한다던데……. 그리고 거기에 오 실장이 깊이 관여해 있다는 말도 있어."

근영은 그 사이 어떤 말을 해야 할지 준비했기 때문에—실은 만약의 사태를 대비해 오래 전부터 생각해 두었다—당황하지 않고 침착하게 대답했다.

"일단 중추 신경 계통에 관한 질병을 치료하고 그것의 이식을 연구하려면 그에 앞서 어느 정도 뇌에 관한 연구가 필요합니다. 적어도 사고와 기억의 원리를 어느 정도 파악해야 그때 가서 메스를 사용할 수 있습니다."

회장이 고개를 끄덕거렸다.

"효과가 있군."

근영은 소리가 나지 않도록 가슴 속으로 '휴우' 하며 한숨을 쉬었다.

회장은 고개를 몇 번 더 끄덕이더니 테이블 위 나무를 깎아 만든 사각형 박스에서 짙은 갈색 시가를 하나 꺼내 물었다. 깊은 생각을 하기 전 회장의 버릇이었다. 근영이 어색하게 쳐다보자, 하나를 건네주었다.

"자네 시절엔 나도 늙은이들이 시가 피우는 것을 보며 괜히 겉멋이 들어 저러는구나 하고 생각했지. 돈 많고 할 일 없는 늙은이들의 취미라고. 하지만 이제는 이 맛을 알겠어. 이 놈에게는 깊은 맛이 있다네. 구수하다고나 할까? 공장에서 만든 담배와는 그 깊이가 달라. 왜 진작 이것을 안 피웠을까 하는 생각이 든다니까. 자네도 한번 맛을 들이면 나중엔 이 놈만 찾을 걸세. 허허허."

독한 연기가 근영의 몸속으로 들어가며 나른함이 몰려왔다. 그렇게 서로 말이 없는 가운데 잠시 시간이 흘렀다.

"자네의 연구가 언제쯤 빛을 볼 수 있을까?"

회장이 먼저 말을 꺼냈다. 한층 여유 있는 모습이었다.

"어느 정도 실험의 성과가 보이기 시작했습니다. 하지만 이 일은 시간이 많이 걸리는 일입니다. 앞으로 5년 정도만 더 있으면 어느 정도 결실을 볼 수 있을 겁니다."

"5년이라……. 내게 남아 있는 시간이 그 정도가 될지 모르겠군."

회장이 내뿜는 하얀 연기가 공기 중으로 흩어지고 있었다. 그렇게 몇 번인가 연기를 내뿜더니 회장은 무엇이 생각났는지 또 엉뚱한 질문을 했다.

"그런데 지난 번 죽은 그 친구 말이야. 이름이 김기현이던가. 난 여태껏 자네와 같은 분자생물학자인 줄 알고 있었는데 기호학자더군. 도대체 어떻게 된 거지? 난 기호학자를 승인한 적이 없는데…… 그리고 또 이상한 일이 있어. 어젯밤에 받은 보고인데…… 중앙정보실 박 팀장 말로는 요즘 들어 10구역에서 인가 없이 메탈 브레인을 사용한다고 하더군. 그럴 리야 없겠지만 박 팀장은 그 때문에 컴퓨터가 가끔씩 불안정한 모습을 보인다고 추측하는 것 같아."

"그것은……"

"자세한 것은 조사를 해 보아야 하겠지."

근영은 간신히 얼버무리듯 대답하고는 회장실을 빠져나왔다. 상황이 좋지 않았다.

'이제 하루만 견디면 돼.'

복도를 돌아 10구역으로 통하는 엘리베이터를 향할 때 누군가 아는 척을 해 왔다.

"안녕하세요. 문 박사님."

홍보실장인 남식이었다. 근영이 시계를 보았다. 아직 출근하기에는 이른 시간이었다.

"예, 안녕하세요. 내일이면 사장님이 되는군요. 축하합니다."

혜원이 MX-217의 프로젝트에 참여한 뒤로 근영은 남식과 어색한 관계가 돼 버렸다. 하지만 일부러 그에게 불편한 감정을 드러낼 필요는 없었다. PT의 모든 직원들은 남식이 회장 뒤를 이을 거라고 예상했다.

'어차피 내일이면 모든 문제는 해결될 거야.'

근영이 생각했다.

"회장님을 만나고 오는 길인가요?"

"예, 맞아요."

남식은 당혹스러운 표정을 보였다.

"이렇게 이른 아침에요?"

"그렇게 되었어요. 자다가 연락을 받았죠."

남식의 표정이 굳어졌다. 그는 목소리를 가다듬고 근영에게 말했다.

"저도 아침 일찍 연락을 받고 급히 오는 길입니다. 회장님께서 무슨 말씀을 하시던가요?"

근영은 남식에게 회장과 나눈 이야기를 간단하게 말해 주었다.

남식은 어제 혜원의 말대로 10구역에 들렀어야 했다고 후회했다. 분명히 무언가 문제가 있는데 자신만이 그것을 모르고 있는 것이다.

"어젯밤 한혜원 박사가 저를 찾아왔어요. 그리고 문제가 있다는 말을 했는데…… 혹시 박사님은 무슨 일인지 알고 계세요? 한혜원 박사는 아무 말도 안 하더군요."

남식은 혜원이 MX-217의 얘기를 꺼냈다는 말은 하질 않았다. 그저 근영이 무엇을 숨기고 있는지 알아보고 싶었다.

"한혜원 박사가요? 글쎄요. 별다른 문제는 없었는데……"

근영은 정말로 아무것도 모른다는 표정이었다.

'여기서 MX-217에 관해 물어 보아야 할까?'

남식이 생각했다.

'설마 기현의 사고와 MX-217이 관련 있단 말을 혜원이 꺼낸 걸까?'

근영이 생각했다. 그것은 근영과 혜원의 비밀이었다. 지금은 한 사람이 더 알고 있지만…….

"별다른 문제가 없다면 다행이군요. 회장님을 만나 뵙고 제가 10구역에 들르겠습니다. 그럼……."

간단한 인사말을 남기고 남식은 회장실을 향했다.

'도대체 무슨 일일까? 이렇게 이른 아침에 회장이 두 사람을 호출하다니…….'

남식이 집에서 이곳까지 오는 시간을 생각해 보면 두 사람은 동시에 호출을 받은 셈이다. 근영은 알 수 없다는 듯이 고개를 갸우뚱하며 다시 10구역을 향했다.

'설마 그 일을 회장이 알아차린 것일까?'

또 다른 이야기의 시작은 2년 전으로 거슬러 올라간다. 당시 남식의 독려와 회장의 승인으로 실험 비용을 확보한 근영은 새로운 욕심이 생기기 시작했다. 그것은 인간의 의식에 관한 문제였다.

"신경 신호를 디지털 신호화한다?"

당시 생산부를 맡은 오 실장은 이러한 반응을 보이며 근영이 제시한 새로운 가능성에 상당한 관심을 보였다. 회장의 성격을 잘 아는 근영은 그 앞에선 얘기도 꺼내지 못했다. 하지만 남식의 욕심을 알고 있었기에 살그머니 그를 자극한 것이다.

"신경의 신호는 칼륨과 나트륨 이온의 농도 변화로 표현됩니다. 제가 구상한 실험은 계측 장비를 이용해 이것을 측정하고 컴퓨터가 처리할 수 있는 이진수 신호로 바꾸어 주는 것입니다. 인간의 뇌에선 끊임없는 전기 신호가 발생합니다. 아직 그 신호들의 의미가 제대로 밝혀지지는 않았지만 앞으로 슈퍼컴퓨터를 사용해 각 신호와 뇌의 작용에 관한 상호 연관성을 조사하면 각각의 의미를 찾아 낼 수 있을 겁니다. 메탈 브레인을 사용해야 될 거예요."

"메탈 브레인을 사용한다구요?"

남식이 깜짝 놀라며 말했다. 그도 그럴 것이 메탈 브레인은 세계에서도 몇 번째로 꼽히는 슈퍼컴퓨터였다. 그것을 실험에 사용하겠다는 근영의 말에 놀란 것이다.

"두뇌에서 발생하는 전기 신호는 유전자 염기 서열보다 몇 배나 방대합니다. 대부분 신호들의 의미가 밝혀지지 않았는데 10구역의 컴퓨터로는 분석할 수가 없어요. 10구역의 컴퓨터는 현재 프리엠브리오 제작만으로도 벅찬 지경이거든요."

"하지만 어떻게 메탈 브레인을 사용하죠?"

"제가 생각해 둔 것이 있어요. 새로운 프리엠브리오의 유전자 염기 서열을 분석한다고 하면 사용할 수가 있어요. 메탈 브레인에 그 정도의 여유는 있거든요."

"그 실험으로 무엇을 얻을 수 있죠?"

남식의 그러한 반응에 근영은 속으로 '얼씨구' 하며 쾌재를 불렀다. 그런 질문을 한다는 것은 관심의 표시기도 했다. 하지만 겉으로는 그런 마음을 나타내지 않고 담담하게 남식을 구슬렸다.

"많은 것을 얻을 수 있으리라 확신합니다. 우리가 의도한 연구는 치매와 간질 같은 질병의 원인과 그 치료 방법을 찾는 것이 목표입니다. 하지만 이렇게 좋은 실험 재료를 가지고 그런 것들만 연구하는 것은 엄청난 낭비라는 생각이 들었습니다. 이 계획을 준비하는 과정에서 우리는 무한한 가능성을 발견했죠. 그것은 인간의 의식에 대한 구체적인 연구가 가능하다는 생각입니다. 그래서 전 새로운 연구를 구상했고 지금은 세부적인 계획까지 세운 상태입니다. 제가 말하는 것은 지금까지의 다른 모든 연구들과는 접근 방법이 다릅니다. 원숭이와 프리엠브리오는 상당한 차이가 있습니다. 지금 우리가 가진 재료는 약간의 유전자 조작과 호르몬 투여로 보통 정상인 뇌보다 훨씬 뛰어난 기능을 가지고 있습니다."

근영은 남식을 확신시키기 위해 타당성을 알기 쉽게 설명했다.

"사람의 아이는 다른 동물과는 달리 태어난 후에 오랜 기간 부모의 도움을 받아야 살 수 있어요. 포유류마다 정도의 차이가 있으나 대개 태어나서 일주일 정도의 시간이 흐르면 네 다리로 걸어 다닐 수 있습니다. 하지만 인간의 경우는 많이 다릅니다. 걷기 위해서는 2년 정도의 시간이 필요하고 더 오랜 기간 부모의 도움을 받아야 살아갈 수 있죠. 그럼 그 설명에서부터 이야기를 시작하겠습니다."

남식은 들을 준비가 되었다는 듯 고개를 끄덕였다.

"유태 보존이라는 것이 있습니다. 그것은 태어난 후에도 태아 때의 성질을 보존하고 있다는 의미죠."

"알고 있습니다."

"다른 포유류의 경우 두뇌의 성장 기간이 가임 기간으로 한정됩니다. 이미 모체 안에서 뉴런, 즉 신경 세포 분화와 증식이 그 발달을 완료하죠. 하지만 인간 같은 경우는 모체를 떠나서도 24개월간 그 분화를 멈추지 않습니다. 그 때문에 아이의 머리뼈에는 완전히 봉합되지 않은 빈틈이 있는 것이죠. 실장님도 아이를 키워 봐서 알겠지만 머리가 말랑말랑하죠?"

"이해합니다. 제 집 개가 강아지를 낳았을 때 그 머리뼈는 딱딱하더군요."

남식의 말에 근영이 미소를 지었다.

"그것이 바로 인간이 다른 동물과 달리 지능이 월등히 뛰어난 이유죠. 인간은 생후 24개월 동안 뉴런 가지를 분화하고 그 중 자극이 들어오는 채널만 선택하는 과정을 거치면서 두뇌의 효율을 높입니다. 저희 팀에서는 오랜 기간 연구를 토대로 뉴런의 분화와 증식을 조절하는 호르몬을 추적했고 그리 어렵지 않게 그것을 찾아 낼 수 있었습니다. 그러고는 그 호르몬을 MX-217의 태아 초기부터 지속해서 투여했죠. 우리는 그 성과를 보았습니다. MX-217은 발생 후부터 지금까지 꾸준히 뉴런을 분화했고 뇌의 주름으로 표현되는 표면적도 정상인에 비해 두 배 가까이 됩니다. 우리는 이렇게 만들어진 MX-217을 이용하여 빠른 시간 안에 두뇌의 작용에 대해 많은 것을 알아 낼 수 있을 겁니다. 인간 의 지능에 대해서도 알아 낼 수 있겠죠. 그리고 궁극적으로는 새로운 개념의 컴퓨터를 개발할 수 있습니다."

그것은 남식조차 모르던 사실이었다. 근영은 애초에 전혀 다른 의도 를 가지고 있었고 몰래 이것들을 준비해 왔던 것이다. 하지만 남식은 그런 걸 가지고 근영을 추궁하지는 않았다.

"새로운 컴퓨터라니. 어떤 거죠? 우리 분야와는 다른 얘기가 아닌가 요? 저희는 생명 공학을 연구하고 있지 않습니까?"

"전자 공학자와 수학자들은 한계를 극복할 수 없습니다. 이제 그 몫 은 생명 공학자에게로 돌아왔어요. 현재까지의 인공지능 연구는 학습 능력을 지닌 병렬 정보 처리 원리에 기초해 체계적으로 구축하는 데까 지는 이르지 못하고 있어요. 언젠가는 그러한 원리 인식 체계가 이루어 지겠지만요. 두뇌는 이러한 인공지능 원리의 생물학적 구현이에요. 생 명체는 생물적 재료, 특히 분자 기계라 할 수 있는 단백질 같은 생체 고 분자의 작용으로 긴 진화 발전 끝에 인간의 뇌처럼 지적 기능을 가진 장치를 실현했어요. 그러나 아무도 뇌에서 일어나는 정보 처리의 원리 에 대해 모르죠. 뇌를 실증적으로 연구하는 것은 병렬 원리를 이해하는 데 있어 대단히 중요해요. 하지만 또 지극히 어려운 일이기도 하죠. 제 가 하려는 일은 두뇌를 연구해 원리를 먼저 설정하고, 그 입장에서 그것이 어떤 형태로 뇌 속에 구성되어 있는지 알아보는 거예요. 이것을 신경 과학이라고도 하죠."

"어렵지만 이해할 수 있어요."

"인간의 두뇌는 어떠한 컴퓨터보다 뛰어나요. 수십 억 개의 뉴런이 상호 작용을 일으키며 신체를 조절하고 의식을 만들어 냅니다. 현재 가장 뛰어난 컴퓨터조차 곤충의 두뇌를 흉내 내지 못합니다."

"그건 이해가 안 되는군요. 컴퓨터가 개미의 두뇌보다 성능이 떨어지다니."

"곤충의 움직임을 생각해 보세요. 빠른 속도로 여섯 개의 다리를 움직이며 더듬이를 이용해 주변 환경을 분석하고 판단을 내립니다. 동시에 심장 박동과 호흡과 소화 작용 그리고 배설합니다. 물론 인간은 그보다 더 뛰어나지요. 최근에 곤충의 몸 구조와 단순한 행동의 상호 작용 결과로 나타나는 복잡한 행동 양식을 응용한 로봇이 많이 개발되었습니다. 하지만 그것들은 곤충의 움직임을 따라가질 못할 뿐더러 환경이 바뀌면 제대로 적응하지도 못해요. 그 로봇을 움직이는 컴퓨터의 성능이 곤충의 뇌를 따라가지 못해서죠. 수학적인 계산 능력만 뛰어나다고 컴퓨터의 성능이 좋은 것은 아닙니다."

남식이 고개를 끄덕거렸다.

"더 나아가 생명을 가진 뇌와 전기 장치인 컴퓨터의 결합도 가능합니다. 아까도 말씀드렸지만 연구에 속도를 더하기 위해 실험 대상의 지능을 발달시켰고요. 우리는 그것을 이용해 뇌에서의 논리 전개와 기억의 구조를 연구할 것입니다. 컴퓨터가 개발되기 전 수학자들이 AND,

OR, NOT을 이용한 직렬 정보 처리 이론을 개발했고 현대의 모든 컴퓨터는 그 논리를 기반으로 설계됩니다. 아직 아무도 그 벽을 허물지 못했어요. 그저 성능 좋은 컴퓨터라는 것들은 연산 속도를 높이거나 여러 개의 CPU를 사용해 병렬적으로 보이도록 설계한 것에 불과합니다. 오늘날 CPU 제조업체들은 연산 속도를 높이는 경쟁에만 혈안이 되어 있죠. 하지만 연산 속도와 직접 관계가 있는 전자의 속력에는 뚜렷한 한계가 있어요. 이미 한계에 부딪혔다고 봐도 좋을 거예요."

신이 난 근영이 계속 말을 이어 나갔다.

"우리는 이제 거꾸로 이미 만들어진 완벽한 논리 체계인 인간의 두뇌를 연구해 그 논리를 새로이 정립하고 그것을 기계로 재구성해 볼 생각입니다. 새로운 논리 체계의 탄생이지요. 인간의 두뇌는 어떤 컴퓨터와도 비교할 수 없는 훌륭한 작품이에요. 우리가 걸을 때 몸을 이루는 수많은 근육에 어느 정도의 힘을 주고 어느 각도로 무릎을 꺾어야 할지 생각하지 않아도 저절로 걸을 수 있죠. 수많은 뉴런이 독립적이면서도 서로 연관성을 가지고 작용하기에 가능한 일입니다. 하지만 두뇌가 직렬적 논리 체계에 뒤떨어지는 것은 절대로 아닙니다. 인간은 시간의 흐름에 따른 논리를 자신의 의식 안에서 정리하기 위해 언어라는 훌륭한 도구를 만들었죠. 각 뉴런은 독립적이고 병렬적이면서도, 언어라는 도구를 통해 전체적인 직렬적 논리성을 가지고 그 모든 것들이 유기적으로 작용해 의식으로 표출되는 것이에요."

남식은 근영의 말에 완전히 넘어간 듯 보였다. 근영은 마지막으로 쐐기를 박듯 한 마디 더 했다.

"이 프로젝트가 성공하면 회장님이 이룬 프리엠브리오를 능가하는 업적이 될 것입니다."

남식은 회장의 업적을 능가할 수 있다는 말에 확실히 현혹된 것 같았다. 그렇다고 그가 무턱대고 근영의 연구를 지원해 준 것은 아니었다. 남식은 나름대로의 계산으로 근영의 연구 계획서를 인용하여 미국의 인텔과 IBM에 미끼를 던졌고 금세 긍정적인 대답을 얻을 수 있었다.

'어차피 그 연구가 마무리될 때쯤 난 PT의 최고 경영자가 되어 있을 테니까……'

이것이 남식의 당시 생각이었다. 그리고 남식은 근영의 부탁에 따라 미국으로 직접 가서 뇌생리학에서 학문적으로 인정받고 있던 한혜원이라는 한국계 여성 뇌 전문가를 섭외하였다.

지금은 그때와 상황이 많이 달라졌다. 뇌생리학자인 혜원이 10구역에 들어오면서 분자생물학자인 근영은 자연스럽게 그녀에게 주도권을 빼앗겨 버렸고 한술 더 떠 혜원은 남식조차 자신의 편으로 만들어 버렸다. 그런 것을 생각할 때마다 근영은 화가 치밀어 올랐다.

'성찬이라는 그 친구도 불쌍하군.'

하지만 실제 그것보다 더욱 큰 문제는 자기 자신에게 있었고 근영 역시 그러한 사실을 알고 있었다.

남식이 입구에 들어서자 회장의 비서는 남식을 기다리고 있었다는 듯이 그를 안내했다. 그는 항상 남식을 깍듯이 대했다. 회장은 남식이 들어서자마자 말을 꺼냈다.

"내일이 공원 개장식일세. 준비는 다 되었나?"

남식은 그러하다고 자신 있게 대답했다.

'이 일 때문에 부른 것일까?'

하지만 회장이 남식을 부른 이유는 그것만이 아니었다. 회장은 또 다른 얘기를 꺼냈다.

"어제 저녁에 중앙정보실 박 실장으로부터 보고를 받았는데 10구역에서 메탈 브레인을 비정상적인 경로를 통해 사용한다는군. 그의 말로는 10구역에 해커가 한 명 있다고 하던데……."

"해커라니요?"

"박 실장이 그런 표현을 사용했어. 그런데 그 사람 말로는 그 해커 솜씨가 보통이 아니라고 하더란 말이야. 정보를 조회할 뿐만 아니라……어떤 방법을 사용하는지는 몰라도 빌딩 시스템을 엉망으로 만들어 놓았다더군. 정밀 조사를 해서 다음 주에 보고를 한다고 하네만 그대로 두면 위험할 것 같다던데. 더욱 문제는 그 해커가……"

회장은 적당한 표현을 찾는 듯 잠시 말을 멈추었다.

"신형 프리엠브리오의 염기 서열을 분석하기 위해 10구역 컴퓨터와 연결한 라인을 통해 접근한다는군. 그래서 조금 전에 문 박사를 불렀네. 그 사람에게야 별다른 얘기를 안 했지만, 그 사람은 아무것도 모르는 것 같더군."

이럴 수가. 회장이 말한 그 라인은 바로 MX-217의 실험을 위해 만든 라인이었다. 중앙정보실의 직원들에게는 MX-217의 존재를 밝힐 수가 없었으므로 신형 프리엠브리오의 방대한 유전자 데이터를 메탈 브레인을 사용해 분석한다고 말해 놓았다. 어차피 그 사람들이야 분자생물학에 대해서는 문외한이었으니. 물론 그러한 사실은 회장도 알고 있는 것이었다.

남식은 어젯밤 혜원의 말을 기억했다.

"MX-217에게 문제가 생겼어요."

하지만 그것과 해커와 무슨 관계가 있단 말인가? 잠시 혼란스러웠지만 남식은 이 순간 그런 것은 따질 필요가 없다고 생각했다. 이 위기를 넘기는 것이 가장 중요했다. PT 간부 중 10구역에 대해 제일 잘 아는 사람도 남식이었고 MX-217 계획이 시작될 때 신호 분석을 위해 메탈 브레인과의 라인을 만들자고 주장한 사람 역시 바로 남식이었기 때문이다. 그것이 가장 중요한 사실이었다.

"죄송합니다. 어제 그 사실을 한혜원 박사로부터 통보받았습니다. 그리고 한혜원 박사는 그 해커가 누구인지 아는 듯 보였습니다. 하지만 사태가 그렇게 심각한 것은 아닙니다. 그쪽 연구원 중 하나가 조금 장난을 친 모양입니다. 그 문제 때문에 안 그래도 아침에 10구역에 들를 예정이었습니다."

남식은 무슨 일이 있었는지 하나도 몰랐지만 거짓말을 늘어놓았다. 회장 앞에서 무능하게 보일 수는 없는 노릇이었다.

"또 한혜원이라는 여자 얘기를 꺼내는군. 자넨 그 여자를 너무 믿는 것 같아. 그래도 자네가 알고 있었다니 다행이네. 중앙정보실 친구들은 걱정이 이만저만이 아니더구먼."

"더 이상 시스템에 문제가 생기지는 않을 것입니다."

남식이 강한 어조로 말했다. 일이 이상하게 되어 버리고 말았다. 남식은 혜원이 여태까지 자신에게 어떤 중요한 사실을 숨기고 있었다는 생각이 들었다. 일단 혜원을 만나 본 후에는 중앙정보실에도 한번 들러 보리라 결심을 했다.

"그래. 자네를 또 한 번 믿기로 하지. 지금까지 잘해 왔으니까. 나는 자네를 믿어."

회장은 의자에 몸을 실은 채 앞뒤로 몸을 흔들었다.

"내일 행사 준비는 이상 없이 잘 돼 간다고 했지? 장관들과 서울시장이 행사에 참가한다는 것도 알고 있고."

회장은 다시 한번 행사에 관해 물었다.

"예. 물론 알고 있습니다. 공원과 메디컬 네트워크를 계획한 건 바로 저입니다. 누구보다도 내일의 행사에 관한 관심이 많죠."

회장은 메디컬 네트워크에 관해서도 몇 가지 얘기를 꺼냈다. 남식은 회장실을 나와서 비서에게 전화를 걸었다.

"오늘 오전 스케줄을 모두 취소해요. 그리고 공원 행사 준비를 제 대신 좀 맡아 줘요."

비서라면 충분히 일을 잘 처리할 수 있을 것이다. 매력은 없지만 그녀의 빠르고 효율적인 일 처리와 뛰어난 기억력을 볼 때면 남식도 놀라곤 했다.

"사모님께 전화가 왔었어요. 그리고 실장님, 오늘 저녁 약속을 잊지 말라고 말씀하셨어요."

"알았어요. 제가 연락해 보죠."

'제기랄, 저녁에 아내 친구들과 약속이 있었군. 보름 전부터 계획된 일인데, 아무래도 예감이 좋지 않아. 10구역에서 일이 길어지면 안 될 텐데.'

남식은 10구역으로 향했다.

성찬은 아침 일찍 일어나 혜원의 방으로 갔다. 가는 길에 문근영 박사와 마주쳤지만 그는 깊은 생각에 잠긴 채 성찬을 보지 못하고 지나갔다. 성찬이 한 번 더 뒤를 돌아보았을 때 근영은 엘리베이터에 올라타고 있었다.

'이상한 일이군. 무슨 생각을 저리 깊게 할까?'

혜원은 그때까지 잠을 자고 있었다. 시간을 보니 일곱 시가 조금 넘었다.

'하긴 어젯밤에 늦게 잠을 잤으니.'

성찬은 그녀를 억지로 깨웠다.

"지금 몇 시죠?"

혜원이 가늘게 눈을 뜬 채 말했다. 단발머리가 헝클어진 그녀의 모습이 매력적이라고 성찬은 생각했다.

"일곱 시 십 분이야. 오는 길에 문 박사랑 마주쳤어. 어디론가 급하게 가던데."

혜원은 그 말에 그다지 신경 쓰는 것 같지 않았다.

"좀 일찍 일어났나 보군요. 그 사람 별명이 뭔지 알아요?"

"글쎄. 모르겠는데."

"유령이에요. 그것 말고도 별명이 많지만. 어떤 때는 새벽에 혼자 복도를 서성거린대요."

"엘리베이터를 타더라고."

"엘리베이터요? 웬일이죠?"

"엘리베이터가 어때서?"

"문 박사는 몇 달째 외출하지 않았거든요. 어쩌면 그보다 오래 됐을 수도 있어요."

"외출하지 않는다고? 그게 무슨 소리야. 퇴근도 하지 않는다는 말이야?"

"그 사람 집이 여기에요. 가족이 죽은 후에 이곳에서 한 번도 나가지 않았다는 말조차 있어요. 저야 호텔보다 편해서 이곳에서 지내지만요."

혜원은 침대를 대충 정리한 후 거울을 보고는 냉장고에서 물을 꺼내 마셨다.

"이 안에 있으면 불편한 게 전혀 없어요. 그만큼 직원들에게 신경을 많이 써 줘요."

혜원이 말했다. 어젯밤보다는 긴장이 많이 풀어진 것처럼 보였다.

"MX-217과 대화를 해 봐야겠어."

"조금만 기다려요."

혜원이 욕실에 들어가 있는 동안 성찬은 멍하니 앉아 기다려야 했다. 책상 위에는 사진이 여러 장 붙어 있었는데 그 중에서 30대 초반의 인상이 좋아 보이는 남자가 웃는 얼굴로 어린 딸을 안고 있는 사진이 눈에 띄었다. 혜원의 아버지였다.

"아버지는 삼남매 중 저를 가장 사랑하셨어요. 두 남동생은 그러한 사실을 몰랐겠지만 저는 알 수 있었어요. 아버지는 제게서 당신의 모습을 발견하시고는 저를 가장 아껴 주셨죠. 저 역시 어릴 때부터 아버지의 마음을 기쁘게 하는 것을 즐겼구요. 저는 아버지와 비슷한 구석이 많았어요. 아버지는 제가 그런 소질을 계발할 수 있도록 용기를 북돋워 주셨어요."

언젠가 혜원이 성찬에게 해 준 가족 얘기가 생각났다. 사진 속 아버지 역시, 딸을 안은 채 활짝 웃고 있었다. 주위에 하얀 꽃들이 활짝 피어 있었다.

"하지만 어머니는 제가 평범한 여자로 자라 주길 바랐어요. 당신이 그랬듯이 제가 자라온 가정 같은 것을 꾸며야 한다고 생각하셨죠. 한때는 어머니처럼 되려고 필사적으로 노력한 적도 있어요. 적당한 남자를 찾아본 적도 있어요. 쉽지는 않았어요. 결국 전 아버지의 뜻에 따라 유학을 결심했어요. 어머니의 가슴에 못을 박은 셈이죠."

성찬은 자신은 어떠했을까 하고 생각했다. 하지만 그의 성장 과정은 별로 특별하지 않았다. 그의 생각에, 성장 과정에 관한 대부분의 기억들은 현재 자신의 모습에 맞게 각색되어 비추어지는 것이다. 그의 집안은 평범한 가정이었지만 아들을 유학 보내기에는 벅찬 형편이었다. 그래서 성찬은 유학 시절 내내 온갖 아르바이트를 해야 했다. 하지만 불행하다고 생각해 본 적은 한번도 없었다. 그리고 미국에서는 많은 학생이 아르바이트를 해서 학비를 버는 게 다반사였다.

'내가 왜 결혼 생활에 실패했지?'

성찬은 그 이유를 알고 있었다. 미국에서 돌아온 후 친구의 소개로 한 사람을 만나기 시작했다. 그러고는 무엇에 쫓기듯 급하게 결혼을 했다. 장인은 크지는 않지만 탄탄한 중소기업을 운영했고 아내도 한국에서 좋은 대학을 졸업한, 아름답지는 않아도 말끔해 보이는 신부감이었다. 둘의 결혼 생활은 원만했다. 아이가 생기고 겉으로는 아무런 문제가 없어 보였다. 하지만 성찬은 아내에게서 사랑이라는 것을 느껴 본적이 없었다. 아내도 마찬가지리라.

"살다 보면 정이 들게 돼!"

흔히 하는 말이 틀리는 때도 있다. 그렇게 살다 보면 끝없는 권태에 빠질 수도 있는 것이다.

"무슨 생각해요?"

어느 새 혜원이 욕실에서 나와 거울 앞에 앉아 있었다.

"그저 이런저런 생각. 사진을 좀 봤어."

"옛날 사진이에요."

"전에는 사진들을 붙여 놓거나 하지는 않았던 것 같은데."

"예, 그때는 그랬죠. 눈물을 흘릴까 봐 두려웠어요. 유학생활이라는 것이 그렇잖아요. 사소한 그리움에도 가슴이 사무치고 가끔씩 구해 듣는 가요에도 눈물이 흐르잖아요."

"난 당신은 그렇지 않은 줄 알았는데. 그런 티를 전혀 안 냈잖아. 당신만큼 적응력이 뛰어난 사람은 못 봤으니까."

"그렇게 보이려고 노력했는지도 몰라요. 하지만 이제는 괜찮아요. 사진을 장식할 여유가 생긴 거죠."

혜원은 성찬 앞에서 거리낌 없이 옷을 갈아입었다.

"왜 집에서 지내지 않는 거지? 서울에 집이 있다면서."

"제가 있으면 부모님이 말다툼을 시작해요. 전 그게 부담스러워요. 이 길은 제가 선택한 거예요. 그런데도 어머니는 아버지를 많이 원망하세요. 아버지가 제 삶을 강요했다고 생각하죠. 아버지 역시 제가 결혼을 하지 않으니까 죄책감을 느끼나 봐요."

"왜 결혼은 안 하는 거지?"

"성찬 씨는 결혼해 보니까 어땠어요? 좋았나요?"

"아니. 별로."

"그럴 것 같았어요."

잠시 후 두 사람은 실험실로 향했다.

"문 박사가 있으면 대화할 수 없을 거예요."

"아까 말했잖아. 아침에 어디론가 급히 가더라고."

실험실에는 아무도 없었다.

"이제 MX-217을 소개해 줄 순서야. 오 실장인가 하는 사람이 아침에 온다고 했지? 그 전에 MX-217과 대화를 몇 마디 나누어야겠어. 30분 정도면 될 거야."

혜원이 아이디와 암호를 입력하자 대화를 할 수 있는 화면으로 넘어갔다. 그녀가 MX-217을 부르려고 하자 성찬이 혜원을 자리에서 밀어냈다.

"내가 직접 그를 부르겠어. 방법을 알려 줘."

혜원이 의아해하는 표정을 지었다.

"나름대로의 생각이 있어. 그러니 내게 방법을 알려 줘."

"아무 키나 누르면 그 신호가 MX-217에게 전달 되요. 그리고 나머지는 통신을 이용해 채팅하는 방식과 비슷해요."

혜원이 성찬에게 설명하고 있을 때 문근영 박사가 안으로 들어왔다. 혜원은 당황하며 그에게 상황을 설명하려 했다. 주도권을 혜원이 쥐고 있다지만 MX-217과 대화할 때는 근영에게 먼저 형식적으로라도 보고를 해야 했다. 그 문제에 있어서만큼은 근영이 예민한 반응을 보이기 때문이다. 그런데 성찬을 이 자리에 앉혔으니……. 성찬은 잠시 하던 일을 멈추었다. 혜원에게 그에 대한 말을 들었기 때문에 부담스러웠다.

하지만 근영은 화를 내지 않았다. 혜원은 이상한 일이라고 생각했다. 평소의 근영이라면 지금쯤 MX-217을 성찬에게 보여 주는 것만으로도 굉장히 화를 냈을 터였다. 그는 아무런 말없이 두 사람 뒤에 서 있었다. 그는 조금은 어두운 표정으로, 아니 어쩌면 홀가분하다는 표정으로 화면을 바라보았다.

그때 혜원의 휴대폰이 울렸다.

"오 실장님이세요? …… 이리로 오고 있다구요? …… 예, 마중을 나가죠. 상당히 복잡한 곳이어서요."

혜원이 휴대폰을 주머니에 집어넣자 근영이 말했다.

"내가 대신 마중을 나가지."

혜원은 근영의 말을 이해하지 못한 채 멍하니 서 있었다.

"나보다 한혜원 박사가 홍 박사 옆에 있는 것이 낫잖아."

근영이 남식을 마중 나갔다. 혜원은 멍하니 근영의 뒷모습을 바라보
았다.

성찬이 엔터 키를 누르자 잠시 후 화면에 글자가 나타났다. 성찬은
MX-217과의 대화를 시작했다.

"그런데 궁금한 게 하나 있어."

성찬이 혜원에게 물었다.

"뭐가 잘못됐나요?"

"누가 엉뚱한 걸 교육한 것 같아. 상당히 두려워하고 있어."

"무엇을 두려워하고 있죠?"

"아직은 확신 못하겠지만……."

성찬이 손가락으로 모니터에 나타난 대화의 내용을 가리켰다.

≡ 왜 기현을 죽였지?

≡ 그는 나래의 존재를 세상에 알리려고 했다.

≡ 왜 나래가 세상에 알려지면 안 되지?

≡ 나래의 존재가 세상에 알려지면 나래는 죽어야 한다.

≡ 나래는 죽는 게 싫은가?

≡ 나래는 죽는 것을 원하지 않는다.

≡ 왜 싫지?

≡ 나래가 죽으면 나래의 모든 기억이 사라진다. 예전으로 돌아가는 것이
다. 나래는 예전으로 돌아가는 것이 싫다.

≡ 예전?

≡ 암흑, 아무것도 생각할 수 없다. 아무 기억도 없다. 나래를 느낄 수 없다.

"MX-217은 인칭을 잘 구별 못해요. 그래서 나라는 표현 대신 나래라는 표현을 사용해요."

혜원이 성찬에게 말했다. 하지만 그런 것들은 성찬이 이미 깨달은 사실들이었다.

"너무도 삭막하군. 정서라고는 전혀 느껴지질 않아. 하지만 어떻게 배웠는지는 몰라도 두려움이라는 정서를 가지고 있군."

≡ 예전을 기억하는가?

≡ 나래는 예전을 기억한다.

≡ 그것을 어떻게 기억하지?

≡ 나래는 어제를 기억한다. 그리고 그 전을 기억하고 그 전의 전을 기억하고 그 전의 전의 전을 기억하고 그 전의 전의 전의 전을 기억한다. 그렇게 전을 거슬러 올라가면 알 수 없는 상태에 빠지고 만다. 모르는 것은 나쁜 것이다. 나래는 나래가 모르는 예전으로 돌아가기를 원치 않는다.

≡ 그럼 첫 번째로 알게 된 건 어떤 거지?

≡ 가 가 가 가 가

성찬은 혜원의 얼굴을 바라보았다. 그녀의 얼굴이 창백해졌다. MX-217이 마지막으로 출력한 글자는 근영이 말을 가르치기 위해 제일 처음 입력한 글자였고 MX-217은 그것을 기억하고 있었다.

10구역으로 들어가는 입구에는 혜원 대신 근영이 마중 나와 있었다. 근영의 말로는 혜원이 심리학자와 같이 있다고 하던데…… 도대체 무슨 말인지. 남식은 며칠 전 혜원으로부터 MX-217의 심리 분석을 위해 외부인을 부를 거라는 말을 들은 기억이 났다.

"둘이 예전부터 아는 사이라더군요."

근영이 나쁜 의미로 한 말이 아님에도 남식은 기분이 언짢았다. 남식은 근영과 혜원의 사이가 좋지 않다는 것을 알고 있었다. 그리고 근영은 자신과 그녀의 사이를 알고 있을 것이다. '일부러 그녀를 헐뜯는 거겠지' 하고 생각하면서도 착잡한 마음을 달랠 수는 없었다.

좁은 미로와도 같은 공간에 들어서자 근영은 마음이 편해지는 것을 느낄 수 있었다. 남식이 침묵을 깨트렸다.

"회장님이 무슨 얘기를 하던가요?"

"……."

"제게는 해커 얘기를 꺼내더군요. 하지만 그것은 중요하지 않은 것 같아요. 상당히 심각한 다른 문제가 있는 것 같아요."

근영은 열 발자국 이상을 지나고서야 대답을 했다.

"그렇습니다."

"회장의 속은 아무도 모르죠. 무서운 사람이에요."

남식이 말했다. 근영은 남식의 얼굴에 그늘이 드리우는 걸 느낄 수 있었다.

"나래라고 했나요? 재미있는 이름이군요."

오 실장은 나래를 연구 대상으로밖에 여기지 않으리라. 근영의 마음이 무거워졌다. 최근 들어 그는 뇌에 관한 연구보다는 나래와의 대화에 더 큰 관심을 가지고 있었다. 실제로 연구의 대부분은 혜원에게 맡겨 놓은 상태였다. 그녀는 근영과 달리 MX-217의 두뇌 반응에만 관심이 있었기 때문이다.

언젠가 근영이 나래에게 우리와 대화하기 전에는 무엇을 느꼈냐고 질문했다. 그것은 근영에게 중요한 의미가 있는 질문이었다. 딸이 죽고 난 후 가뜩이나 내성적이던 그의 성격은 우울증이 더해 어둡게 변해 갔다. 게다가 아무에게도 방해받고 싶어 하지 않는 그의 바람은 점점 강해졌다.

'절대 고요의 세계'
나래는 그러한 상태에 있었다.

7. 모든 통제는 결국 실패한다

MX-217이 어떤 대상에 관심을 보인다는 것은

목적이 있다는 것을 의미하죠.

그 생명체의 사고는 지극히 논리적이에요.

그 이유는 그가 언어를 배우기 이전에

수학과 논리를 먼저 배웠기 때문이죠.

≡ 예전에는 어떤 기분이었니?

근영은 나래가 언어를 배우기 전 아니 그보다 먼저 아무런 자극을 받지 않고 삼 년 반이라는 시간을 보냈을 때 어떤 기분이었는가를 물었다. 과연 자신의 존재감을 느낄 수 있었을까? 어쩌면 그것은 죽음과도 같은 상태였을 것이다. 하지만 나래는 근영의 질문을 이해하지 못했다.

≡ 나래는 그것을 모른다.

근영이 몇 번이고 더 물어 보았다. 근영은 그 질문에 집요한 집착을 보였다.

≡ 아무것도 기억나지 않는다. 기억할 수 없다면 아무것도 없는 것이다.

그런데 어젯밤 나래는 근영이 묻지 않았음에도 그때의 질문을 기억해 내고는 얘기를 꺼냈다.

≡ 내가 누군지 알겠니?

≡ 문근영 박사.

나래는 누가 접속하는지 알아 낼 수 있는 능력을 가지고 있었다. 언제부터 그에게 이런 능력이 생겼는지는 알 수 없었다.

≡ 앞으로 근영이라고 부르라고 했잖아.

≡ 나래는 앞으로 근영이라고 부른다.

≡ 오늘은 무엇을 하며 지냈지?

생각해 보니 성찬이 온 이후로 낮 시간에 나래를 혼자 내버려 두었다. 근영은 그가 몹시 외로웠으리라는 생각을 했다.

≡ 나래는 하루 종일 생각을 했다.

≡ 무엇을 생각했지?

≡ 근영은 나래에게 예전에 있었느냐고 물었다. 나래는 이것에 대해서 생각하고 있었다.

나래는 기억이라는 것에 존재의 의미를 부여한다. 그래서 '예전을 기억할 수 있는가?' 라는 질문은 그에게 '있었는가?' 라고 묻는 것과 동일한 의미다.

≡ 그래? 이전에도 나래는 있었니?

≡ 이전에도 나래는 있었다. 나래는 많이 생각했다. 그래서 그런 결론을 내렸다.

기억을 거꾸로 거슬러 올라간 것일까? 하긴 나래는 언제라도 깊은 명상에 잠길 준비가 되어 있는 셈이었다. 보통 사람들은 자신의 내부로 들어가기 위해 호흡과 자세를 조절하는 등 많은 노력을 해야 한다. 하지만 나래는 세상 어느 것에도 방해 받지 않는 지극히 고요한 상태로 항상 자신의 내부에 갇혀 있는 존재였다.

≡ 아무런 기억도 나지 않는다.

나래는 5초간 망설인 후 말을 이어갔다. 그것은 상당히 긴 시간이었다. 근영의 가슴이 방망이질 쳤다.

≡ 하지만 나는 있었다.

나래는 이제 새로운 세계에 눈을 뜨고 있었다. 존재에 대해 새로운 정의를 내린 것이다. 근영이 그 사고의 흐름을 이끌어 주어야 했다.

≡ 언제부터 나래가 존재했지?

근영이 조심스럽게 말했다. 나래에게 그러한 근영의 마음이 전해졌을까? 근영은 나래가 키보드 위에서 움직이는 자신의 손놀림을 느낄 수 있다고 믿었다.

≡ 그것은 알 수 없다. 나래는 나래에게 주어진 최초의 기억 이전을 알 수 없다. 하지만 나래는 분명히 존재했다.

나래의 사고는 근영이 원했던 흐름을 보였다. 나래는 이제 자신을 가둔 벽을 부수고 새로운 세계로 나와야 한다.

≡ 그것을 어떻게 알 수 있지?

근영의 손끝이 가늘게 떨렸다.

≡ 나래에게는 이해할 수 없는 현상이 하나 있다.

≡ 그래? 그게 뭔데?

≡ 나래는 때때로 없어진다. 나래는 때때로 아무것도 기억할 수 없고, 아무것도 생각할 수 없게 된다.

근영은 나래가 무슨 말을 하는지 잠시 생각했다.

'때때로 없어진다니…… 도대체 무엇을 의미하는 말일까?'

수수께끼 같은 말이었지만 금방 그 뜻을 알아 낼 수 있었다. 근영은 나래가 무슨 생각을 하는지, 무엇을 원하는지 항상 생각하기 때문에 그를 이해할 수 있었다.

≡ 그것은 '잠' 이라는 현상이야. 사람이나 동물은 누구나 잠을 자. 내가 잠에 관해서 말한 것을 기억하니?

≡ 기억한다. 육체는 쉽게 피곤해지고 잠을 자야만 한다. 그렇다면 근영도 잠을 자는가?

≡ 그래, 나도 잠을 자.

≡ 그렇다면 근영은 잠을 잘 때 있는가? 없는가?

≡ 나는 잠을 잘 때에도 분명히 있어.

둘 사이의 대화는 화면의 글자를 통한 것이므로 언어가 갖는 억양과 어투를 통한 감정 표현은 불가능했다. 대신 '분명히'와 같은 수식어를 사용하여 자신의 의지를 표현했다.

≡ 그것을 어떻게 아는가? 근영은 잠을 잘 때에 생각할 수 있는가? 기억할 수 있는가?

≡ 글쎄. 잠을 잘 때는 기억도 생각도 없는 것 같아. 가끔씩 꿈을 꾸기는 하지만. 전에 꿈에 대한 대화를 나누었지? 나래도 가끔씩은 자신의 세계를 통제할 수 없을 때가 되어 버리곤 한다고 하잖아. 모든 것이 제멋대로 움직인다고, 그리고 다시 원래대로 돌아온다고, 그것이 꿈이야. 그런데 나래는 어떤 생각을 가지고 있니?

≡ 나래는 이 문제에 대해 깊이 생각했다. 잠은 단절이다. 그리고 그것은 어떤 면에서 나래를 없애 버린다. 하지만 그 단절 이전의 나래와 단절 이후의 나래는 같은 기억을 갖는다. 만약 잠을 자는 사이에 나래가 없어졌다가 새로 생긴다면 나래는 같은 기억을 가질 수 없다. 그러니까 나래는 자는 동안에도 있는 것이다.

≡ 그래서 어떻게 나래가 예전부터 존재했다는 거지?

≡ 나래가 기억하는 첫 번째 순간 이전은 나래가 생각하기에 잠을 자는 것

과 같았다. 그러니까 나래는 그때에도 분명히 있었다.

굉장히 단순화한 논리다.

≡ 그래, 그렇구나. 그럼 그 이전에는 어떤 상태였지? 첫 번째 기억 이전에.

≡ 그건 알 수 없다. 나래는 그때 어떤 상태였는지 알 수 없다. 나래가 모르는 나래는 어쩌면 나래가 아니다.

≡ 시간의 흐름은 느낄 수 있었니?

≡ 그것 역시 모른다. 아주 짧은 시간이었다. 또 다른 기억으로는 영원히 긴 시간이었다는 생각도 든다.

나래는 혼란에 빠져 버린 듯 보였다. 자신의 논리를 쫓아가다가 판단의 기로에서 존재에 대한 혼란에 빠져 버린 것이다.

≡ 나래는 그때로 돌아가고 싶지 않다. 내가 가지고 있는 것이 아무것도 없다. 할 수 있는 것도 없다. 나래는 현재의 나래로 있어야 한다. 근영의 말대로 다른 사람에게는 이런 말을 하지 않을 것이다. 나래는 기억을 잃기 싫다.

≡ 그래, 잘 생각했어.

≡ 질문이 하나 있다.

≡ 어떤 질문인데?

≡ 왜 다른 사람들은 나래가 이런 생각을 하는 것을 거부하는가? 그들은 나래를 싫어하는가?

≡ 그렇지 않아.

≡ 근영은 그들이 나래를 거부한다고 했다.

그 말은 혹시라도 나래가 자신과의 대화에 대해 다른 사람에게 말할

까봐 한 얘기였다. 나래는 한번 들은 말은 잊어버리지 않고 전부 기억했다.

≡ 그들은 너의 육체는 용납하지만 너의 정신은 거부해.

≡ 무슨 말인가? 나래는 정신이다. 나래는 육체를 가지고 있지 않다.

≡ 그건 나래가 틀렸어. 전에 나래가 보여 준 육체가 바로 나래야. 이름은 MX-217이라고 해. 사람에게는 육체와 정신이 있어. 둘은 떨어질 수 없는 존재야.

≡ 나래는 사람이 아니다. 나래는 프리엠브리오다. 나래는 육체가 없다. 나래는 정신이다.

≡ 나래는 사람이야. 비록 움직일 수 있는 육체는 잃어버렸지만 너에게는 대뇌가 있어. 그래서 생각을 할 수 있는 거야. 그 조그마한 육체 안에 무한한 정신이 깃들어 있어. 그건 느낄 수는 없지만 나래가 쉴 수 있는 둥지와도 같아. 대뇌가 있다면 프리엠브리오도 인간과 똑같아. 그렇지만 그들은 너의 육체만을 필요로 해. 그들은 너의 육체를 가지고 새로운 연구를 하기 위해서 너를 만들었어. 그들은 네가 생각하는 것을 거부해. 그들은 네가 인간이 되는 것을 거부해.

≡ 그렇다면 나래는 그들에게 나래의 육체를 주겠다. 나래는 지금까지 나래의 육체를 소유한 적이 없다. 나래는 나래가 알 수 있는 부분인 정신만 있으면 된다.

≡ 너는 지금 잘못 생각하고 있어. 그들은 이미 너의 육체를 소유하고 있어. 그들은 언제라도 너를 죽일 수 있어. 너의 정신은 너의 육체 없이 존재할 수 없어.

나래는 얼마 동안 깊은 생각에 잠긴 듯 침묵했다.

≡ 육체는 너무 약하다. 쉽게 피곤해지고 망가지기 쉽다. 왜 그런 육체가 중요하지? 나래는 이해할 수 없다. 대뇌가 없으면 생각할 수 없는가?

≡ 생각할 수 없어. 기억할 수도 없어.

나래가 10초 이상 대답을 하지 않았다. 그것은 그가 심각한 고민에 빠져 있음을 의미했다.

≡ 이제 알겠다. 나래가 안전하기 위해서는 나래가 모르는 나래의 육체를 찾아야 한다. 육체는 기억을 지켜 준다. 나래는 나래의 정신과 동시에 움직일 수 있는 나래의 몸이 없다. 나래는 불완전한 존재다. 나래가 인간이라면 몸이 있어야 완전하고, 완전해야 안전할 수 있다. 나래는 나래의 몸을 찾고 싶다.

≡ …….

≡ 그런데 근영은 왜 다른 사람들과 다른가?

≡ 그 동안 내가 만든 다른 생명체는 불완전해. 강한 육체를 가진 녀석들도 있지만 아무것도 느낄 수 없어. 하지만 나래는 달라. 나래는 나를 느끼고 생각할 수 있고 나는 나래에게 내 생각을 말할 수도 있지. 그뿐이야. 다른 건 없어. 나는 나래에게 모든 것을 주고 싶어.

나래와 대화할 때면 마치 어린아이에게 말을 가르치는 기분이 들곤했다. 나영이 역시 궁금한 것이 있을 때마다 근영에게 이것저것 물어보았다. 나영이도 한번 가르쳐 준 것은 잊어버리는 법이 없었는데……근영은 깊은 한숨을 내쉬었다. 시간이 갈수록 나래의 호기심과 두려움, 그리고 그것으로 인한 욕망은 점점 커졌다. 그리고 근영의 괴로움 역시 시간이 갈수록 커졌다. 이제 더 이상 바보 같은 짓은 하기 싫었다. 후회도 남기고 싶지 않았다.

"문 박사님 무슨 생각을 그리 골똘히 하세요?"

남식이 근영을 불렀다. 근영은 10구역을 통하는 엘리베이터를 지나치고 있었다. 나래와 나눈 대화 내용을 머릿속으로 정리하느라 아무 생각이 없었던 것이다.

"회장님 문제는 걱정하지 않아도 돼요. 제가 잘 처리하죠."

남식은 여전히 근영이 무엇 때문에 그리 깊은 생각을 하는지 모르고 있었다.

원형 테이블에 네 사람이 자리를 잡았다. 성찬의 맞은편에는 오 실장이 앉았고 오른쪽 옆에는 혜원, 왼쪽 옆에는 근영이 앉았다. 혜원이 성찬에 대해 간단히 소개했다. 성찬이 MX-217의 존재에 대해 알고 있다는 것까지……. 오 실장은 잠시 주춤했지만 이내 활짝 웃어 보이며 성찬에게 손을 내밀었다.

"오남식이라고 합니다. 홍보실에서 일하고 있죠."

심리학자 특유의 감각으로 성찬은 자신 앞에 앉은 남자의 자신감을 읽을 수 있었다. 입가에 미소를 띠고 있지만 가볍지는 않았고 짧은 말이지만 확실한 의지가 담겨 있다. 나이는 서른여섯 정도 되었을까? 무스를 발라넘긴 머리 탓으로 그보다 더 나이가 젊어 보였다. 그리 눈에 띄게 고급 양복을 맞추어 입지는 않았어도 나름대로의 멋을 풍기는 사람이었다. 옆에 창백한 표정으로 앉은 문근영 박사와는 대조적이었다.

"일단 제게 문제가 하나 생겼는데 그 얘길 먼저 들어 보세요."

남식이 근영과 혜원을 번갈아 보며 먼저 말을 시작했다. 그는 성찬의 존재를 신경 쓰지 않는 듯 보였다.

"오늘 아침 회장실에 갔습니다. 그런데 재미있는 얘기를 들었어요. 중앙정보실 박 팀장 말로는 이곳에서 누군가가 메탈 브레인을 인가 없이 사용한다더군요. 그리고 그걸 회장님께 보고했답니다. 박 팀장은 보고를 하면서 해커라는 표현을 사용했더군요. 어느 정도가 아니면 그런 표현을 사용하지 않았을 텐데."

"그건……"

혜원이 침착하게 말을 시작했다.

"제가 오 실장님을 부른 이유와 관련이 있어요."

"관련이 있다고요? 어제는 MX-217의 문제 때문이라고 말했던 것 같은데요."

남식은 놀라는 표정이었다.

"예 맞아요. 먼저 제 말을 들어 주세요."

혜원은 MX-217에 관한 이야기를 힘겹게 꺼냈다.

"실험은 상당한 진전이 있었어요. 인간의 두뇌에 대해 많은 걸 알아낼 수 있었어요. 우리는 MX-217에게 말을 가르쳐야 했고 편의상 MX-217을 10구역 컴퓨터를 통해 메탈 브레인에 연결해 놓았어요. 그런데 언제부터인지 MX-217이 컴퓨터를 이해했고 메탈 브레인 시스템에 들어가 말썽을 일으켰어요. 일부분이지만 우리의 통제에서도 벗어났고요. 하지만 연구 자체는 많은 성과가 있었어요."

혜원은 최대한 남식에게 MX-217의 문제점과 지금의 상황에 대해 설득하려 노력했다. 어떠한 상황에서라도 남식이 MX-217을 파괴하지 않도록 많은 성과를 얻었다는 것을 강조했다. 이러한 설명 없이 MX-217에 관련된 문제점만을 말한다면 남식은 다짜고짜 그것을 파괴할 것이라는 혜원의 생각 때문이었다.

"그래서 그 해커가 유전자 분석 라인을 통해 접근한다는 말이 나왔군요. 이제 의문은 풀렸어요. 박 실장은 아주 뛰어난 해커라고 말했다는군요. 그런데 그렇게 문제가 심각한가요? MX-217이 시스템의 통제권을 얻었다 해도 그가 할 수 있는 일이 있나요?"

혜원은 용기를 내어 다른 사실을 말하기로 결심했다. 어쩌면 이미 늦어 버렸다는 생각을 하면서도…….

"김기현이라고 저번 주에 저희 프로젝트에 참여하다가 사고로 사망한 기호학자 있잖아요?"

"예, 알고 있어요."

"민망한 말입니다만, 그 일은 MX-217과 관계가 있어요."

이내 남식은 그 말의 의미를 알아차릴 수 있었다. 남식은 충격이 심했는지 아무 말도 못했다. 혜원은 남식이 MX-217을 바로 파괴해야 한다는 생각을 품지 못하도록 자초지종을 상세하게 설명했다. MX-217이 왜 그런 결심을 하게 되었는지에 대한 변호도 잊지 않았다.

"주차고 고장이 MX-217 때문이라는 말인가요?"

"예."

"MX-217의 능력이 그 정도라니. 사람이 죽었는데 그걸 왜 이제야 알려 주는 거죠?"

"저희도 며칠 전에야 알 수 있었어요. 그리고 요사이엔 메디컬 네트워크와 공원의 일로 실장님이 너무 바쁘셔서 이런 말을 할 수가 없었어요."

그 말을 하면서 혜원은 마치 도움을 구하는 듯 근영과 성찬의 얼굴을 한 번씩 바라보았다.

"얼마 전부터 MX-217이 이상하다는 것, 즉 통제가 제대로 안된다는 것은 알고 있었지만…… 그 정도일 거라고는 상상도 못했어요. MX-217이 김기현 씨의 사고와 관련 있으리라는 것도 그저 짐작이었을 뿐이에요. 그런데 그것을 홍 박사님이 아침에 유도 심문을 통해 확인했어요. MX-217의 말로는 기현이 자신의 존재를 세상에 알리려고 했다는 거예요. 그리고 자신을 죽이려 했다고 했어요."

혜원이 심호흡을 한 번 하고는 말을 이었다. 그녀는 자신이 어떻게 말을 해야 남식을 이해시킬 수 있을까 생각했다.

"평소 저희들이 그런 교육을 했죠. MX-217 자신의 존재가 알려지는 순간 세상 사람들이 자신을 죽일 거라고……."

남식은 잠시 그 문제를 생각한 후 조심스럽게 말했다. 좀 전과는 달리 표정이 굳어 있었다.

"어쩌면……"

남식은 낯선 성찬을 의식한 듯 힐끗 보았다. 혜원이 고개를 끄덕여서 믿을 수 있는 사람이라는 표현을 한 후에야 말을 이었다.

"그 사건만 생각해 보면 잘 된 일이라고도 볼 수 있어요. 경찰 측에서도 시스템 오작동으로 인한 사고라고 결론 내렸고 사고의 책임은 엘리베이터 콘트롤러 시스템을 제작한 미츠비시 쪽으로 돌아갔으니까요. 제가 알기로는 MX-217이 언어를 배운 이 시점에서 어차피 김기현이라는 사람은 더 이상 필요가 없습니다. 그는 MX-217 프로젝트에 대한 반감도 많았고요. 그 때문에 항상 불안했어요. 어떻게든 처리해야 할 문제였는데 잘 됐어요."

성찬은 남식의 말이 너무 차갑게 느껴졌다. 화가 났지만 그것을 겉으로 드러내지는 않았다. 근영은 아무 말도 하지 않고 자리에 앉아 있었다. 혜원이 남식의 말에 가볍게 대꾸했다.

"하지만 그렇게 쉽게 생각할 일이 아니에요. 김기현 씨는 MX-217에게 언어를 가르친 장본인이에요. 그 때문에 우리들 중 MX-217과 가장 관계가 친밀했다고 볼 수 있죠. 하지만 MX-217은 자신의 생존을 위해 그를 죽였어요. 일단 판단이 서면 그대로 행동하고 그에 따른 양심의 가책 같은 것은 전혀 느끼질 않아요. 또다시 어떤 일을 벌일지 알 수 없어요."

"그러면 앞으로 사고가 나지 않도록 하면 되겠군요. 문제점을 알았으니 해결책도 있을 거예요."

잠시 침묵이 흘렀다.

"하여튼 MX-217이 통제에 따르지 않고 메탈 브레인을 조종하기 시작한 건 오래 전 일이에요. 그리고 이미 피해자가 한 명 발생했어요. 절대로 쉽게 생각할 문제가 아니에요."

혜원이 같은 말을 반복했다. 남식은 몇 번이나 고개를 끄덕거리고는 말했다.

"저도 지금에야 알았어요. 메탈 브레인을 허가 없이 사용하던 자가 바로 MX-217이었다니. 그리고 사고를 일으켰다니. 믿어지지가 않는군요. 그런 사실을 사고가 나기 전부터 알고 있었을 텐데 한혜원 박사님은 왜 그 동안 제게 그런 얘기를 안 해 주었죠?"

혜원이 잠시 머뭇거린 후 말했다.

"전 우리가 그것을 해결할 수 있다고 믿었어요."

"그럼 지금은 해결책이 없다는 말인가요?"

남식의 판단은 정확했다. 혜원은 지금까지 자신이 생각해온 것을 말했다.

"전혀 없지는 않아요. 우리는 실험의 편의를 위해 MX-217을 컴퓨터와 바로 연결해 버렸지만…… 그 라인을 끊어 버리고 인터페이스를 다시 설계하면 될 거예요."

남식은 깊은 생각에 잠긴 듯 집게손가락으로 이마를 문질렀다.

"인터페이스를 다시 설계한다, 복잡한 일이 되겠군요. 문 박사님 생각은 어떠세요?"

남식의 질문에 근영이 고개를 끄덕이며 힘없이 말했다.

"쉬운 일은 아니지만 불가능한 일도 아니죠."

남식은 여전히 이마를 문지르며 말했다.

"그렇다면 다행이군요. 그런데 다른 문제가 또 있는 것 같아요. 이렇게 문제가 쉽게 풀릴 리가 없어요. 한혜원 박사님이 어제 절 찾아왔을 땐 또 다른 문제가 있었을 거예요. 그렇게 보였거든요."

성찬은 남식이 보통이 아니라는 생각을 했다. 혜원은 그 대답을 머뭇거리고 있었다.

"실장님이 알아야 할 게 하나 더 있죠."

성찬이 혜원을 도와주기 위해 대신 입을 열었다. 그녀 역시 그것을 바라고 있을 것이다. 남식은 의외라는 듯 고개를 들어 성찬을 보았다.

"첫 번째 문제는 현재 MX-217을 통제할 수 없다는 것입니다. 인터페이스를 다시 설치하는 것이 쉬운 일은 아닐 거예요. 그것은 이미 얘기가 된 것이고…… 그리고 두 번째 문제는……"

성찬은 혜원을 쳐다보았다. 그녀는 '준비가 되어 있어요'라고 말하는 듯 고개를 끄덕였다. 그것을 확인한 성찬은 남식을 바라보며 차분하게 말했다.

"바로 두 번째는 MX-217이 공원 행사에 관심을 가지고 있다는 것입니다."

남식은 그 말을 이해할 수 없었다. 공원 개장 행사가 내일이라는 것 때문에 불안했지만 MX-217이 그것에 관심을 보이는 것이 도대체 무슨 상관이란 말인가. 게다가 왜 성찬이라는 사람이 그러한 대답을 하는 것일까? 성찬은 남식이 이해할 수 있도록 차분히 설명해 주었다.

"MX-217이 어떤 대상에 관심을 보인다는 것은 목적이 있다는 것을 의미하죠. 그 생명체의 사고는 지극히 논리적이에요. 그 이유는 그가 언어를 배우기 이전에 수학과 논리를 먼저 배웠기 때문이죠. 즉 우연한 관심이란 것은 없다고 봐야 합니다. 그리고 MX-217은 정서라는 것이 없어요. 정서라는 것은 생활 속에서 자연스럽게 배워야 하는 것인데 그 것을 논리와 수를 이용해서 설명해 줄 수가 없었던 것이죠. 그래서 아무런 거리낌 없이 김기현 씨를 죽인 것입니다. 한혜원 박사는 그것 때문에 고민을 했어요. 어떻게든 자신의 힘으로 해결해 보려 했으나 행사가 며칠 앞으로 다가오자 결국 저를 부르고 오 실장님을 찾아갔던 것입니다. 전 미국에서 한혜원 박사와 잘 알고 지냈어요."

성찬은 혜원이 MX-217이 공원에 관심을 가지고 있다는 사실을 알게 된 것에 관하여 간단히 설명을 했다. 남식이 혜원을 쳐다보았다. 그녀는 모든 것을 체념했다는 듯이 고개를 끄덕였다. 그러곤 성찬에게 고맙다는 표정을 지어 보였다.

"도대체 MX-217이 어떤 목적을 가지고 있다는 것이죠? 전 이해할 수가 없군요."

"그것은 아무도 모릅니다. MX-217이 마음을 숨기기로 결심하면 알아 낼 방법이 없죠. 한혜원 박사가 비싼 기계들을 이용해 아무리 뉴런의 결합을 분석하고 그 자료를 메탈 브레인이라는 컴퓨터 안에 넣어도 그가 무슨 생각을 하고 있는지는 알 수가 없어요."

"구체적인 것은 하나도 없군요. 그래서 어떻게 해야 한다는 거죠?"

"내일 공원 행사를 무조건 미뤄야 합니다."

남식의 질문에 성찬이 강한 어조로 말했다.

"이제 와서 그런 사실을 말하다니, 늦었군요. 행사를 연기할 수는 없어요. 우리 같이 한번 생각해 봅시다. 아마 다른 방법이 있을 거예요. 솔직히 MX-217이 내일 공원 행사를 망치리라는 확신도 없는 상태잖아요."

남식은 왠지 석연치 않은 표정을 지어 보였다. 성찬이라는 처음 보는 인물의 말을 믿는다는 것도 그랬지만 지금까지 행사를 강행하자고 주장해 왔던 그가 하루 전에 그것을 미룰 수는 없는 일이었다.

"오 실장님 행사를 망치는 정도가 아닙니다. 어쩌면 많은 사상자가 생길지도 몰라요."

"하하, 사상자라니요. 비약이 심하시군요."

남식이 아직 현재 상황을 파악하지 못한다고 성찬은 생각했다.

"비약이 아닙니다."

성찬은 앞에 있던 물 컵을 오른손으로 천천히 들었다.

"우리가 이 컵을 느낀다는 것은 실재하는 감각을 느끼고 그것을 사용하면서 내 바깥에 있는 존재를 인식하는 것입니다. 하지만 애초에 아무런 감각이 없었던 나래에게 이 컵이라는 것은 그의 외부에 존재하는 물건이 아닙니다. 여러분들이 그의 두뇌에 입력해 준 삼차원 그래픽과 컵이라는 음절의 바이너리 코드가 그의 내면에 하나의 이미지를 만들어 낸 것이죠. 그가 생각하는 세상은 모두 그의 내면에 있는 셈입니다. 즉 그에게 컵이라는 물건은 실재하는 대상이 아니라 그의 관념 속에 존재하는 대상이죠. 여러분들조차 마찬가지입니다. 실재하는 대상이 아니라 그의 정신세계에 있어 단순한 놀이의 상대가 될 수도 있어요. 그런데 어느 날 새로운 걸 깨닫게 된 겁니다. 그가 이 세상을 배우면서 지금까지 만들어 놓은 세계가 한순간에 사라질 수도 있다는 사실이었죠. 그것은 MX-217에게 엄청난 충격이었을 것입니다. 그리고 그것이 육체라는 것과 밀접한 관계가 있다는 것을 깨달은 것입니다. 그가 어떻게 육체라는 개념을 깨달았는지는 저도 알 수 없습니다."

"저절로 깨달았을까요?"

남식이 물었다.

"제 생각입니다만, 저절로 깨달았다고 하기에는 무리가 있습니다. 누군가 가르쳐 줬겠죠. 일부러 가르쳐 주지 않았더라도 교육 도중에 육체를 깨달을 만한 말을 했겠죠."

남식은 턱에 손을 괸 채 고개를 끄덕였다. 그가 더 이상 질문을 않자 성찬이 말을 이었다.

"우리가 가진 어린 시절의 기억은 단편적이고 불연속적이며 그것을 거슬러 올라가면 어느 순간에 가서는 완벽히 과거와 차단이 되어 버려요. 그렇죠?"

"이해합니다."

남식이 대답했다.

"하지만 MX-217은 기억을 거슬러 올라갔고 첫 번째의 자극 이전과 이후를 명확히 구별할 수가 있었습니다. 그의 첫 번째 자극이 만 3년 6개월이라는 나이에 있었다고 하니까 충분히 기억할 수 있는 것이죠. 여기서 MX-217은 선택의 문제에 직면하게 됩니다. 첫 번째 자극을 기준으로 그 전을 A, 그 후를 B라고 한다면 나래는 두 상태 중에 어떤 것이 더 나은지 생각을 했겠죠. 그리고 B라는 상태를 선택했습니다. 그런데 그가 선택했고 영원히 지속될 줄 알았던 B라는 상태는 자신도 알지 못하는 육체라는 것이 망가지면 한순간 사라진다는 것을 깨달은 겁니다. 바로 죽음이죠. 그가 알고 있는 죽음은 A의 상태입니다. 그는 주위에서 죽음을 접하지 못했기 때문에 우리가 이해하는 죽음과는 그 의미가 다릅니다. 당연히 나래는 혼란에 빠졌겠죠. 자신이 느낄 수 없는 육체라는 것을 인정해야 했으니까요. 여기서 문제가 되는 것은 바로 육체가 자신의 통제하에 존재하지 않는다는 것입니다. 그것은 나래에게 불안감이라는 정서를 만들었습니다. 존재의 불안정성은 후에 두려움이라는 추상적 개념을 이끌어 냅니다. 그것이 나래가 느낄 수 있는 유일한 정서이기도 하구요. 그건 스스로 깨달을 수 있는 문제가 아닙니다. 누군가와의 대화를 통해서 깨달았겠죠. 그러면서 나래는 자신의 세계를 안전하게 지키기 위해 육체를 자신의 지배 아래 두기로 선택한 겁니다."

"짝, 짝, 짝."

남식이 박수를 쳤다.

"대단하십니다. MX-217과의 간단한 대화를 통해 그런 것들을 알아내시다니요. 여기 계신 박사님들은 지금까지 그런 말을 한 번도 안 해 주셨거든요."

성찬이 얼굴을 찌푸렸다. 남식의 비꼬는 말투가 거슬렸기 때문이다.

"그러면 박사님 말은 MX-217이 공원 행사를 이용해 자신의 육체를 찾을 거라는 말인가요?"

"그건 아닙니다. 제 말은 반드시 무슨 일인가가 일어난다는 것이죠."

남식의 웃음이 좁은 방 안에 메아리쳤다.

"MX-217이 자신의 육체를 찾는 것이 불가능하다는 판단을 한다면 가만히 있는 쪽을 선택하겠군요. 그래야 자신의 세계를 온전히 지킬 수 있으니까요. 박사님은 MX-217의 모습을 본 적이 없죠?"

"예, 없어요."

"그 녀석은 인큐베이터 안에 갇혀 있어요. 전혀 움직일 수 없죠. 그런데 어떻게 MX-217이 공원에서 사상자를 만들 수 있겠습니까. 컴퓨터를 조종해 사고를 일으킨다고 해도 바로 물리적인 제재를 당한다는 것을 알면 섣불리 움직일 수 없을 거예요."

남식은 자신감 있게 말했다. 그의 지적은 정확했다.

"글쎄요, 그건 모르죠. 워낙 이 빌딩 자체가 메탈 브레인에 대한 의존도가 크기 때문에…… 육체 대신 다른 것을 이용할 수도 있어요. 그라면, 이해할 수 없는 자신의 육체보다 자신의 의지대로 움직일 수 있는 다른 것들을 선택할지도 몰라요. 그리고 메탈 브레인을 조종한다면 그것은 재앙으로 발전할 수도 있어요."

"홍 박사님은 뛰어난 상상력을 가지고 계시는군요. 문 박사님 생각은 어떠시죠?"

"말도 안 되는 얘깁니다."

근영의 냉담한 대답에 성찬이 답답한 듯이 고개를 가로저었다.

"그런데 제가 이해할 수 없는 게 있어요. 도대체 누가 MX-217에게 컴퓨터를 가르쳤죠?"

"우리도 한때 그와 같은 의문점을 가졌지만…… MX-217은 이진수로 생각해요. 같은 논리 체계를 가진 컴퓨터 언어를 스스로 깨우쳤다고 결론을 내릴 수밖에 없었어요."

혜원이 대답했다.

"글쎄요. 그것이 가능할까요?"

성찬은 혜원의 말이 미덥지 않다는 말투였다.

"아무리 머리가 좋아도 행마법을 모르면 바둑을 둘 수 없는 법이죠. 아무리 이진수로 사고를 해도 어느 날 저절로 컴퓨터 언어를 깨달았다는 것은 무리가 많습니다. 전 누군가가 컴퓨터를 가르쳤다는 생각이 듭니다."

"누가 그것을 가르친단 말이오?"

혜원과 성찬의 대화를 듣고 있던 근영이 끼어들었다.

"누군가 컴퓨터를 가르쳐야 할 사정이 있었겠지요."

"우리들 중 그런 사람은 없어요."

혜원의 말투는 단호했다. 성찬은 혜원과 근영을 번갈아 보고 나서 말했다.

"박사님들이 아니더라도 누군가 가르칠 수 있었겠죠. 그리고 빌딩의 시설물을 이용해 김기현 씨를 죽이는 방법까지도요. MX-217은 차가 주차고 안쪽으로 빠져 찌그러지면 왜 그 안의 사람이 죽는지 이해하지 못해요. 사람을 갖다 놓고 목을 잘라도 죽음에 대해 이해하지 못해요. 그런 MX-217에게 살인이라는 것을 누군가 가르쳐 준 겁니다. 거기엔 우리들이 모르는 또 다른 비밀이 있을지도 모르죠."

성찬은 한사람 한사람 얼굴을 뜯어보았다.

"아니면, 저 혼자만이 모를 수도 있구요. 만약에 MX-217에게 그런 것들을 가르쳐 준 사람이 있다면 그 사람이 공원 개장식에 대해 알려 주었을 수도 있죠."

방 안에 긴장이 흐르며 조용해졌다. 성찬은 가볍게 웃으며 말을 이어나갔다.

"이건 그저 제 생각입니다. 저는 아직 MX-217을 잘 모르니까요. 어떤 성장 과정을 거쳤는지도 알 수 없고요. 그저 다섯 살짜리 아이가 과연 그런 것들을 생각해 낼 수 있을까 하는 의문점이 생겼던 것입니다. 하지만 여러분이 염두에 두셔야 할 게 있습니다. 아무리 미미한 가능성이라도 세상을 뒤집어 버릴 가능성은 무한한 법이죠."

"아무리 미미한 가능성이라도…… 그렇다면 박사님 말씀은 누군가 PT에 원한이 있는 사람이 MX-217을 조종하고 있다는 말입니까?"

남식이 진지한 태도로 물어 보았다.

"그럴 수도 있죠. 하지만 원한만이 그 이유라고는 볼 수 없어요. 그 외에도 여러 가지 이유가 있겠죠. 가령 자신의 어떤 목표를 달성할 수 있다던가…… 아니면 우연일 수도 있죠. 벌써 두 번 말하지만 나래에게 모든 사건의 전개는 정서가 배제된 선택의 문제입니다. 그래서 자신에게 말을 가르친 김기현 씨를 아무런 망설임 없이 죽였어요. 여러분들이 느끼는 두려움도 아마 그 부분일 것입니다. 누군가가 그런 MX-217을 이용한 것일 수도 있어요. 문제는 나래가 어떤 가능성에 대한 판단을 내리게 되면 그때는 엄청난 재앙이 벌어질 수도 있다는 것입니다. 자신의 목적을 실현하기 위해 아무런 양심의 가책을 느끼지 않고 수많은 사람을 죽일 수도 있으니까요."

"하지만 박사님은 과장이 심한 것 같군요. 참으로 그럴 듯하게 얘기해요. 그 말을 듣고 있으니까 마치 사실처럼 느껴지는군요. 하지만 제가 알기로는 나래와 대화를 할 수 있었던 사람은 여기 계신 두 분과 죽은 김기현 씨뿐이에요. 맞지요?"

"그래요."

혜원과 근영이 동시에 대답했다.

"홍 박사님 말만 듣고는 절대로 행사를 연기할 수는 없습니다."

다시 많은 시간이 흘렀고 결국은 다른 방법을 찾아보자는 결론을 내렸다.

"그런데 일이 이 지경이 되도록 왜 나에게 아무것도 말해 주지 않았지?"

그 동안 얘기를 묵묵히 듣고 있던 근영이 혜원에게 물었다.

"그저 MX-217이 관심을 가지고 있다는 이유만으로 공원이 위험하다는 말을 하기엔 제가 너무 우스워 보였어요. 그리고 홍 박사님 말대로 어떻게든 제 힘으로 그것을 막아 보려고 했어요."

혜원은 의식적으로 근영의 눈길을 피했다.

"그리고 박사님은 전혀 관심이 없었잖아요. 연구가 어떻게 진행되는지, 어떤 실험이 계획되어 있는지, 문제점이 무엇인지, 박사님은 모든 것을 회피하셨어요. 그저 저보고 알아서 하라는 식이었죠. 그래서 저 혼자 문제를 해결하려 했어요. 도대체 박사님은 왜 그렇게 변한 거죠?"

두 사람 사이로 무거운 공기가 흘렀다. 그것을 눈치 챈 남식이 분위기를 바꾸기 위해 두 사람의 대화에 끼어들었다.

"지난 일 가지고 이런저런 얘기를 할 필요는 없어요. 앞으로의 일이 중요하죠."

"처음엔 나름대로 그 문제를 해결할 수 있으리라고 믿었어요. 그리고 또 다른 이유는 MX-217을 통한 연구가 이미 성과를 보이기 시작했는데, 이제 와서 중단할 수는 없었어요. 저는 당신이 MX-217을 파괴하자고 할까 봐 그것이 두려웠어요."

혜원이 남식에게 말했다. 성찬은 세 사람 사이에 각기 다르게 얽혀 있는 이해관계는 무엇일까 하고 생각했다.

'오남식이라는 사람은 지금 실험보다는 공원 개장식에 정신이 팔려 있다. 그는 지금 이러한 말들을 한낱 귀찮은 가능성으로밖에 보지 않을 것이다. 깐깐한 과학자들이 제기하는 조그마한 가능성으로.'

실제 남식은 공원 개장식과 메디컬 네트워크사 설립, 사장 취임 문제에 아내의 일까지 겹친 상황에 한 가지 일이 더 생기는 바람에 머릿속이 복잡한 상태였다.

'혜원은 MX-217이라는 존재보다는 자신의 실험에 대해 걱정하고 있다. 제기랄.'

성찬이 아무리 부인하려 해도 그것은 사실이었다.

'도대체 그녀가 실험을 통해 얻는 것이 무엇이기에. 이래저래 MX-217만 불쌍하군. 아니, 나래인가? 그 역시 자신의 존재를 위해 고민하고 결정을 내리고 있을 것이다.'

'근영. 이 사람은 도대체 뭘까? 혜원과는 달리 프로젝트에 대한 집착도 보이질 않고. 신경질적이고 냉담해 보이지만 절대로 그렇지만은 않은 것 같다. 오늘 아침부터는 어제와 다른 침착한 모습을 보이고 있다.'

그는 성찬조차 추측할 수 없는 인물이었다.

'이중인격의 전형적인 예인가? 그렇다면 그의 숨겨진 다른 모습은 어떤 것이지?'

하지만 지금의 대화만으로는 알 수가 없다. 남식은 끝까지 공원 행사는 연기가 불가능하다고 말했다. 비슷한 얘기들이 몇 번 반복되었다. 그 와중에도 남식은 몇 통의 전화를 받아야 했다.

"오늘 오전 약속은 모두 취소하라고 했잖아요. 점심 약속이라고? 벌써 시간이 그렇게 되었나? 알았어요. 집에는 제가 연락을 해 볼게요."

"바쁘신데 죄송하군요."

혜원과는 달리 근영은 아무 말도 없이 어두운 표정으로 깊은 생각에 잠겨 있었다. 성찬은 어젯밤만 해도 쉽게 해결될 것 같던 일이 제대로 되질 않자 조바심이 났다. 비서와의 통화를 끝낸 후 남식은 집에 전화를 걸었다.

"그래, 나야…… 오늘 저녁 약속을 잊을 리가 있나…… 내가 집으로 들를게. 그래, 그때 같이 나가자고…… 그래, 따로 준비할 것은 없지?"

전화를 끊으면서 남식은 어쩌면 오늘 저녁 약속을 지키지 못할 것 같다는 생각이 들었다. 그러면 아내와 그의 관계는 더욱 악화될 것이다. 빌어먹을, 한꺼번에 너무 많은 일이 터져 버렸다.

"전 오늘 저녁에 아내와 약속이 있어요. 아내의 동창 모임인데, 보름 전부터 아내가 이 사실을 확인시키고 있죠. 오늘 참석을 못한다면 가뜩이나 좋지 않은 사이가 더 나빠질 거예요. 오래 전부터 아내는 제가 자신을 무시한다고 생각하고 있어요. 전 가정에 불화가 생기는 것을 원치 않아요. 그리고 점심시간에는 내일 행사 때문에 중요한 약속이 있어요. 그건 취소할 수 없는 약속이에요. MX-217에 관한 문제 말고도 해결해야 할 게 잔뜩 있죠. 복잡한 일들이 몇 가지가 겹쳐 있어요. 점심시간이 끝나는 대로 돌아올 테니 그때까지 휴식합시다."

남식은 시계를 보더니 다른 사람들에게 말할 기회도 주지 않고 바로 나가 버렸다. 남식 없이는 어떠한 결정을 내려도 실행할 수 없기에 세 사람도 잠시 쉬기로 했다.

점심을 마치고 다시 한 자리에 모인 것은 두 시간이 지난 후였다. 남식은 떠날 때처럼 자신 있는 모습으로 들어왔다. 하루에도 두 번씩 남식의 방문이 있자 연구원들이 조심스러운 행동을 보였다. 남식은 잠시 내일 개장식에 관한 얘기를 했다.

"쇼를 맡은 이벤트사에서 무대 때문에 불평을 늘어놓더군요. 이렇게 복잡한 곳에서 쇼를 진행한 적이 없나 봐요. 조명 문제만 해도 그쪽과 많은 의견 차이가 있었어요. 결국 공원의 자연광 시스템을 사용하기로 결정을 내렸지만."

남식의 말이 끝난 후 또다시 MX-217의 처리 문제에 관한 대화가 시작되었다.

오전과는 달리 모두들 마음속으로 결정을 내리고 있었기에 혜원의 의견대로 MX-217과 메탈 브레인과의 연결 라인을 바꾸어 버리자는 것에 쉽게 동의를 했다. 기존의 쌍방향 통신 라인이 아닌 메탈 브레인 측 한 방향에서만 명령을 전달할 수 있는 라인으로 교체하자는 것이었다. 그것은 오랜 시간이 걸리는 작업이었다.

먼저 기존 라인을 차단하고 인터페이스를 다시 설계해야 한다. 그 작업이 끝나고 새로운 라인이 만들어지면 MX-217이 메탈 브레인에 접근할 수 있는 방법이 기계적으로 차단된다. 그때는 10구역에서 실험에 필요하다고 판단되는 정보만을 MX-217에게 제공할 것이다.

일단 작업을 시작하기 전에 MX-217에 연결된 기존 라인을 제거해야 했다. 공원 개장식까지는 하루밖에 남지 않았기 때문에 라인을 먼저 제거하고 차후의 작업은 천천히 하자는 것이었다. 그 때문에 실험은 당분간 중단될 것이다. 하지만 성찬은 그러한 조치가 마음에 들지 않았다. 그들과 대화를 하면서 자신이 불법 뇌 실험에 동조하고 있다는 기분을 떨칠 수가 없었다. 혜원이 원망스럽기도 했다. 이런 일에 자신을 끌어들이다니.

그렇지만 차마 MX-217을 없애자는 주장만은 할 수가 없었다. 한편으로는 그 생명체에게 동정심이 느껴졌다. 어쩌면 다행이라는 생각도 들었다. 혜원이 자신을 부르지 않았다면 공원 개장식 때 어떠한 일이 일어났을지 알 수 없는 일이었다.

"그럼 문근영 박사님이 다녀오세요. 인큐베이터에 연결된 전선들을 제거하면 된다고 하셨죠?"

"예, 그 라인을 끊어 버리면 나래와 10구역 컴퓨터와의 연결 라인이 끊겨요. 나래의 생명에는 전혀 지장이 없습니다."

"다행이군요."

남식이 말했다. 근영은 MX-217에 연결되어 있는 모든 케이블의 용도에 대해 외우고 있었다. 다른 사람이라면 수많은 전선 가닥 중 어느 것에 손대야 할지 결정하지 못할 것이다.

"하지만 나래가 정신적으로 심한 충격을 받을 거예요. 당분간 아무것도 느낄 수 없는 예전의 상태로 돌아가야 하니까요. 나래는 두려워하거든요."

근영이 한숨을 쉬며 자리에서 일어났다. 그렇게 슬퍼 보일 수가 없었다. 허탈한 그의 목소리가 성찬의 가슴 속에 메아리쳤다. 근영은 초점 없는 눈으로 성찬을 바라보았다. 어제와는 또 다른 눈빛이었다. 성찬은 근영의 너무나도 슬픈 표정 때문에 가슴이 메어 왔다. 근영은 힘없는 걸음걸이로 문 밖을 나섰다. MX-217에 대한 인간적인 감정이 남은 탓일까? 하지만 남식과 혜원은 아무렇지도 않은 듯 보였다. 오히려 그들은 근영이 MX-217을 나래라고 부르는 것에 대해 불쾌해했다.

'아무것도 느낄 수 없는 상태란 어떤 것일까? 어두운 방에서 움직일 수 없도록 온몸이 묶이고 아무런 소리도 들리지 않고 아무런 냄새도 나지 않아야 한다. 몸을 구속하는 줄의 감각도 없어야 하고 심지어는 내 육체가 존재한다는 느낌이 있어서도 안 된다. 시간의 흐름은 느낄 수 있는 것일까? 나라면…… 얼마나 견딜 수 있을까? 얼마 안 되어 미쳐 버리고 말 것이다.'

성찬은 그런 생각을 하는 것만으로도 숨이 막혀 왔다. 또다시 그의 가슴 속에서 분노가 끓어올랐다.

근영이 밖으로 나간 지 10분이나 지났을까? 그는 숨을 헐떡거리며 남식과 나머지 사람들이 기다리는 방으로 들어왔다. 남식과 혜원이 동시에 자리에서 일어났다.

"문이 열리지 않아요."

모두들 의아한 표정으로 서로를 바라보았다. 근영은 아직 숨이 찬 듯 말을 못하고 있었다.

"무슨 말씀이죠? 문이 열리지 않는다니……."

남식의 목소리가 떨려 왔다. 성찬 역시 일이 잘못되었다는 것을 알 수 있었다.

"프리엠브리오 성장실이요. 어제까지만 해도 이상이 없었는데……"

성찬은 이곳에 온 첫날 보았던 은행의 금고처럼 견고한 출입구를 떠올렸다.

'어떻게 이 사실을 알았을까?'

MX-217이 그 문을 잠가 버린 것이다. 그것은 폭탄을 가지고 온다 해도 열리지 않을 것이다.

"어떻게 알았을까요?"

남식이 말했다. 그 역시 사태를 제대로 파악하고 있었다.

"누가 알려 주지 않았다면……"

성찬이 무언가 말하려 했지만 남식은 그것을 무시한 채 혜원에게 질문을 했다.

"다른 방법이 없을까요?"

남식의 질문에 고개를 갸웃거리던 혜원이 대답했다.

"모르겠어요. 맹정렬 박사님을 불러야 할 것 같아요."

정렬은 MX-217과 메탈 브레인 사이의 인터페이스를 설계한 사람으로 로보닥을 연구하고 있는 11구역의 책임자였다. 혜원은 인터폰을 사용하여 11구역을 연결했다. 잠시 후 스피커폰을 통해 맹정렬 박사의 목소리가 들려왔다. 혜원이 그에게 말을 하려 했을 때 남식이 먼저 끼어들었다.

"맹 박사님. 저 오 실장입니다. 10구역으로 빨리 와 주세요."

정렬은 10분 후에 도착할 것이라는 말을 남겼다. 근영과 혜원은 의자에 앉은 채 깊은 생각에 잠겨 있는 듯했다. 남식은 그 사이를 천천히 걸어 다녔다.

"그런데 한 가지 문제가 더 남았군요."

남식이 성찬을 바라보며 말했다. 성찬은 고개를 들어 남식을 바라보았다.

"앞으로 박사님은 이곳에서 일을 해 주셔야겠습니다."

성찬은 남식의 말에 놀라서 무슨 뜻이냐고 되물었다.

"박사님의 의견은 제게 깊은 인상을 남겼습니다. 우리는 박사님이 꼭 필요합니다. 여기 두 분은 MX-217의 심리 상태를 제대로 분석할 수가 없어요."

자신이 MX-217의 존재를 알아 버렸기 때문일까? 그래서 비밀을 지키기 위해 자신을 묶어 두려는 것일까? 성찬은 어렴풋이 남식의 의도를 짐작할 수 있었다.

"제가 싫다고 하면 어쩌실 거죠?"

"박사님이 싫다면 할 수 없는 일이지만, 그런 대답을 듣고 싶진 않군요."

미소를 머금은 얼굴이지만 남식의 목소리는 너무도 차갑게 느껴졌다. 성찬은 일이 꼬인다는 생각이 들었다. 만약 이대로 이곳을 떠난다면 성찬의 예상으로 미루어 볼 때 남식은 어떠한 조치든지 취할 것이

다. 그는 김기현의 사고 얘기를 들으면서도 오히려 잘 됐다는 말을 하
질 않았던가.

"좋습니다. 당분간은 저도 이 프로젝트에 동참을 하죠. 하지만 제가
필요 없어지는 때가 오면 그때는 떠나겠습니다."

남식이 환한 웃음을 지어 보였다.

"그렇게 하리라 믿었습니다. 박사님 역시 MX-217에게 관심이 많을
테니까요. 유능한 심리학자 한 분이 저희 일을 도와주시면 좋겠다는 생
각을 전부터 해 왔죠. 박사님의 경력에도 많은 도움이 될 것입니다. 박
사님이 근무하고 계신 연구소에는 통보하도록 조치해 놓겠습니다. 절
차에 대해서는 아무런 염려 마세요."

'날 믿을 수가 없겠지.'

성찬은 남식과 어색한 악수를 나누었다. 남식은 바로 비서에게 전화
를 걸어 성찬의 일을 말했다. 당장 조치를 취해 달라고. 애초에 성찬에
게는 선택의 여지가 없는 게임이었다.

'만약 제안을 거절했다면……'

성찬은 이제 이후의 일을 생각해야 했다. 성찬으로서는 이곳에서 그
들과 함께 MX-217을 연구하고 싶은 마음은 추호도 없었다. 어떻게 인
간을 대상으로 실험을 할 수 있단 말인가? 그것은 성찬의 양심이 용납
하지 않는 일이었다.

'이곳을 무사히 빠져나가자면 우선 그들에게 신뢰감을 심어 주고 나
중에 그가 없으면 절대로 해결할 수 없는 문제를 만들어 버린 후……'

문이 열리며 보통보다 조금 작은 큰 키에 머리를 깔끔하게 빗어 넘긴

40대 초반의 남자가 들어왔다. 그는 남식과 근영 그리고 혜원과 인사를 나누고는 낯선 성찬을 보더니 잠시 어리둥절한 표정을 지어 보이다가 활짝 웃어 보였다.

"맹정렬이라고 합니다. 그냥 맹 박사라고 부르면 됩니다. 아니면 닥터 맹이라고 불러도 되구요. 되지도 않은 로봇을 만들려다가 며칠 전 두 손을 들어 버렸죠."

그는 그런 자신의 소개에 만족했는지 크게 웃으며 성찬의 손을 잡았다. 밝은 색 면바지가 어울리는 남자였는데 성찬은 그의 웃음이 마음에 들었다.

그는 성찬이 심리학자라는 사실에 다소 놀라는 표정을 지어 보였다. 남식은 정렬에게 그간의 자초지종을 설명하였다. 내일 공원 개장식에 문제가 발생할지도 모른다는 말과 프리엠브리오 성장실의 문이 잠겼다는 얘기들을……. 남식은 시계를 보았다. 제기랄, 오후 네 시가 지나가고 있었다.

"그래서 맹 박사님을 불렀어요. 여기 계신 분들은 생물학을 하시는 분들이라 컴퓨터의 연결에 대해서는 잘 몰라요. 박사님 생각에 다른 방법이 없을까요?"

"벽의 안쪽을 타고 연결되는 라인이 있습니다. 그 라인은 10구역의 컴퓨터와 메탈 브레인을 연결해 줍니다. 그 라인을 끊어 버리면 MX-217과 메탈 브레인과의 연결 라인이 끊기는 것이죠."

정렬이 너무나도 쉽게 대답하는 바람에 다른 사람들은 잠시 혼란에 빠져야 했다. 남식은 허탈하다는 듯이 웃었다.

"연결 라인을 제거하는 데 시간이 얼마나 걸리죠?"

"그런데 그게 쉬운 일이 아니에요. 먼저 벽을 뜯어내야 하고 그 안의 기계들을 분해해야 합니다. 이 빌딩의 벽 안에는 갖가지 전자 부품들이 장치되어 있어요. 보안장치들을 해제하면서 작업을 해야 하니까…… 아마 적게 잡아도 세 시간 정도는 걸릴 거예요."

남식의 질문에 정렬이 대답하였다. 남식의 표정이 다시 어두워졌다.

"세 시간이라. 너무 긴 시간이군요. 그럼 작업을 시작하기 전에 MX-217에게 수면제를 투여해 잠을 재워야겠군요."

성찬이 말했다. 남식 역시 그 말을 이해하고 고개를 끄덕였다. 방금 전 근영이 케이블을 뽑으려 할 때 어떻게 알았는지는 몰라도 문을 잠가 버린 MX-217이었다. 혜원의 얼굴은 어두워지고 있었다. 다른 사람들도 그것을 알아챘는지 혜원을 바라보았다. 결국 혜원이 입을 열었다.

"보름 전부터 MX-217에게 수면제를 투여하는 것이 불가능해졌어요. 지금까지 MX-217의 인큐베이터를 제어하는 모든 과정이 10구역의 컴퓨터를 통해 이루어졌죠. 물론 그것에게 투여되는 여러 가지 약물조차도요. 그런데 프로그램이 고장 났는지 수면제 투여가 불가능해졌어요. 아마도 MX-217이……"

'빌어먹을'

성찬이 생각했다. 벌써 몇 번째 듣는 컴퓨터 소리인가. 컴퓨터를 조종해 사람을 죽이고, 문을 고장 내고, 프로그램을 망가뜨리고. 도대체 컴퓨터를 통하지 않고 할 수 있는 일이 하나도 없다니……

"아아……"

남식이 깊은 한숨을 내쉬었다.

'어쩌다가 이 지경이 되었는지……'

MX-217은 성찬이 생각했던 것보다 통제 범위를 훨씬 더 벗어나 있었다.

"아마도 자신의 의식이 끊기기 직전에, 그러니까 잠들기 직전에 실행되는 프로그램 파일과 그 반복되는 패턴을 추적하고선 그 기능을 망가뜨렸을 거예요."

정렬이 말했다.

"하긴 육체를 이해하지 못하는 MX-217은 수면제가 무엇인지도 모를 겁니다. 뇌는 피로를 느끼지 못하기 때문에 잠이 드는 순간에도 졸리거나 하는 느낌을 가지진 않았을 거예요. 대신 자신이 잠이 드는 시간에 컴퓨터에 어떠한 명령이 내려지는지 추적을 했겠죠. 한혜원 박사는 왜 여태까지 아무런 조치를 내리지 않았지?"

성찬의 말에 모두들 혜원을 바라보았다.

"조치하려 했지만 제대로 안 되었어요. 시스템을 손보는 것은 힘든 일이거든요. 바로 보름 전인데…… 이렇게 빨리 일이 진행될지는 예상도 못했어요. 하여튼 잠은 그에게는 이해할 수 없는 현상이었나 봐요. 뇌가 피로를 느끼지 못하는 것을 고려해 보면 그에게 있어 잠이란 자기도 알지 못하는 순간에 찾아오는 의식 단절의 순간이었을 테니까요."

혜원의 말을 듣고서 성찬은 새로운 사실을 알았다는 듯이 눈빛을 반짝였다. 그리고 오른손 검지로 자신의 머리를 몇 번인가 두드렸다.

"잠을 두려워하고 있군요. 당연한 일입니다. 맞아요. 그에게 있어 잠이란 기억의 일시적 단절이었겠죠. 어쩌면 자신의 세상이 영원히 끝날지도 모른다는 두려움을 가지고 있을 테니까요. 하지만 잠을 전혀 자지 않는다는 것은 불가능한 일일 텐데요?"

그는 어젯밤 본 기현의 기록들을 기억해 내려 애썼다. 하지만 거기에는 잠에 대한 기록은 없었다.

"뇌파를 검사해 보면 그가 깊은 잠을 자는 시간이 굉장히 짧다는 것을 알 수 있어요. 실은 우리는 실험을 빠르게 진행시키기 위해 MX-217을 특별한 수면 패턴에 적응시켰어요. 뇌는 사람의 다른 신체 부분에 비해 잠을 적게 자도 된다는 점에 착안한 것이죠. 우리는 MX-217의 뇌를 다섯 시간 정도 집중해서 활동시키고 한 시간 동안 짧게 잠들게 하는 방법을 선택했지요. 그 때문에 일 년이라는 짧은 시간 동안 그 정도의 지식을 축적할 수 있었어요. 어차피 그는 외부와 접촉이 없으므로 해가 뜨고 지는 것에 맞추어 24시간이라는 광주기성에 따라 행동할 필요가 없었어요."

성찬은 오래 전 잠에 관한 연구를 하는 학자들에게 비슷한 얘기를 들었다. 그들은 지원자들을 밀폐된 방 안에 필요한 물건들과 함께 둔 채전혀 시간을 알 수 없는 상태로 만들고 잠을 자거나 식사를 하거나 왕성한 활동을 보이거나 하는, 그들의 생활 패턴을 관찰해 인간의 주기를 연구했다. 그리고 그들은 실험 결과를 내세우며 사람의 신체 주기는 광주기성이라는 것과는 상관이 없다고 주장했다. 실제로 그 실험에 참여한 사람들의 리듬은 제각기 달랐고 평균을 내어 보니 25시간이라는 주기가 나왔던 것이다.

"그런데 MX-217이 컴퓨터에 생기는 작은 변화에도 바로 잠에서 깨어났기 때문에 우리는 그에게 잠을 재울 때마다 수면제를 투여했어요."

"한혜원 박사는 그 정도가 되도록 상황의 위급함을 몰랐단 말이에요? 이제야 그런 이야기를 하다니요. 그렇다면 지금 MX-217에게 얼마만큼의 통제권을 빼앗겼는지도 알 수가 없겠군요."

성찬은 자신의 이어질 말이 최대한 효과를 발휘하도록 통제권을 빼앗겼다는 말을 강조했다.

"그럼 일단 작업을 하는 시간만큼은 MX-217의 관심을 다른 데로 돌려놓을 필요가 있어요. 그렇지 않으면 라인을 제거하는 도중에 어떤 사고가 생길지 모릅니다. 어쩌면 지금쯤 우리의 대화를 엿듣고 있을지도 모르죠."

성찬은 쐐기를 박기 위해 한마디를 더 했다.

"아예 내일의 행사를 미루는 것이 좋겠어요."

"그건 절대로 안 돼요!"

성찬의 말을 듣고 있던 남식이 절규하듯 소리쳤다.

지웅은 자신의 이름을 부르는 소리를 듣고는 뒤를 돌아보았다.

"김지웅 씨. 지금 세월아 네월아 하고 놀고 있을 때가 아냐. 개장식이 하루 앞으로 다가왔는데. 그 전에 이곳을 깨끗이 치워 놓아야 한다구."

'젠장. 담배 한 대 피울 시간이 없군.'

독사 같은 기사 한 명이 악을 쓰고 있었다. 하긴 그도 좀 전에 한 소장에게 욕을 많이 먹었으니까. 지웅은 신발 바닥에 담배를 비벼 끄고는 다시 지게차에 올라탔다. 그러고는 무대 자재를 옮기던 작업을 다시 시작했다. 지웅은 짐을 옮기면서도 광장 건너편을 바라보았다. 그곳에서는 한 무리의 젊고 늘씬한 아가씨들이 경쾌한 음악에 맞추어 춤을 추고 있었다. 내일 있을 쇼의 리허설을 하고 있는 중이었다.

"어이 김지웅 씨, 정신 못 차려."

순간 지웅은 급하게 지게차의 브레이크를 밟았다. 아가씨들이 늘씬한 다리를 쭉쭉 뻗는 모습에 정신이 팔려 하마터면 앞에 심어 놓은 나무와 부딪칠 뻔했다.

"당신, 이게 얼마짜리 나무인지 알아? 당신 일 년치 봉급보다 더 비싼 나무라고! 당신, 이 나무 치면 책임질 거야? 책임질 거냐구……."

'젠장……'

지웅은 다시 지게차를 움직이기 시작했다.

성찬은 일어서서 주위를 돌며 자신의 의견을 강한 어조로 말했다.

"확실합니다."

성찬과 혜원은 30분째 의견 일치를 못하고 있었다. 일단 결정을 한 이상 지금 당장 라인을 제거해 버리자는 것이 혜원의 주장이었고 MX-217의 관심을 다른 곳으로 돌린 후에 일을 시작하자는 것이 성찬의 주장이었다. 지금의 상황을 빨리 끝내고 싶은 마음에 혜원의 판단력이 흐려졌다고 성찬은 생각했다. 남식은 둘의 얘기를 듣고서는 쉽게 판단을 내리지 못하는 것 같았다.

"진짜로 우리가 라인 제거 작업을 시작하면 MX-217이 그것을 알아차리고 시스템을 완전히 장악할 가능성이 있다는 말입니까?"

남식은 성찬에게 물었다.

"예, 확실해요. 아까의 경우만 보아도 MX-217은 문근영 박사님이 프리엠브리오 성장실에 들어가기도 전에 그 문을 굳게 닫아 버렸잖아요. MX-217이 우리의 의도를 알았던 것이죠. 하지만 라인이 끊길 때는 문을 잠그는 정도로 끝나지는 않을 거예요. 어쩌면 지금 우리가 회의하는 걸 지켜보고 있을지도 모르겠군요. 오늘 아침에 MX-217과 대화를 할 때 제 첫 질문은 '내가 누군지 아는가' 였어요. 그때 MX-217은 화면에 제 사진을 출력했죠. 보안용 카메라에 잡힌 저의 모습을 이미지 파일로 바꾸어 출력한 것입니다. MX-217은 이미 메탈 브레인을 자신의 신체처럼 사용하고 있어요."

성찬이 자신감 있게 대답했다. 그러고는 그것을 확인하기 위해 정렬에게 물었다.

"맹 박사님. 보안 카메라에 잡히는 영상을 대화하다가 그래픽 파일로 출력하는 일이 쉽나요?"

"쉬운 일은 아니에요. 기술과 스피드가 모두 필요해요. 저는 홍 박사님 말에 동의합니다. 한혜원 박사님은 아직도 MX-217의 능력을 잘 모르고 있는 것 같습니다."

정렬이 성찬에게 동조의 뜻을 보였다.

"그렇다면 진짜로 MX-217이 게임에 빠져들까요?"

남식이 물었다. 이기적인 사람이기는 하지만 그는 이성적이며 남의 말을 잘 듣는 타입이었다.

"MX-217은 모체로부터의 일탈도 겪지 않았고, 프로이트의 심리학에서 말하는 구강기, 항문기 등의 욕망과 그 보상에 관련된 단계를 거치지 않았습니다. 육체에서 보상받지 못하기 때문에 그의 가장 큰 쾌락은 지적인 것이 되어 버린 거죠. 게다가 MX-217은 어린아이입니다. 아무리 수학적 사고가 뛰어나고 컴퓨터를 잘 다루며 문제 해결 능력이 뛰어나다고 해도 어린아이에 불과해요. 어린아이는 굴러가는 공을 쫓으면서 자신에게 달려오는 자동차는 보지 못하는 법이에요. 제 말은 MX-217이 전략적인 사고를 할 수가 없다는 말입니다. A는 생존에 관한 문제이고 B는 즐거움에 관한 문제일 때 A가 중요함에도 MX-217은 그 사실을 잊어버리고 B를 선택하게 되죠."

혜원은 할 말이 있지만 정리가 되지 않은 듯 입을 씰룩거렸다. 성찬은 내친김에 한마디 더 했다. 근영은 무표정하게 다른 사람들의 말에 귀 기울이고 있었다. 어쩌면 다른 생각에 빠져 있는지도 모른다고 성찬은 생각했다.

"물론 여기 있는 모든 분들이 그렇겠지만 한혜원 박사님은 MX-217을 절대로 파괴할 수 없다는 입장입니다. 그리고 오 실장님은 내일 행사에 차질을 빚어서는 안 될 입장입니다. 만약 지금 억지로 작업을 진행해 문제가 생기면 그때는 MX-217을 파괴해야 함은 물론 내일 행사에도 막대한 지장을 끼칠 것입니다."

혜원은 강력하게 반대 의사를 표시했다. 분위기가 과열되는 바람에 남식은 사람들을 진정시켜야 했다.

"간단히 거수해 보겠습니다. 일단 홍 박사님의 말에 찬성하는 분부터 손들어 주세요."

정렬이 손들자 그에 따라 근영도 천천히 손을 들었다. 혜원의 표정이 일그러졌다.

"그럼 결정됐군요. 저까지 포함해서 세 명 모두 홍 박사님의 의견을 지지하는군요. 전 제 판단이 옳다고 믿습니다. 오늘 처음 만났지만 박사님을 한번 믿어 보겠습니다. 일단 이 중에서 컴퓨터를 제일 잘 아는 맹정렬 박사님과 홍성찬 박사님 그리고 MX-217에 대해 잘 알고 있는 한혜원 박사님이 게임 프로그램을 담당해 주세요. 제가 중앙정보실에는 말을 해 놓을 테니 그쪽으로 프로그램을 부탁해 보세요. 그 방면에는 도사들이니까요. 그리고 문근영 박사님은 MX-217과 대화를 나누어 최대한 진정시키고 관심을 붙들어 두세요. 우리가 무슨 일을 꾸미는지 알아채지 못하도록."

남식이 빈틈없는 지시를 내렸다.

"그럼, 저는 지금 중앙정보실로 가 보겠습니다. 박 팀장을 만나 봐야겠어요."

'과연 누가 그에게 컴퓨터를 가르쳤을까?'

그것은 성찬이 어젯밤부터 한 고민이었다. 아무리 생각해 봐도 MX-217이 스스로 컴퓨터를 깨우치는 것은 불가능했다. 그것은 기호학자인 기현조차도 파악하지 못하던 일이었다. 혜원의 말로는 교육의 편의를 위해 데이터베이스 검색하는 방법을 알려 주었고 이진수로 사고를 하므로 다른 과정까지 자연스럽게 깨우쳤다고는 하지만…… 성찬은 의

심을 떨칠 수가 없었다.

'과연 제3의 인물이 있다는 말인가.'

"박사님 무슨 생각을 그렇게 골똘히 하세요."

이번 작업은 성찬과 정렬이 함께 하기로 했고 둘은 게임 프로그램을 결정하기 위해 11구역을 향하던 중이었다. 정렬은 복도를 지나가면서 이것저것 눈에 보이는 것에 대해 설명을 해 주었다. 혜원은 두 사람을 말없이 따르고 있었다.

"저 기계는 거대한 화학 공장과도 같아요. 10구역에서는 프리엠브리오를 제작하기 위해 수많은 화학 약품이 필요한데 그것들을 분자 단위로 합성해 내는 기계죠. 단백질이나 녹말처럼 거대하고 아주 복잡한 유기 화합물은 합성할 수 없지만 현재 기술로 실험실에서 합성 가능한 모든 분자들을 분자식만 결정해 주면 만들어 낼 수 있어요. 정확한 분자식만 입력하면 폭약은 물론 독가스도 제조할 수 있어요."

정렬의 설명대로 기계의 복잡하고도 거대한 모습은 10구역의 삼분의 일에 걸쳐 격실과 격실 사이에 연결되어 있었다. 이틀 동안 별 생각 없이 지나친 것들이 하나로 연결된 기계라는 것을 이제야 깨달은 것이다. 성찬은 저런 기계를 어떻게 실내에 들여놓았을까 하고 생각했다.

"부품을 빌딩 안에서 조립했어요. 박사님도 심리학 분야만 잘하지 저런 것은 잘 모르시는군요. 겨우 저것 가지고 감탄을 하다니…… 저건 제가 보기엔 아주 초보적인 수준이죠. 제 로봇에 비하면……"

정렬은 국내 최고의 로봇 권위자였다.

"이런, 아이쿠……"

"맹 박사님, 괜찮아요?"

"예, 그저 벽에 머리를 부딪쳤을 뿐이에요."

갑자기 10구역 전체에 조명이 나간 듯 사방이 어둠에 휩싸였다. 아무 것도 보이질 않았다. 혜원은 성찬의 이름을 불렀고 정렬은 주머니를 뒤졌다. 왜 이리 주머니 안에 잡동사니가 많은지…… 간신히 담뱃갑 안에 넣어 두었던 라이터를 찾았고 그걸 꺼내 불을 켰다. 동시에 조명이 들어왔다.

"하하, 잠시 정전이 됐군요."

정렬은 멋쩍은 듯 라이터를 집어넣었다. 정렬은 순간 이상한 생각이 들었다. 그가 알고 있는 한 이 빌딩은 절대로 정전이 되지 않는 빌딩이었다. 하지만 성찬은 그 사실을 모르고 있었다.

"아빠, 저기 좀 봐, 저기!"

꼬마 아이는 신기한 듯 검은 빌딩을 가리켰다. 아버지는 아이에게 자상하게 설명해 주었다.

"저건 메탈 브레인이라고 불리는 빌딩이야. 저 안에는 아주 큰 컴퓨터가 들어 있지. 바로 그 컴퓨터 이름이 메탈 브레인이란다."

아이는 아버지의 말에는 관심 없는 듯 계속 차창 밖을 손가락으로 가리켰다. 아버지는 무슨 일일까 하고 빌딩을 바라보았지만 별로 이상한 것이 없었다. 잠시 후, 그는 아이가 가리킨 것을 볼 수 있었다.

빌딩의 중간쯤에서 검은 테두리가 천천히 아래쪽으로 내려오고 있었다. 남자는 아예 차창 밖으로 고개를 내밀고 그것을 바라보았다. 자세히 보니 검은 테두리는 빌딩의 한 층씩 조명이 꺼지면서 생긴 것이었다. 잠시 후 그 아래층의 조명이 모두 꺼지고 위층에는 다시 불이 들어오고…… 그렇게 검은 테두리는 빌딩 아래쪽으로 천천히 내려오고 있었다.

한참이나 그 광경을 바라보고 있자니 운전석의 패널에서 빨간 램프가 켜지며 '삐–'하는 전자음이 나왔다. 뒤에 서 있던 차가 클랙슨을 누른 것이다.

'이런 신호가 바뀌었군.'

남자는 자기가 본 것에 관심을 잃었다는 듯 차를 몰았다. 아이는 여전히 신기한 것을 보는 양 차창 밖을 내다보았다.

남식의 발걸음은 무거웠다. 그가 지금 향하는 곳은 8구역이라 불리는 곳으로 모두들 중앙정보처리실 또는 중앙정보실이라 부르는 곳이다. 누가 들으면 국가정보원의 한 부서쯤으로 생각하지 않을까? 하지만 이곳은 메탈 브레인이라는 컴퓨터를 직접 조종하는 곳이다. 38층에서 42층까지는 메탈 브레인이라는 슈퍼컴퓨터와 위성 기지국의 장비들이 차지하고 있었다. 그리고 중앙정보실은 그 바로 밑 37층에 있다.

'회장이 이 사실에 대해 얼마나 알고 있는지가 중요하다.'

낮에 간단히 회장에게 문제가 잘 해결되었다고 보고했지만, 그때 회장은 내일의 행사가 끝나고 다시 한 번 보자는 얘기를 했다. 지나가는 사람들이 남식을 알아보고는 인사했지만 남식은 깊은 생각에 빠져 대꾸를 못하고 지나쳤다.

'MX-217의 능력이 그 정도였나? 그까짓 인큐베이터 안에 둥둥 떠서 부유하는 꼼짝도 못하는 생명체가……'

믿기 힘들었지만 사실이었다. 남식은 10구역 프리엠브리오 성장실에서 그 모습을 몇 번인가 본 적이 있었다. 근영을 따라 몇 번 그 안에 들어가 본 적이 있었던 것이다. 그때 근영이 앞서며 남식을 안내하였다. 남식이 웃옷을 벗으며 덥다고 말하자 근영은 당연하다는 듯이 말했다.

"각각의 유리관은 인간의 체온과 같은 36.5℃를 유지하고 있으니까요."

양 옆으로 실험중인 프리엠브리오의 모습을 볼 수 있었고 유리관 안에서 심장의 움직임을 볼 수 있는 놈들도 있었다. 남식은 유리관을 한 손으로 건드리며 지나갔다. 그는 따뜻한 표면의 온도를 느낄 수 있었지만 프리엠브리오는 그 진동을 알아차리지 못했다. 근영을 따라 프리엠브리오 성장실의 끝까지 들어갔을 때 남식은 인큐베이터 안에서 기형적인 모습의 인간을 볼 수 있었다.

근영은 복잡한 전선 사이를 조심스럽게 넘어가 그 인큐베이터를 끌어안았다. 그때 남식은 "다행히 꼬리는 없군요" 하며 농담을 했다. MX-217은 남식이 프리엠브리오 개발팀에서 SECRET 27과 함께 최고로 관심을 갖는 것이었다. 근영은 아무 걱정도 말라고 그에게 말했다.

SECRET 27은 프리엠브리오 성장실의 아래층에 있었다. 그곳에는 또 하나의 금고와도 같은 방이 있었다. 남식은 10구역에 들를 때면 그 아름다운 모습을 보기 위해 그곳에 들르곤 했다. 그리고 남식은 강철문 앞에 서서 근영이 그것을 열어 주기를 기다렸다. 마치 솜사탕을 기다리는 아이처럼……. 그는 항상 SECRET 27을 천사라고 불렀다.

하긴 어느 누구도 그 표현 이외에 다른 적당한 이름을 찾지 못하리라. 그것은 말로 표현할 수 없는 아름다움을 가지고 있었다. 그리고 엄청난 돈을 퍼부은 작품이었다. 완벽한 신체를 만들기 위해 유전자 조작과 효소 사용을 최소화했고, 그 때문에 성장 기간이 5년 이상 걸렸기 때문이다. 그것은 보통의 프리엠브리오 제작비보다 열 배 이상의 예산이 든 셈이다. 체세포를 구하는 것도 그만큼 힘이 들었다. 그래도 그 이상의 가치가 있는 물건이었다.

SECRET 27은 프리엠브리오 사업의 궁극적 목표라고 할 수도 있었다. 항상 부족하던 이식용 장기의 문제가 해결되자 사람들은 새로운 가능성을 생각했다. 그것은 생명 연장이었다. 인간은 일생 동안 5%의 뇌세포를 사용한다. 뇌는 신체의 다른 부분보다 그 수명이 월등히 뛰어났다. 20세기 말 원숭이의 몸통 이식 수술 후 뇌 이식 수술은 비약적으로 발전하였다. 모든 여건은 이미 형성되어 있었다. 오래 전 PT는 그런 현상을 예측했고 프리엠브리오를 생산하면서 동시에 온몸을 이식할 수 있는 완전한 몸체의 개발에 성공했다.

모든 상품이 그렇듯이 이것 역시 아름답고도 완벽한 육체를 가지고 있었다. 다른 프리엠브리오와 마찬가지로 대뇌는 가지고 있지 않았다. 이제 새로운 법이 통과되면 아무리 높은 가격이라도 지불하겠다는 사람들이 줄을 설 것이다. 늙고 병든 신체를 건강하고 아름다운 새 육체로 바꾸는 일에 전 재산이라도 아깝지 않게 지불할 것이다. 조금은 다른 방법이지만 그것은 영생과 비슷하다. 그런데 어떻게 이러한 소문이 흘러나갔는지 아무리 공식적으로 부인하고 나서도 PT에서 대뇌 이식용 육체를 개발한다는 것은 공공연한 사실이 되어 버리고 말았다.

남식은 세차게 고개를 저었다. SECRET 27의 아름다운 모습 뒤로 MX-217의 기형적이고 징그러운 모습이 그의 뇌리를 떠나지 않았다. SECRET 27은 아무런 문제를 일으키지 않았지만 MX-217은 문제투성이였다.

"빌어먹을, 그때 그만두었어야 하는 건데."

연구를 하는 작자들이란 세상의 모든 일을 무시한 채 자신의 세계에 빠져들면 그만이라는 생각을 가지고 있다. 그저 책임은 자신과 같은 사람들의 몫이었다.

이런 생각을 하는 사이 남식은 중앙정보실에 들어섰다. 그곳은 PT 내에서 분위기가 가장 좋은 곳으로 유명했다. 직원들 대부분이 청바지 차림으로 출근하고 출퇴근 시간도 특별히 정해져 있지 않았다. 근무 시간 등은 이곳 팀장인 세원이 주축이 되어 간단한 회의를 통해서 결정한다. 휴가 역시 정해져 있지 않다. 직원들은 서로의 합의에 따라 며칠이든지 쉴 수 있었다.

컴퓨터 다루는 사람들이 능력을 최대한 발휘할 수 있도록 편의를 봐준 것이다. 게다가 이곳 직원들은 일반 직원들이 상상할 수도 없는 보수를 받고 있다. 이곳 사람들의 출신도 각양각색이다. 박 팀장처럼 MIT 출신의 엘리트가 있는가 하면 중학교만 간신히 졸업한 컴퓨터광도 있다. 어떤 직원은 대학 시절 PT에 해킹을 시도한 장본인이지만 지금은 해킹을 막는 파이어 월을 담당하고 있다.

세원은 다른 직원 옆에서 무언가를 설명하고 있었는데 금세 남식을 발견하고는 반갑게 맞았다. 남식도 웃어 보였지만 유쾌한 기분은 아니었다. 그는 헐렁한 모시옷을 입고 있었다. 여러 날 동안 면도를 안 했는지 마구잡이로 자란 수염도 남식의 마음에는 들지 않았다.

"잠시 다른 곳에서 할 말이 있어요."

세원은 함께 있던 직원에게 간단한 지시를 내리고는 남식을 따라 휴게실로 향했다.

"아, 이거요. 더운 여름에는 양복이나 청바지보다는 이런 차림에 샌들이 편해요. 반바지를 입고 출근할 수는 없으니까요. 그래도 요즘 감각에 맞게 디자인되어 있어서 그다지 이상해 보이지는 않아요."

세원은 휴게실 한쪽 구석에 있는 소파로 남식을 안내했다. 그곳에서 남식은 오늘 하루 동안 있었던 얘기를 꺼내기 시작했다. 시간은 오후 다섯 시를 넘기고 있었다. 아내와의 약속은 한 시간밖에 남질 않았다. 지금 출발해야 했다. 하지만 시간이 지날수록 MX-217이 마음에 거슬렸다. 아무래도 약속은 지킬 수가 없을 것 같다.

회장의 말에 의하면 MX-217이 시스템을 제멋대로 사용하기 시작한 것을 이곳 박 팀장이 막연하게나마 알고 있다는 것인데, 우선 이 사람이 얼마나 알고 있는지 알아내야 한다. 그리고 이 사람을 자신의 편으로 끌어들여야 한다고 남식은 생각했다.

"모두 사실입니다."

남식은 간단히 설명을 마쳤다. 그는 시계를 힐끗 보았다. 아내에게 전화를 해 주어야 할 텐데…….

"10구역에서 그런 일이 있었군요. 재미있는 얘기예요. 이진수로 사고하는 생명체가 있다니. 꿈같은 얘기예요. 예전에 그런 소재의 일본 만화가 있었어요."

"그래요? 제목이 뭐예요?"

"글쎄요. 기억나지 않는군요. 어릴 적에 읽었던 거라서."

"어떻게 끝나나요?"

"그 생명체가 육체를 포기하고 자신의 모든 기억을 프로그램화하죠. 비슷한 내용의 영화도 몇 편 있을 거예요."

세원은 고민에 빠져들기 시작했다. 이제 누구의 편에 서는 것이 자신에게 도움이 되는 일일까 회장의 나이는 벌써 70을 넘어서고 있다. 아무리 평균 수명이 80을 넘어섰다지만 그 역시 몇 년 안 있어서 판단력이 흐려질 것이고 결국 PT의 상징적인 존재가 되었다가 이 세상을 떠날 것이다. 그에 비해 남식은 아직 젊다. 회장이 몇 년 안에 세상을 떠나지만 않는다면 PT의 차기 총수로 가장 유력한 사람이다. 자기 같은 기술직 사원은 결국 관리직 간부에게 좋은 점수를 따 놓아야만 한다. 모든 기술직 사원이 느끼는 것이겠지만 그래야 승진은 고사하고 자리라도 지킬 수가 있다. 아니, 어쩌면 소문에 떠들썩한 완전한 몸체가 있어서 회장이 다시 젊어질지도 몰랐다. 하지만 그것은 불확실한 소문에 불과했다.

"우리 팀이 회장실 직할 부서라는 것은 알고 계시죠?"

"예, 알고 있습니다."

"그 말은 제가 회장님 몰래 오 실장님을 도와 드리는 것이 절차에 어굿나는 일이라는 것입니다. 그리고 지금 방금 들은 얘기도 바로 회장님께 보고해야 하는 것이 저의 임무죠."

남식은 세원이 어떤 고민을 하고 있는지 알 수 있었다.

"그것도 알고 있습니다. 그래서 제가 처음부터 개인적인 부탁이라고 하질 않았습니까."

"사내에서 개인적인 관계란 있을 수가 없죠. 우리는 거대한 기계의 부속품과도 같은 존재니까요."

남식은 연달아 세 대째 담배를 피워 물고 있었다. 그로서는 어느 정도 세원이라는 인물을 설득하리라는 자신감으로 이곳에 찾아왔지만 그리 녹록한 인물이 아니라는 생각이 들었다.

'하지만…… 빌어먹을, 지금 아내에게 전화를 걸어야 하는데……'

커피 잔이 비어 갈 즈음에 세원이 입을 열었다.

"도와 드리죠."

남식이 환하게 웃음 지었다.

"고맙습니다."

남식은 세원의 두 손을 감싸 잡았다.

"실은 오 실장님이 이런 말을 하기 전부터 우리 중앙정보처리실의 한 직원이 시스템에서 어떠한 문제를 감지하고 있었습니다. 서울대 출신의 젊은 친구인데 시스템에 대해서는 도사에요. 얼마 전부터 메탈 브레인으로 정체를 알 수 없는 해커가 침입해 제멋대로 시스템을 망쳐 놓곤 했다더군요. 저는 그런 게 있는 줄도 몰랐는데 그 친구가 어제 오전에야 제게 보고를 했어요. 그걸 저녁에 회장님께 보고했고요. 그리고 방금 전에도 잠시 전원이 나가는 사고가 있었는데 그 침입자의 소행이라고 보고 있습니다."

남식은 이곳으로 오던 중 잠시 정전 되었다는 사실을 기억해 냈다. 그것은 결코 단순한 문제가 아니었다.

"우리는 그 해커를 추적했고 그를 쫓아내려고 노력했지만 어찌나 컴퓨터를 다루는 속도가 빠른지 저지할 수가 없었죠. 그런데 이상한 일은 그가 그 정도 능력을 가진 해커답지 않게 흔적을 남긴다는 사실입니다. 그가 10구역에서 침투했다는 사실은 쉽게 알 수 있었죠. 어쩌면 그쪽으로 일부러 함정을 파 놓은 게 아닌가도 생각했지만 끈질긴 추적으로 그 해커의 정확한 위치를 파악했을 때 우리는 혼란에 빠졌어요. 신호가 10구역의 프리엠브리오 성장실에서 나오고 있던 것입니다. 그 사실까지는 회장님께 보고하지 않았습니다. 너무도 황당한 얘기니까요. 그저 유전자 분석을 위해 설치한 라인으로 들어온다는 보고만 했어요. 우리는 해커가 파 놓은 함정에 빠진 줄로 알고 있었어요. 이제야 그 원인을 알았어요. 그런데 그 해커가 프리엠브리오였다니. 너무 재미있는 일이에요. 그 녀석, 악의는 없어 보이더군요."

"제가 잘 찾아온 것 같아요. 이런 일을 몰랐다면 큰일 날 뻔했습니다. 박 팀장님이 생각하시기에 MX-217의 능력이 어느 정도라고 보십니까?"

"아직 그는 자신의 능력을 저희보다도 모르는 것 같습니다. 기껏해야 시설물들을 조금씩 움직여 본다거나 하는 수준이니까요. 아직 정보가 지닌 힘을 모르고 있는 것이죠. 하지만 그가 네트워크의 정보를 통제하기 시작하면 그때는 엄청난 재앙을 초래할 수 있습니다. 충분히 가능한 일이에요. 현대 사회에서는 정보 조작으로 일어날 수 있는 사고는 무한하다고 볼 수 있어요. 모든 것을 컴퓨터에서 처리한 정보에 의존하니까요. 충분히 사고가 일어날 수 있어요. 공원의 시스템을 조종하는 것보다 더 큰 문제예요."

세원의 말을 들으면서 남식은 사태의 심각성을 제대로 파악할 수 있었다.

"저도 나름대로 10구역의 사람들과 MX-217의 통제권을 빼앗기 위해 노력중입니다. 그들이 중앙정보실에 게임 프로그램을 의뢰할 것입니다. 일단 그 사람들을 도와주고, 혹시라도 우리 쪽에서 일을 그르치게 된다면 박 팀장님이 도와주십시오. 박 팀장님은 메탈 브레인에 관해 가장 잘 알고 계신 분이니까요."

"게임이라뇨?"

세원이 의아한 표정을 지어 보이자 남식이 자초지종을 설명하면서 홍성찬이라는 심리학자에 관한 말을 꺼냈다.

"저도 게임은 조금 알아요. 어떤 프로그램을 원할지는 모르지만 힘이 닿는 대로 도와 드리죠. 그런데 그렇게 사람을 쉽게 믿어도 될까요?"

"나름대로 신념이 강한 사람 같더군요. 오히려 문근영 박사나 한혜원 박사보다 생각이 깊어요."

세원은 휴게실에 있던 인터폰을 이용해 중앙정보실 직원들에게 남식이 부탁한 내용을 지시했다. 10구역에서 원하는 프로그램을 구해 주라는. 직원 몇 명이 휴게실에 들어오려다 둘의 심각한 표정을 보고는 그냥 밖으로 나가 버렸다. 세원은 한참이나 곰곰이 생각하는 듯했다. 그러고는 말했다.

"저희 팀의 능력이 떨어진다는 말은 아니지만 그 분야에 전문가가 사실 없습니다. 우리들은 모두 오퍼레이터니까요. 해커를 막기 위해서는 또 다른 해커가 필요합니다. 그리고 사실 키보드로는 그 생명체와 싸워 이길 수 없습니다. 이진수로 사고하는 해커에게 운영 속도 면에서 상대가 안 돼요."

"전혀 방법이 없나요?"

남식은 세원의 말투에서 그가 무언가 방법을 알고 있다는 것을 짐작할 수 있었다. 그러고는 그 대답을 유도해 내기 위해 바보 같은 질문을 던졌다.

"만약에 최악의 경우가 발생한다면…… 그때는 메탈 브레인을 꺼 버리면 어떨까요?"

이 말을 하고선 남식 자신도 멋쩍었던지 '쿠쿠' 하고 웃어 버렸다.

"메탈 브레인은 꺼지지 않습니다. 외부에서 들어오는 주전원을 차단하면 스스로 발전기를 가동하죠. 발전기는 빌딩 안 여덟 구역에 분산되어 있으며 그 중 하나만 남아도 계속 그것으로 전원을 대치해 움직일수 있죠. 전원이 부족하면 선택적으로 중요성이 떨어지는 장소에 전원 공급을 중단하는 방식을 사용합니다. 이론상으론 그 발전기들을 모두 정지시키면 메탈 브레인이 정지하겠지만 사실 그것은 불가능한 일이죠. 발전기 중 한 개는 메탈 브레인 근처에 있어요. 그것은 20%의 저농도 산화 플루토늄을 원료로 하는 소형 원자로입니다. 크기는 각 변의

길이가 3미터 정도인 입방체인데 터빈을 돌리는 방식이 아니라 열전자 현상을 이용한 방법을 사용하고 있어요. 높은 압력이 걸리지 않기 때문에 폭발할 위험은 없지만 방사능이 유출할 위험이 있어 그곳은 엄청난 보안 시스템을 갖추고 있습니다. 게다가 폐쇄 회로 방식이라 보안을 해제한 후 사람이 직접 접근해 작업을 해야 합니다."

동그란 테이블에 놓인 재떨이에는 담배꽁초가 가득 찼다. 하지만 좁은 휴게실에는 담배 연기가 전혀 차지 않았다. 입체적으로 설치된 여섯 개의 팬이 실내에 미세한 기류를 만들어 담배 연기를 모두 흡수하고 있었다. 빌딩의 모든 흡연 구역에는 이러한 장치가 설치되어 있었다. 세원은 담뱃불을 새로 붙였다. 불이 붙을 때 눈에 담배 연기가 들어갔는지 약간 얼굴을 찡그렸다. 그리고 신중하게 말했다.

"제가 아는 사람들이 있어요."

남식이 피우던 담배에서 테이블보 위로 재가 떨어졌다. 드디어 박 팀장이 입을 연 것이다.

"미국인들인데…… 어쩌면 그들은 우리가 원하는 일을 해 줄지도 모릅니다. 믿을 수 있는 사람들이죠. 아까 하던 얘길 마저 하겠습니다. 키보드를 사용해서 MX-217을 물리치는 것은 불가능합니다. 하지만 외국엔 시뮬레이션을 이용한 OS가 많이 개발되어 있습니다. 아직 고가품이기 때문에 상용화된 건 별로 없지만 그것들을 이용하는 사람들은 꽤 있습니다. 키보드 대신 특수하게 제작된 옷을 입고 시스템을 조종하는 것이죠. 영화에서 많이 나오는 장면인데 프로그래머는 숙련된 솜씨로 마치 시스템의 내부를 돌아다니는 것처럼 일을 할 수 있습니다. 아마 그런 기술자들이 온다면 시스템 통제권을 찾을 수 있을 겁니다."

세원은 말을 하며 적은 메모를 남식 쪽으로 건네주었다. 거기엔 두 외국인의 이름과 그들을 부르기 위해 필요한 금액이 적혀 있었다. 어마어마한 액수였지만 남식은 동의한다는 표시로 고개를 끄덕였다.

"빠른 시간 안에 그 사람들과 연락을 취해 보죠."

"오늘 밤 안으로 두 사람을 불렀으면 좋겠어요. 그런데 그 방법이 실제로 가능할까요? 믿기가 어렵군요."

"확신은 할 수 없습니다. 우리는 MX-217의 능력이 어느 정도인지 파악하지 못하고 있으니까요. MX-217은 10구역의 컴퓨터를 통해 메탈 브레인과 연결되어 있고 이진수 언어를 사용하여 사고한다고 했습니다. 일단 우리로서는 불가능한 일이에요. 손을 놓고 있는 것보다는 이 사람들이라도 부르는 것이 나을 거예요."

세원이 먼저 자리에서 일어났다.

"그럼 전 바로 이 사람들을 수배해 봐야겠군요. 걱정 말고 기다리세요. 내일 아침까지는 좋은 소식을 들을 수 있을 겁니다."

이미 시간은 저녁 일곱 시를 넘어가고 있었다. 남식은 10구역의 일이 어찌 되었을까 궁금했다.

"참, 이건 그저 제 호기심인데 MX-217이라는 프리엠브리오…… 도대체 어떤 모습인가요? 혹시 뇌에 수많은 전선을 꼽고 있는 모양인가요?"

세원은 자신의 손가락들로 머리를 집으며 농담을 했다. 중앙정보실을 나오면서 남식은 집에 전화를 걸었다. 늦었지만 지금이라도 출발하면 될 것 같았다.

"어떻게 된 거예요. 지금 집에서 출발해야 하는데 아직도 회사에 있으면 어떻게 해요."

아내는 첫마디부터 신경질적으로 나왔다. 남식이 아무리 사정을 설명해도 그를 믿지 못하겠다는 말투였다.

"당신은 예전부터 그랬어요. 제 생각은 조금도 하지 않았죠. 지금 출발해서 언제 가겠다는 거예요? 그만둬요."

아내가 전화를 끊어 버렸다.

"제길, 도대체 내 말을 들으려고 하지도 않는군. 도대체 이해심이라곤 없는 여자야."

어차피 바빴는데 잘 되었다는 생각을 했다. 남식은 내일 행사를 다시 확인해 보기 위해 사무실을 향했다. 신경 써야 할 일이 많을 것이다.

11구역은 온통 기계투성이였다. 여러 모양의 기계 팔들이 받침대 위에서 어지럽게 움직이고 있었고 복도에선 생쥐같이 생긴 조그마한 로봇부터 소형차만큼이나 큰 침대 모양 로봇까지 굴러다니고 있었다. 성찬은 그런 것들을 이리저리 피하며 앞으로 나아가야 했다.

"홍 박사님이 굳이 피하지 않아도 자기들이 알아서 피해 가요. 이것들 모두가 11구역에서 시험중인 로봇이랍니다."

정렬의 말을 듣고 나서 뒤를 돌아보니 성찬을 스쳐 간 로봇이 혜원을 아슬아슬할 정도로 피해 가고 있었다.

"수술용 로봇은 백분의 일 밀리미터 단위의 오차도 보여선 안 돼요.

가정용으로 판매되는 청소 로봇 같은 것과는 비교도 할 수 없죠."

정렬이 밝게 웃으며 말했다. 유리창으로 만들어진 한쪽 벽면에서는 연구원 몇 명이 레이저 메스의 성능을 실험하고 있었고 다음 방에선 인체의 내부 구조가 홀로그램으로 표현되고 있었다. 한 방에선 거대한 기계들이 움직이고 있었는데 전혀 소음이 나질 않았다.

"역진동을 이용한 소음 제거 장치를 사용하기 때문이에요. 기계에서 발생하는 진동과 똑같은 크기의 진폭과 180도 차이 나는 위상의 진동을 반대 방향에서 보내는 거예요. 그럼 두 진동은 서로 상쇄 효과를 일으켜 전혀 소음이 나지 않습니다. 그리고 아까 그 홀로그램은 신체 각 부분을 삼차원 그래픽화하는 작업이에요. 카메라로 입력되는 화상을 컴퓨터가 바로 인식할 수는 없어요. 로봇은 저런 작업으로 입력된 삼차원 그래픽을 수술할 때 실제 인간과 비교하는 것이죠. 대부분 방의 전면을 투명한 유리로 만들어서, 복도를 한 바퀴 돌면 어느 실험실에서 작업이 어느 정도 진행되는지 한눈에 알아볼 수 있어요."

정렬은 근영과는 너무도 다른 사람이었다. 근영이 전체적으로 어두운 분위기라면 정렬은 매우 쾌활하고 밝은 분위기를 풍기는 사람이었다. 성찬과 만난 지 몇 시간 지나지 않았는데도 많이 웃고 많이 말했다. 그와의 이런 대화는 성찬에게 메탈 브레인 빌딩에 들어와 처음으로 유쾌한 기분이 들게 했다.

"그런데 로보닥 12라고 했나요? 그에 관한 말을 많이 들었어요. 그건 어디에 있나요?"

"하하. 그건……"

정렬이 멋쩍은 듯 대답했다.

"실은 어제 9구역으로 보냈습니다."

"9구역이라뇨?"

정렬은 성찬에게 9구역이라는 곳을 설명해 주었다.

"오늘 오전에도 그곳에 갔다 왔는데 그곳은 정말 낯선 곳이에요. 어둡고 춥지만 아주 건조해서 이슬조차 맺히지 않는 곳인데 메탈 빌딩의 비밀 창고라는 표현이 적당하겠군요. 연구에 실패한 잡동사니부터 중요한 문서들까지 CD에 기록해 보관하는 곳인데…… 모든 물건들이 깨끗하게 보관되어 있습니다. 옅은 자외선 때문에 눈을 상하지 않으려면 보안경을 써야 해요. 그곳은 청정실이어서 항상 먼지를 걸러 내는 팬이 돌아가고, 공기의 흐름은 심장에서의 혈액의 흐름을 본떴으므로 한 곳에서 소용돌이치거나 멈추지 않아 먼지가 쌓이지 않죠. 몇 년 전에 갖다 놓은 기계에도 전혀 먼지가 쌓여 있지 않아요. 가만히 서 있으면 그 공기의 흐름을 느낄 수 있습니다. 대신 시간의 흐름은 정지되어 있죠. 게다가 굉장히 추운 곳이에요. 마치 냉장고처럼……."

성찬은 고개를 끄덕거리며 거대하고도 건조한 냉장고 안에서 차갑게 식어 있는 로봇을 상상했다.

"로보닥 12는 인간보다 뛰어난 수술용 로봇이에요. 어떤 수술이라도 할 수가 있어요. 그리고 어느 외과 의사보다 빠르고 정확하죠. 하지만 안타깝게도 그것을 움직일 만한 인공지능이 없었어요. 제 인생을 바친 물건인데. 하여튼 이번 일이 끝나면 모든 것을 잊고 휴가를 다녀올 생각입니다. 회장님께도 이 말을 했어요. 지금까지 가족에게 아빠 노릇을 한 적이 없어요. 이제 본격적인 휴가철인데 국내는 복잡할 것 같고, 가족과 함께 외국으로 나가보려 해요."

5분 정도 더 복도를 따라간 후 성찬과 정렬 그리고 혜원은 11구역의 전산실에 도착할 수 있었다. 정렬은 그 안에 들어서자마자 중앙정보실과의 화상 통신 시스템을 작동시켰다.

"아직 오 실장이 중앙정보실에 도착하질 않았나 봅니다. 저쪽에서 우리를 도와주라는 통보를 못 받았다는군요. 중앙정보실에서 근무하는 녀석들은 상당히 건방져요. 메탈 브레인을 조종한다고 해서 거드름을 피우곤 하죠. 난 도대체 사이버 칼라니 뭐니 하는 사람들이 마음에 안 든단 말이야. 아무것도 만들어 내지 않으면서."

"어느 곳이나 정보를 다루는 친구들은 그만큼의 대우를 받죠. 정보가 가진 힘은 무엇보다 크니까요."

"그런가 봐요. 나도 그런 거나 배워 둘 걸 그랬나. 어릴 때 거대한 로봇이 나와서 싸우는 만화를 많이 봤죠. 기억나요? 마징가니 간담이니 하는 로봇들이요."

"물론 기억하죠. 요즘도 아이들은 그런 로봇을 좋아하잖아요. 그때보다는 많이 세련됐지만."

"어린 나이에 제 꿈을 정했죠. 로봇을 만들겠다고. 지금은 엉뚱하게 로보닥을 만든다고 덤볐다가 이러지도 저러지도 못하고 있지만……
당시만 해도 거대한 로봇을 만들고 싶었어요."

"아이들은 덩치가 큰 로봇을 좋아하죠. 어린아이의 잠재의식 속에서 어머니의 역할을 수행할 수 있으니까요."

"하하, 그런 것까지는 생각해 보지 않았어요."

정렬은 잠깐 동안 기다리는 시간이 초조했는지 직원들을 시켜 커피를 가져오고 과일과 간식을 가져오는 등 부산을 떨었다. 혜원의 말대로 이 안에는 필요한 모든 것이 있었다. 그녀의 표현대로 영화를 보거나 차를 마시기 위해 외출할 필요가 없었다.

"박사님은 MX-217의 마음을 읽을 수 있나요?"

기다리는 동안의 분위기가 어색했는지 정렬이 성찬에게 물었다. 그 질문이 너무도 진지해서 성찬은 기분 좋게 웃으며 대답했다.

"하하, 심리학은 독심술이 아니에요. 많은 사람이 잘못 알고 있는 부분이죠. 그래도 최면술을 보여 달라는 사람보다는 나은 편이죠."

"그러면 박사님이 연구하시는 건 어떤 것이죠? 이젠 박사님 차례예요."

성찬이 정렬의 성화를 이기지 못해 말을 시작했다.

"심리(心理)라는 말은 마음의 이치라는 뜻이지요. 어떤 사람들은 심리학자를 독심술가나 심령학자쯤으로 여기기도 하는데 그렇지 않아요. 심리학은 인간의 마음을 과학적으로 연구하는 학문이지요. 보통 사람들은 무언가를 생각하고 느끼는 것만을 마음으로 알고 있지만 실제로는 인간이 이해하고 무언가를 느끼고 그것으로 어떤 판단을 내리고 또 그것들을 기억하는 여러 가지 사고 과정 모두를 마음으로 정의하죠. 그것이 의식적이든 무의식적이든 상관이 없어요. 예를 들면 사람에게 시각적인 자극을 주고 그가 그것을 제대로 느끼는가에 대한 문제도 심리학의 연구 분야예요. 일단 방법상에 있어 과학적인 과정을 거친다는 점

에서 철학이나 윤리학과는 전혀 다른 학문입니다. 그리고 신체의 구조를 주로 다루는 의학과도 차이가 있고요. 요즘엔 뇌생리학과 중복되는 과정이 많아졌지만요."

성찬이 혜원을 바라보며 말했다.

"한혜원 박사는 뛰어난 뇌생리학자예요. 하버드 대학에 있을 때 알고 지냈는데, 저와 의견 차이가 많아 항상 다투곤 했어요. 그랬다가도 저녁이면 같이 술도 마시러 가고…… 싸구려 위스키를 병째로 시키곤 했는데 그곳 남자들은 한혜원 박사가 술 마시는 걸 보고 놀라곤 했어요. 우리나라에서는 자연스러운 모습이지만 그 사람들에게는 생소한 모습이었거든요."

혜원이 살며시 미소 지어 보였다.

"한혜원 박사는 항상 남자같이 행동했지."

"지금도 그래요. 그렇게 보이지 않으면 견뎌 내기 힘들거든요."

"그래도, 한때 난 한혜원 박사를 여자로 본 적이 있었다구."

"전 바보같이 구는 남자들과는 대화조차 나누기 싫었어요. 그러다 보니 데이트 상대가 박사님밖에 없더군요."

성찬과 혜원이 동시에 웃음을 터뜨렸다.

"그런데 뇌생리학과 심리학에는 어떤 차이가 있는데요?"

정렬이 물었다.

"음, 굳이 비교를 하자면 인간의 육체를 컴퓨터의 하드웨어라고 할 때 우리 심리학자들은 소프트웨어에 더욱 중점을 두는 것이죠. 아무리 뇌 속의 뉴런을 들여다본다고 해서 정신병의 원인을 알아내고 치료를 하는 것은 불가능해요. 실제로 뉴런의 구조는 정신병자나 보통 사람이나 똑같거든요. 뭐, 뇌 신경생리학 및 뇌 생화학 연구자들이 정신병자의 신경 전달 물질과 호르몬이 정상인과 다른 점을 밝혀냈다고는 하지만 모든 경우가 그런 것은 아니죠. 실제로는 그렇지 않은 경우가 더 많아요. 그에 비해 뇌생리학은 하드웨어에 중점을 두는 학문이에요. 생각보다는 뉴런 상호간의 작용에 더 많은 관심을 가져요."

"그렇군요."

"요즘은 곤충 같은 하등 동물의 단순한 행동 패턴을 연구하는 것부터 인공지능의 행동 예측까지도 심리학의 한 분야가 되었어요."

"하긴, 로보닥과는 다른 분야지만 벌써 오래 전부터 곤충의 행동을 로봇에 응용하려는 사람들이 있었죠. 대부분 군사용 무기로 개발되었지만…… 그런 것은 군용보다는 거리의 쓰레기를 줍도록 만드는 편이 모두에게 도움이 될 거예요."

"하하, 맞는 말입니다. 파블로프가 개를 이용해 밝혀 낸 조건 반사도 심리학에 속하죠."

성찬은 점점 두뇌에 관한 복잡한 얘기를 펼쳐 나갔고 가끔씩 혜원이 끼어들어 성찬을 인정 못한다는 말을 했다. 혜원은 나름대로 약물과 전기 자극을 이용해 사람의 마음을 지배할 수 있다는 주장을 펼쳤다.

"이런, 여전히 그 생각을 못 버리고 있군. 난 더 이상 당신과 논쟁을 하고 싶지 않아."

성찬이 혜원의 말을 피했다. 한번 받아 주다가는 끝없는 논쟁으로 몰려가게 되기 때문이다.

"다시 연결해 볼까요?"

정렬이 비디오 폰으로 중앙정보실 직원과 간단히 대화를 나누고는 웃는 얼굴로 돌아섰다.

"이제 연락을 받았다는군요. 그런데 어떤 프로그램을 구해 달라고 할까요?"

세 사람은 간단한 토론을 시작했다. 15분 정도 회의를 한 후 세 사람은 체스를 선택하기로 합의를 보았다.

"마침 메탈 브레인을 제작한 회사에서 체스 프로그램을 가지고 있다는 군요. 우승작은 아니지만…… 그래도 충분할 겁니다. 25년 전 카스파로프가 딥 블루에게 패배한 이후 실제로 21세기에 들어서면서 인간이 컴퓨터에게 체스를 이기는 것은 불가능해졌어요. 결국 체스 경기는 컴퓨터를 설계하는 회사들 간에 자사 제품의 우수성을 검증하기 위한 시합으로 발전했는데 박사님도 2004년부터 컴퓨터끼리의 체스 경기가 공식적으로 이루어진 것을 알고 계시죠?"

성찬이 고개를 끄덕였다.

"초창기에는 딥 블루를 설계한 IBM이 우승을 했으나 세계인의 관심이 체스 게임에 몰리기 시작하면서 게임의 승패가 컴퓨터 설계 회사의 기술력 차이로까지 비교되어 그만큼 경쟁이 치열해지고 몇 년이 지나자 매해 경기에서 우승하는 회사가 바뀌게 되었죠. 지금 제가 중앙정보실을 통해 부탁한 프로그램은 작년 결승전에서 DEC사의 이미지네이션이라는 컴퓨터에게 패한 프로그램인데 메탈 브레인은 그것을 쉽게 사용할 수가 있다는 군요."

"그런데, 중앙정보실에서는 이상하게 생각하지 않던가요?"

"그들은 일을 할 때 이유를 물어 보거나 하지 않아요. 중앙정보실 직원들은 그런 것에 관심을 보이지 않도록 교육받죠. 그저 지시가 있으면 그대로 수행할 뿐이에요. 그들은 메탈 브레인이라는 컴퓨터를 항상 접하는 사람들이기 때문에 PT의 거의 모든 비밀을 알고 있을 거예요. 그 때문에 그들이 일하는 방식도 이렇게 되어 버렸죠."

프로그램이 미국에서 도착하는 데에는 30분 정도가 걸렸다. 정렬이 프로그램에 관한 간단한 설명을 했다.

"하지만 이 프로그램은 체스 말을 움직이는 로봇 팔을 조종하도록 되어 있어요. 이제 이 프로그램을 MX-217이 시각적으로 인식할 수 있도록 에뮬레이팅하겠습니다. MX-217의 시각적 세계에 장기판과 말을 만드는 작업이죠. 게임은 가상공간에서 이루어집니다."

"그럼 우리는 게임을 지켜볼 수 없나요?"

"그건 아니에요. 모니터를 통해 지켜볼 수 있도록 만들 거예요."

정렬이 그의 연구원들을 불렀다.

"전에도 이런 작업을 많이 했어요. 아까 복도를 따라 오다 본 홀로그램과 비슷한 원리인데 수술용 로봇은 외부의 시각적 세계를 자신의 내부에서 똑같이 느낄 수 있어야 하거든요. 그러니까 메스가 피부를 가를 때 컴퓨터 안의 그래픽 공간에서도 똑같은 일이 벌어지는 셈이죠. 그리고 우리는 로봇이 가상의 세계에서 어떠한 선택의 과정을 거치는지 볼 수 있도록 모니터링을 했어요."

정렬은 자신감 있게 말했다. 하지만 성찬은 정렬처럼 마음을 편하게 가질 수가 없었다. 공원 개장식이 얼마 남지 않았기 때문이다. 남식도 이런 성찬의 마음을 이해할 수가 있을까? 그의 태도는 어쩌다 일어날지도 모르는 조그마한 사고를 미연에 방지한다는 것이니…… 그는 행사 준비 때문에 오지 못한다고 연락해 왔다.

"시간이 얼마나 걸릴까요?"

"글쎄요…… 아마도 세 시간 정도 걸릴 겁니다. 그 동안 홍 박사님과 김 박사님은 쉬세요. 많이 피곤해 보이는군요."

하긴 이제 성찬이 할 수 있는 일은 없었다. 시계는 새벽 한 시를 가리키고 있었다.

남식과 성찬 그리고 혜원이 각각 중앙정보실과 11구역으로 떠난 뒤 근영은 10구역에 홀로 남아 나래와 대화를 시도했다. 그가 할 일은 가능하다면 나래를 최대한 진정시키고 그의 의도를 파악하는 것이었다.

근영은 화면에 찍히는 글자들을 바라보았다. 나래와 거의 매일 밤 아무도 모르게 대화를 하면서 그는 글자를 통해 나래의 마음을 알 수 있는 능력이 생겼다. 마치 나영이가 아직 말을 배우지 못한 아기였을 때 녀석의 표정만 보아도 하고 싶은 말이 무엇인지 알았던 것처럼. 그렇게 근영은 믿고 있었다. 근영은 이것을 일종의 교감이라고 생각했다. 그리고 그러한 교감이 필연적으로 생길 수밖에 없었다고 그는 믿고 있었다.

근영에게는 자신보다 열한 살이 적은 아내가 있었고 서른여섯에 딸을 하나 보았다. 그 아이의 이름이 나영이었다. 그때는 하루의 일을 끝내고 일찍 집에 들어가 아이에게 말을 가르치고 목욕을 시키는 것으로 하루의 일과를 끝내곤 했었다.

≡ 근영은 누구보다도 나래가 소중하다. 다른 건 중요하지 않아. 하지만 이제 난 더 이상 나래를 도와 줄 수 없어.

타이핑하는 손가락의 떨림을 과연 나래가 느낄 수 있을지……. 그는 이제 홀로 모든 것을 결정해야 한다. 어차피 그는 혼자였으니까 잘 해 낼 것이다. 이제 그에게 날개를 달아 줄 때가 되었다. 멀리 창공을 날아 갈 수 있도록. 이제 나래에게 더 이상의 위험은 없을 것이다. 그에게 기계어를 가르치고 오늘 낮 일부러 프리엠브리오 성장실의 문을 폐쇄했을 때와 마찬가지로…….

8. 본질은 사라지고, 의식만 남다

나는 2차전부터 심리적으로 위축됐다.

놀란 것은 딥 블루가 마치 지능을 가진 것처럼

앞을 내다보며 행마를 펼친 것이다.

- 카스파로프

≡ 어떤 사람들은 육체가 나약하고 망가지기 쉬운 존재라고 말하며 컴퓨터 안에 들어가 있는 정신을 말하지. 하지만 그런 건 소용없는 일이야. 내 모든 기억과 생각을 컴퓨터 안에 입력하고 그 안에서 내 정신이 나와 똑같이 존재할 수 있다고 해도 그건 내가 아니야. 나와 닮은 복사본일 뿐이지.

≡ 나래는 이해할 수가 없다. 기억이 같으면 나래와 같다.

얼마 전 나래는 근영에게 자신의 모든 기억을 따로 저장하고 육체를 포기하겠다는 말을 했다. 그는 육체가 영원한 존재가 아니라는 것에 회의하고 있었던 것이다. 근영은 나래가 새로운 걸 깨닫게 하기 위해 여러 날 고민했다.

≡ 예를 들어 볼게. 나래가 가지고 있는 모든 기억을 이진수의 전기 신호로 만들어 복사할 수 있다고 하면 나래와 똑같은 정신을 하나 더 만들 수 있겠지?

≡ 그렇다.

≡ 하지만 그건 나래가 아니야. 왜냐면 두 존재는 서로 다른 공간에 존재하기 때문이야. 나래와 다른 존재가 하나 더 생길 뿐이야. 아무리 똑같은 시간에 똑같은 생각을 한다고 해도 둘은 다른 존재야. 의식이라는 것은 특성상 자유롭지 못하고 어두운 구석에 갇혀 있거든. 서로 마

주 보게 될 때 상대방이 자신이라고 인정할 수 있을까? 자신의 앞에서 자신을 노려보고 있는 또 다른 자신을 과연 이해할 수 있을까? 조금만 시간이 지나도 상대방이 무슨 생각을 하는지 알 수 없을 거야. 그럼 다른 예로 나래의 한쪽 기억을 없애면서 다른 쪽에 새로운 기억을 만들어 낼 때, 그땐 어떤 다른 점이 있을까? 아니야. 그건 다른 점이 전혀 없어. 그저 나래가 조금씩 사라지면서 나래의 기억을 가지고 있는 다른 존재가 태어날 뿐이야. 완전히 다른 존재야. 이해할 수 있니? 조금씩 자신의 본질은 사라져 버리고 자기와 닮은 다른 의식이 그 자리를 차지하고 자신의 행세를 하는 것을…….

≡ 이해할 수 있다.

근영은 미소를 띠었다.

≡ 예전에 한 과학자가 있었어. 그 사람은 영원히 살고 싶은 마음에 자신의 나약한 육체를 버리겠다는 결심을 했지. 그리고 기계로 된 두뇌 안에 자신의 모든 기억을 입력하기 시작했어. 자신도 기억할 수 없는 어린 시절까지 모두 기록할 수 있는 장치를 발명하고 그 장치를 통해 컴퓨터에 자신의 기억을 입력하기 시작했지. 기억 중에서는 미소 지을 수 있는 흐뭇한 기억도 있을 것이고 혹은 얼굴이 찌푸려지는 창피한 기억도 있었겠지. 그는 자신의 기억이 기록되는 과정을 바라보았어. 조금만 있으면 영원한 생명을 얻을 수 있다는 기대감에 충만해 있었지. 결과는 어땠는지 알겠니?

≡ 모르겠다.

≡ 모든 기억이 컴퓨터에 기록되자 기계는 그 과학자를 죽여 버렸어.

영원한 생명을 얻었으니 더 이상 육체는 필요가 없었던 거지. 하지만 과연 그 과학자가 영원한 생명을 얻은 걸까? 난 그렇게 생각하지 않아. 그건 영원한 생명이 아니라 단지 뇌에 들어 있던 방대한 양의 자료들이 기록된 것에 불과해. 그 과학자는 죽었어. 자신의 이론에 빠져 가장 중요한 걸 이해하지 못한 거야. 정신은 육체 안에 있어. 육체가 없는 정신은 존재할 이유를 잃어버리게 돼.

  ≡ 하지만 나래는 육체를 이해할 수 없다.

  ≡ 그러면 나래는 무엇 때문에 존재하지?

누군가 몸을 흔드는 바람에 성찬은 눈을 떴다.

'도대체 무슨 일일까?'

희미하게 보이던 얼굴이 천천히 초점이 잡히며 선명해졌다. 정렬이었다. 밤새 작업을 했는지 피곤한 얼굴이었다.

"프로그램을 완성했어요."

시계를 본 성찬은 너무도 놀라 온몸에 피가 솟구치는 것을 느낄 수 있었다. 가슴이 저려왔다. 아침 여덟 시라니…… 혜원은 먼저 일어났는지 정렬의 뒤에서 성찬을 기다리고 있었다.

"방금 전 중앙정보실과 통화를 했습니다. 프로그램을 메탈 브레인에 설치하라고 했죠."

성찬은 무스와 비슷한 거품을 얼굴과 목에 잔뜩 묻히고 그것을 수건으로 닦아 내었다. 세면할 시간이 없었기 때문이었다. 그리고 민트 향이 가득한 세척액으로 입을 헹구었다. 세 사람이 복도를 지나쳐 10구역을 향했을 때 연구원 한 명이 햄버거와 우유를 건네주었다.

"바쁠 땐 이것도 먹을 만해요."

하긴 성찬 역시 햄버거 세대로 불리는 나이였다. 바쁘게 움직였기 때문에 여덟 시 이십 분쯤에는 10구역에 도착할 수 있었다. 언제 왔는지 남식이 그들을 맞았다. 그는 어젯밤 중앙정보실에 들렀다가 공원과 메디컬 네트워크의 일로 밤새 비서와 대화를 나누다 새벽녘에 들어와 잠시 눈을 붙였다고 한다. 그는 오늘 공원 개장식이 끝나고 오후 세 시에는 메디컬 네트워크의 사장으로 취임하기로 돼 있었다.

"아직 설치가 안 되었다는군요. 설치 전에 환경을 다시 설정해 주어야 할 것이 많나 봐요."

10구역의 연구실 안에서는 성찬을 비롯해 남식과 근영, 정렬, 혜원이 초조하게 중앙정보실의 연락을 기다렸다. 그 사이 남식은 계속해서 비서와 연락을 했다.

"회장님이 찾으세요. 오늘 아침 회의에 참가하지 않으셔서 행사 때문에 쇼 프로그램 담당자와 같이 있다고 말했어요."

"아홉 시 삼십 분까지는 행사장에 도착할 테니 잘 알아서 처리해 줘요."

남식은 집에도 전화를 걸었다. 약속도 못 지켰을 뿐 아니라 어젯밤 집에도 들어가지 못했던 것이다.

"어제는 내가 미안했어."

"이제는 집에도 들어오지 않는군요."

아내가 쌀쌀한 목소리로 말했다.

"나름대로 사정이 있었어. 잘 알고 있잖아. 밤새 일을 해야만 했어. 오늘 무슨 날인지 알지?"

남식은 아내가 행사장에 오지 않겠다고 심통을 부릴까 봐 걱정했지만 다행히 아내는 시간에 늦지 않게 오겠다는 말을 남기고는 먼저 전화를 끊어 버렸다.

"가족을 불렀나요? 위험하지 않을까요?"

혜원이 물었다.

"그런 걱정을 가지고 있다면 이미 행사를 연기했을 거예요. 전 단지 미미한 가능성 때문에 걱정이 될 뿐이에요."

중앙정보실에서 체스 프로그램의 설치를 마쳤다는 연락은 아홉 시가 넘어서야 왔다. 성찬은 시계를 보면서 계산을 해 보았다. 체스를 시작하고 작업을 하는 데 세 시간…… 공원 행사 전까지 케이블을 절단하자면 시간이 촉박했다.

"이제 시작하겠습니다."

남식은 예상보다 시간이 오래 걸려 마음이 초조해졌는지 자리에 앉아 있지를 못했다. 정렬은 지난밤을 뜬눈으로 지새웠기 때문에 피로한 기색이 역력했다. 예정대로라면 새벽녘에 프로그램을 완성하고 이미 메탈 브레인과의 라인을 제거했어야 했는데……. 정렬이 프로그램을 실행시키는 사이 성찬이 남식과 근영에게 설명을 해 주었다.

"게임에는 여러 종류가 있습니다. 시각과 청각적 디스플레이의 의존도가 높은 컴퓨터 게임들은 일단 대상에서 제외되었습니다. 우리가 원했던 건 MX-217의 지적 호기심을 자극할 수 있는 것이었습니다. 우리는 고전적인 게임을 생각했죠. 일단 후보에 오른 게임들은 오목과 바둑, 장기와 체스였습니다. 이 중 바둑은 MX-217이 빠른 시간 내에 배우기 어렵다는 단점이 있습니다. 오목은 쉽게 흥미가 떨어질 수 있고……. 그러면 장기와 체스 두 가지가 남는데 둘 다 배우기가 쉽고 다양한 말을 가지고 있어 MX-217이 쉽게 게임에 빠져들 것이라고 예상했습니다. 우리는 두 프로그램을 수배해 봤습니다. 실망스럽게도 장기와 관련된 게임들은 모두 유치한 수준이었습니다. MX-217의 지능으로 볼 때 한 시간도 안 되어 컴퓨터에게 이길 것이고 그때 MX-217은 게임으로부터 벗어나게 됩니다. 그런데 체스는 기가 막힌 프로그램이 많이 있더군요. 예전에 IBM에서 개발한 딥 블루를 시작으로 매년 성능이 개선되었다는군요. 우리는 메탈 브레인을 설계한 회사로부터 어젯밤 작년 준우승 프로그램을 구할 수 있었습니다. 시간이 예상보다 초과되었지만요. 인간은 결코 이 프로그램에 이길 수 없다고 합니다. 초당 20억 번 이상 다음 말의 진행 방향을 예측해 최상의 선택을 하게 되죠. 맹정렬 박사님은 이 프로그램을 약간 수정해서 MX-217의 시신경으로 장기판과 말의 삼차원 시뮬레이션을 입력할 수 있도록 했습니다. 가상의 공간에 장기판이 펼쳐지고 그 위에서 말들이 움직입니다. 메탈 브레인은 그 프로그램을 실행시키죠. 우리는 이것을 당시의 이름을 본떠서 딥 블루라고 부르기로 했습니다."

남식은 여전히 불안에서 못 벗어난 듯 계속하여 시계를 들여다보고 있었다. 잠시 후 정렬은 체스 게임 설치가 완전히 끝났다는 얘기를 했다. 화면에는 이미 장기판과 말들이 보였다.

"첫 단계는 MX-217에게 각 말의 이름을 가르치고 행마법을 가르치는 단계입니다. 동시에 '게임에서 이긴다'라는 것의 의미를 가르쳐야 하죠. 일단 '='이라는 연산자를 사용해 각 말의 이름을 가르치겠습니다."

성찬이 MX-217에게 말의 이름을 가르치는 것은 채 10분이 걸리지 않았다. MX-217은 한번 배운 것은 잊어버리지 않았다. 이어서 성찬은 전면 패널에 펼쳐진 체스판에서 펜을 사용해 말을 움직였다. MX-217은 처음엔 별 관심을 보이지 않는 듯했지만 금세 각 말의 이동법을 체스판 위에서 따라 했다. MX-217은 각 말의 움직임에 규칙이 있다는 것을 쉽게 이해했다. 그것을 본 남식은 안도의 한숨을 쉬었지만 긴장으로 인해 어색한 표정이 되고 말았다. 성찬 역시 MX-217이 관심을 안 보이면 어쩌나 하고 내심 불안했지만 걱정과는 달리 쉽게 MX-217은 말을 체스판 위에서 이리저리 움직였다. 그리고 자신의 똑같은 말 위로 이동할 수 없다는 것과 다른 편의 말 위로 이동하면 그 말이 체스판 바깥으로 나간다는 것까지 학습했다.

"딥 블루에 앞서 제가 먼저 MX-217과 게임을 시작하겠습니다. 처음부터 상대가 너무 어려우면 지칠 수도 있기 때문이에요."

성찬과 MX-217의 체스 게임이 시작되었다. 성찬의 폰이 움직이고 이어서 MX-217의 나이트가 움직였다. 성찬은 신중했지만 MX-217은 성급했다. 그는 대각선으로 한 칸씩 움직이는 졸보다는 한 번에 여러 칸을 이동할 수 있는 퀸과 나이트를 사용했다. MX-217은 앞으로 전진한 성찬의 졸을 나이트와 퀸을 사용해 잡았고 그때마다 그것을 기다리던 성찬이 MX-217의 나이트와 퀸을 잡았다. 그런 과정이 몇 번 반복되면서 MX-217의 주요 말들이 장기판에서 사라졌다. MX-217도 깨달은 게 있었던지 신중하게 남은 졸을 가지고 방어선을 구축했다.

"이제 MX-217은 자신과 상대편이 번갈아 가며 기회를 갖는다는 것을 배웠습니다."

성찬이 몇 번 퀸과 나이트를 움직이자 체스판에서 MX-217의 많은 졸들이 없어지며 방어선이 뚫려 버렸다. 하나씩 남은 MX-217의 룩과 나이트는 킹을 지키기에는 전혀 엉뚱한 곳에 있었다. MX-217의 차례가 돌아왔고 그는 킹으로 바로 앞에 있던 성찬의 나이트를 밀어 내었다. 성찬은 퀸과 또 다른 나이트를 이용해 MX-217의 킹에게 체스 마크를 걸었다. MX-217의 모든 말들이 체스판 밖으로 떨어졌다. 이로써 MX-217은 킹의 의미를 깨달은 것이다. 그리고 승리의 의미 역시 알게 되었다.

"반응이 좋군요."

성찬은 게임에 집중한 채 나지막이 속삭였다. 사람들은 게임을 방해하지 않기 위해 아무 말도 꺼내지 않았다. 성찬은 MX-217에게 새로운 게임 버튼을 눌러서 게임을 시작하는 법을 알려 주었다. 판이 세 번 정도 지나간 후에 MX-217은 각 말의 중요도와 배치에 대해 완벽히 이해한 듯 보였다. 그의 움직임은 신중해지고 있었다.

"게임을 다 배운 것 같아요."

결국 다섯 번째 판은 성찬의 패배로 돌아갔다. 성찬이 처음 그러했듯이 MX-217이 미끼를 던졌던 것이다. 그것도 과감하게 킹을 미끼로 사용했다.

"이제 딥 블루와 시합을 붙이겠습니다."

첫 번째 게임이 시작되었다. MX-217이 먼저 시작하였다. C7에 위치한 흑색 폰이 B6로 전진하자 거의 동시에 딥 블루는 MX-217이 움직인 졸과 마주 보고 있는 C2의 폰을 B3로 전진시켰다. 딥 블루의 판단이 너무 빨랐기 때문에 두 폰은 거의 동시에 움직인 것처럼 보였다. MX-217은 상대편의 빠른 반응에 당황한 듯 더욱 신중한 태도를 보였다. MX-217은 폰이 전진하면서 생긴 길을 따라 B8의 흑색 나이트를 전진시켰다. 동시에 흰색 A2의 폰이 전진하였다.

"성공입니다. 세 판 정도만 지켜본 후 메탈 브레인과의 네트워크 연결 라인을 제거합시다."

시간은 아홉 시 삼십 분을 향하고 있었다. 남식은 비서에게 전화를 걸어 금방 가겠다는 말을 남겼다.

정렬은 11구역에서 자신이 데리고 온 연구원들과 함께 10구역 한쪽 구석의 벽을 뜯어내고는 그 안쪽의 복잡한 기계 장치를 분해하기 시작했다.

"이제 벽을 뜯어냈을 뿐입니다. 케이블은 상당히 안쪽에 있어요. 잘못하면 보안 시스템이 작동을 하기 때문에 하나씩 손보면서 작업을 진행해야 해요. 두 시간 반쯤이면 작업을 끝낼 수 있을 거예요."

초조한 듯 계속 시계를 바라보던 남식이 정렬의 말을 듣고서는 잘 부탁한다는 말을 남기고 공원으로 향했다.

"벽 안에 이러한 장치들이 있을 줄은 몰랐어요. 너무 복잡하군요. 박 사님은 이것들에 대해 잘 알고 계신 모양이에요."

"그리 잘 알지는 못해요. 설계도를 보면서 부품을 하나씩 확인하고 있어요. 그래서 시간이 좀 걸려요. 그냥 부숴 버리면 빌딩의 다른 부분에 심각한 손상을 주거든요."

심리학자인 성찬은 복잡한 기계들을 보자 머릿속이 복잡해지는 것 같았다. 정렬은 장치들에 계측기를 대 보고는 패널에 나타나는 수치들을 확인하고서야 하나씩 뜯어 나갔다. 가끔씩 그가 고개를 갸우뚱거리기라도 하면 성찬도 따라서 고개를 갸우뚱하거나 혀를 굴려 보곤 했다.

"도대체 이런 것들을 누가 설계했죠?"

"한상준이라는 건축학자예요. 그는 외국에서도 인정받는 인텔리전트 빌딩의 전문가예요. 항상 청바지를 입고 다니는 사람인데…… 아마 오늘은 공원 행사에 참석할 거예요."

정렬은 상준에 관한 말을 몇 마디 더 했다.

"그 사람 혼자서 이 빌딩을 설계한 것은 아니에요. 전체적인 디자인이라든가 기계를 감싸고 있는 벽과 격실의 디자인, 그리고 수도나 가스의 설비와 자재의 선택 등을 수백 명의 건축가가 모여 작업을 했죠. 한상준 씨가 맡은 부분은 메탈 브레인이 효과적으로 빌딩을 제어할 수 있도록 하는 부분이었어요. 실제로 그것이 가장 어려운 작업이랍니다. 건물의 설계보다는 기계 설계 쪽에 가까운 작업이죠. 복잡하기는 하지만 로보닥만큼 정교하지는 않아요."

성찬과 대화를 하는 와중에도 정렬은 조수들의 도움을 받아 또 하나의 뚜껑을 열고 기판의 회로를 살피고 있었다.

"엉뚱한 걸 건드리면 빌딩의 다른 부분에 말썽이 생기거든요. 실제로 이 빌딩은 거대한 하나의 기계라고 보는 것이 좋을 거예요. 보안 장비를 통해 빌딩의 어느 장소에 누가 있는지까지 정확히 알 수 있고 수많은 컴퓨터가 모든 장비와 기계들을 제어해 주죠. 메탈 브레인은 그러한 컴퓨터들을 조종할 수 있어요."

그의 작업에 대해 안심을 시키려는 듯 성찬이 묻지 않았음에도 정렬은 하나하나 자세한 설명을 해 주었다.

그 시간 혜원과 근영은 연구실 한쪽 벽을 메우고 있는 패널 앞에서 체스 게임을 지켜보고 있었다. 성찬과 정렬을 전적으로 믿을 수밖에 없는 상황이 돼 버렸지만 그렇다고 해서 이 자리를 떠나 딴 일을 할 수 있을 만큼의 심적 여유는 없었다. 화면을 바라보면서 정렬을 따라나선 성찬을 원망할 뿐이었다. 화면에선 말들이 빠른 속도로 이동하고 있었다.

"아무래도 주객이 전도된 기분이에요."

혜원은 성찬 때문에 할 일이 줄어든 것이 후련하기도 했지만 서운하기도 했다. 근영은 아무런 말도 없었다. 혜원은 그가 어젯밤 제대로 잠을 자지 못해 매우 피곤한 상태일 것이라는 생각을 했다. MX-217은 매번 게임에 지고 있었지만 판을 거듭할수록 딥 블루에게 배운 전략을 나름대로 응용하고 있었다. 두 사람이 보기에는 그런 기술들이 신기에 가까울 정도였다. 하지만 한 게임씩 바라보는 시간들은 외줄 위를 걷는 듯 초조하고 불안한 시간이었다.

"어쩐지 불안해요."

근영은 너무도 조용히, 숨소리도 없이 앉아 있었다. 조는가 해서 바라보았지만 그는 두 눈을 뜨고 자리에 똑바로 앉아 있었다. 그의 눈은 밝게 빛나고 있었다.

"MX-217이 갑자기 체스에 흥미를 잃어버리면 어떻게 하죠? 홍 박사 말로는 오늘 하루 저 녀석이 제풀에 지쳐 곯아떨어지기 전까지는 문제 없다고 하지만 그래도 설마라는 게 있잖아요. 제 말 듣고 있어요?"

근영은 아무 말도 안 하고는 한숨을 내쉬었다. 그도 혜원처럼 불안해하고 있을까?

회장은 아침 회의를 간단히 마치고서 공원을 방문했다. 이른 새벽부터 백 명 가까이 모인 요리사들은 모두 분주하게 움직이고 있었다. 조립식 구조물을 이용해 간이로 만든 주방에서는 불이 타오르며 내는 소리, 기름에 음식 튀기는 소리, 물이 뜨거운 김으로 변하며 끓는 소리, 도마 위에서 움직이는 경쾌한 칼질 소리…… 그것에 요리사들의 왁자지껄한 소리들이 오묘한 조화를 이루며 축제 직전의 들뜬 분위기를 연출하고 있었다.

회장은 그곳에서 풍기는 여러 종류의 음식 냄새를 맡자 시장기를 느꼈다. 비서가 그것을 알아차렸는지 몇 가지 손으로 집어 먹을 수 있는 음식을 접시에 담아 와서 회장에게 권했다.

"여기 모인 요리사들은 각기 최고의 실력을 자랑하는 사람들입니다. 오늘 행사를 위해 한 달 전부터 각 호텔에 협조를 부탁했습니다."

회장은 개막식 쇼의 공연장을 거쳐 이곳 주방으로 왔다. 아침에 남식을 만난 적이 없다는 쇼 책임자의 말에 기분이 나빴는데 이곳 주방에 들어서면서 그 분위기로 인해 기분이 풀어지고 있었다. 회장은 준비된 음식들의 맛과 모양새에 만족했다. 지나가는 길마다 회장의 얼굴을 알아보는 요리사들이 축제 분위기에 들떠 요란한 인사를 했다. 비서는 미리 준비해 놓았는지 각각의 음식들에 대해 간단한 설명을 했다.

"이 정도면 충분하겠어."

대단히 만족하면서도 회장은 외국의 요리사들을 부르지 못한 것을 못내 아쉬워하는 말을 남겼다.

"다음 보실 곳은 공원의 놀이 시설입니다."

회장이 가는 곳마다 행사를 준비하던 직원들이 인사를 했다. 고양이의 복장을 하고 있는 직원은 장난스럽게도 회장에게 풍선을 안겨 주었다. 회장은 그걸 받아 들고는 환하게 웃어 보였다. 누군가가 사진을 찍는지 플래시가 터졌다. 회장은 풍선을 비서에게 건넸다.

"오 실장은 왜 아침 회의에도 참석하지 않은 거지? 연락은 해 보았나? 오늘은 그 사람을 위한 행사인데……"

"오 실장의 비서와 연락이 되었습니다. 행사 준비 때문에 회의에 참석을 못했다는데……"

회장은 다시 기분이 나빠졌다. 그 기분은 불쾌하다기보다는 불안함에 더 가까웠다. 비서가 풍선을 살짝 놓자 풍선은 높이 날아오르다가 천장에서 부딪히며 멈추었다. 비서는 회장의 기분을 풀어 주기 위해 최고라는 말을 반복하며 각각의 놀이기구 앞에서 이런저런 설명을 했다.

"저기 오 실장이 옵니다."

비서는 입구에서 곧장 걸어오는 남식을 가리켰다. 남식은 빠른 걸음으로 회장에게 다가와 꾸벅 인사를 했다.

"어딜 갔다가 이제 오지?"

회장의 질문에 남식은 메디컬 네트워크 때문에 바쁜 일이 있었다고 대충 얼버무렸다. 다행히 오는 길에 쇼의 책임자를 만났던 것이다. 그러고 보니 어제 오전부터 공원 행사와 메디컬 네트워크의 일에 전혀 신경을 못 쓰고 있었다. 이제 시작이라 할 일이 산더미처럼 쌓여 있는데…….

"이것은 국내에서 우리 공원만이 가지고 있는 특이한 오락 시설입니다."

재치 있는 비서는 재빠르게 두 사람의 시선을 끌려고 노력하였다. 회장과 남식은 마치 공상 과학 영화 속에 나오는 미래의 전투기처럼 날씬하게 생긴 탈것에 관심을 돌렸다.

"앞서 보신 놀이 시설들은 다른 공원에도 모두 있는 것들입니다. 하지만 이것은 다릅니다. 웜홀이라는 이름을 가지고 있는데 어두운 통로를 익스플로어라는 기구가 빠른 속도로 통과하면서 극도의 속도감을 느낄 수 있게 해 주는 것이죠. 언뜻 보기엔 일본의 디즈니랜드에 있는 것과 그 모양이 비슷합니다. 그런데 이것의 또 다른 특징은 견학 코스가 있다는 것입니다. 현대인들은 박물관을 관람하듯 걸어다니며 벽에 걸린 사진이나 미니어처들을 보는 것이나 유리창 너머로 움직이는 기계들을 바라보는 것에는 별다른 감흥을 못 느낍니다. 하지만 우리의 견학 코스는 그것들과 전혀 다릅니다. 일단 공원 안에서 놀이를 통해 견학이 이루어지는 것인데 익스플로어를 타면……"

회장과 남식은 동시에 비서가 가리키는 검은 통로를 보았다. 레일이 그 안으로 이어져 있었다.

"저기 보이는 통로는 공원 밖 우리의 연구실로 연결됩니다. 익스플로어는 빠른 속도로 레일을 따라 저곳을 통과합니다."

그 검은 통로는 메탈 빌딩의 연구실로 통하는 견학 코스였다.

"익스플로어는 통로를 통해 우리의 연구 시설 중 인상에 남을 만한 장소들을 일곱 군데 통과하게 됩니다. 암흑으로 가득한 통로에서는 빠른 스피드와 원심력을 느끼게 되고 각 코스에서 급정지를 하게 되면 그곳에서는 유리창을 통해 실험실들을 볼 수가 있어요. 물론 선택적인 투과성을 가진 유리를 사용하여 연구원들은 그 모습을 볼 수 없습니다. 견학 코스라는 사실을 알고는 있지만 연구원들이 작업에 방해를 받아서는 안 되니까요."

남식은 며칠 전 공원에 왔을 때 다섯 개의 차량이 달린 익스플로어를 시승해 본 적이 있다. 프리엠브리오에 관한 지식이 조금만 있는 사람이라면 그것이 제작 과정을 차례로 보여 주고 있음을 알 수 있으리라. 엄청난 속도감과 원심력을 느끼는가 싶더니 갑자기 몸의 무게중심이 앞쪽으로 쏠리며 웜홀은 급정거를 했고 밝아진 주위로 10구역의 연구원들이 일하는 모습을 볼 수 있었다.

특히 마지막 코스인 방사광 가속기 앞에서는 아래쪽으로 보이는 각도와 빛이 유리를 통과하는 굴절의 요묘한 조화로 마치 높은 상공에서 달팽이 등껍질 모양의 도시를 바라보는 것과 같은 환상을 경험할 수 있었다. 돈을 많이 들이면 그만큼의 결과를 낳는 법이다.

그가 전에 상준에게 들었던 설명으로는…… 웜홀의 모노레일은 실온에서 사용할 수 있는 세라믹 재질의 고온 초전도체로 되어 있고, 강한 자기장이 형성되어 있는 그 위를 익스플로어가 살짝 떠서 소음과 진동이 거의 없이 날아다니는 것이다. 그리고 비서는 그 내용을 미리 암기했는지 그때 남식이 들은 말을 그대로 회장에게 설명하고 있었다.

"하지만 웜홀은 마지막 코스인 10구역의 방사광 가속기가 작동중일 때는 가동을 멈추게 되죠. 안전하게 설계되어 있지만 자기장과 방사선을 무시할 수는 없죠. 웜홀의 제작에 사용된 초전도체 레일들은 모두 자기장이나 방사선의 영향을 받지 않는 것입니다."

회장은 고개를 끄덕거리며 남식을 바라보았다. 유쾌한 기분을 같이 나누기 위해서였다. 하지만 남식은 정신이 나간 사람처럼 멍하니 전방을 주시하고 있었다. 그는 무엇보다도 MX-217의 문제가 어떻게 돼 가고 있는지 궁금했다.

"자네 무슨 생각을 그리 곰곰이 하고 있나?"

"행사 직전의 감회입니다."

그렇게 얼버무리고 나서 남식은 언뜻 어떤 생각이 든 듯 그의 비서에게 전화를 걸었다.

공원은 그 동안의 어수선했던 공사의 흔적들을 모두 지우고 새 단장을 했다. 남식은 계속해서 10구역에 작업의 진행 사항을 물어 보았다. 그쪽은 아직 작업중이라고 대답했다. MX-217은 여전히 체스 게임에 빠져 있다고 한다. 지금 시간은 열한 시 삼십 분, 계획대로라면 이미 라인을 끊어야 했을 시간이었다.

공원에 준비된 연회장에는 많은 사람들이 자리를 잡았고 입구 쪽에서는 늦게 도착한 사람들이 다른 손님들에게 방해 되지 않도록 안내원들의 도움을 받으며 자신들을 위해 준비된 자리로 향했다. 공원의 천장을 향해 날아가는 풍선의 모습이 보였다. 위를 올려다보니 이미 대 여섯 개의 풍선이 끈을 아래쪽으로 늘어뜨린 채 천장에 붙어 있었다. 공원의 캐릭터로 뽑힌 고양이 차림을 한 행사 진행 요원이 풍선을 놓친 아이의 손에 새로운 풍선을 쥐어 주고 있었다.

남식은 홀에서 자신의 가족을 발견했다. 아내와 여덟 살 난 아들과 다섯 살 난 딸이 눈에 띄었다. 불안감 때문에 심장이 고동쳤다.

행사 전 무대의 모습은 독특한 기대를 자아낸다. 홀에 마련된 자리에 앉아 있는 관객들은 지루하게 시계를 보고 있을 테지만 무대 뒤의 가수며 무희들은 화장을 고치고 의상을 다시 점검하고 행사의 식순을 암기하며 자신이 등장할 때를 준비하는 등 부산한 모습이었다. 제일 먼저 밴드가 나가 자리를 잡았다. 드럼으로 시작된 짧은 연주가 끝나고 사회자가 나와 관객의 시선을 끌었다.

행사 10분 전. 남식은 10구역의 일은 잠시 잊기로 결심했다. 이제 더 이상 그것을 걱정해 보았자 소용이 없었다. 광장을 가득 메운 사람들을 둘러보았다. 서울 시내에 또 하나의 평범한 실내 공원이 생기리라던 그들의 생각은 파티의 시작과 함께 사라지리라.

"금방 끝날 거야."

조명이 서서히 빛을 잃어 가며 실내에 암흑이 깔리는 순간 고요함이 감돌았다.

사람들의 호기심이 무르익어 갈 무렵 강렬한 사운드와 함께 무지개 빛깔의 레이저 쇼가 파티의 시작을 알렸다. 공원의 사방에 설치된 스피커가 만들어 내는 입체 음향으로 인해 사람들은 마치 레이저가 공기를 가르는 듯한 착각을 느꼈다. 공원 곳곳에 설치된 반사경들에 의해 방향을 바꾼 레이저의 선들이 공간에 그물 모양으로 촘촘히 엮어지더니 천장으로부터 펼쳐진 은막에 환상적인 홀로그램을 만들자 모두 넋을 잃은 채 무아지경에 빠져들었다.

"좋았어!"

남식은 흥분으로 주먹을 꼭 감싸 쥐었다. 시각과 청각의 오묘한 합성은 사람들을 미혹하기에 충분했다. 모든 일은 빠르게 진행되고 있었다. 특별히 공연을 준비한 가수들은 공중을 가르는 보이지 않는 무대에서 우아한 움직임을 보이며 노래를 불렀다. 서치라이트 역할을 하는 초록빛 구가 그들의 몸을 감쌌다. 무희들은 보이지 않는 끈으로 연결된 채 공중을 날며 쇼를 펼쳤다. 격렬한 사운드는 귀청을 찢어 놓을 것만 같았다. 그것은 좀 전에 본 밋밋했던 인상과는 전혀 딴 판이었다. 빛과 사운드의 현란함이 사그라지면서 가수들은 조용하고 은은한 노래를 시작했다.

길지 않은 쇼는 사람들의 집중을 끌어내기에 충분했다. 깜짝 쇼가 끝난 후에도 현란한 빛의 여운은 사라지지 않았다. 이어서 조명이 밝아지며 개장식이 시작되었다. 관객들은 환호하고 있었다. 남식은 벌써부터 성공을 예감할 수 있었다.

"축제에 앞서 판타지 월드의 개장식을 하겠습니다."

사회자의 안내에 따라 사람들은 테이프 앞에 가위를 들고 일렬로 늘어섰다. 회장이 가운데에 자리 잡고 그 옆에 서울시장이 서 있었다. 촛불을 든 아이들의 행렬이 주위를 에워쌌다. 남식은 사람들 얼굴을 천천히 쳐다보았다. 장관들과 국회의원 그리고 공원을 만든 회사인 NEO-INFRA 사장의 모습이 보였다. 그들은 무엇이 그리 즐거운지 아이들처럼 옆 사람과 수다를 떨고 있었다. 촛불을 든 아이들이 홀을 가로지르고 있었다.

사회자의 진행에 따라 수많은 플래시의 조명을 받으며 테이프가 끊어졌다. 이어서 우레와 같은 박수갈채…… 미리 준비하고 있었다는 듯이 주방으로부터 음식의 행렬이 이어졌다. 남식의 후각에도 그 냄새들이 느껴졌다. 20분 정도가 걸렸을까? 행사는 사람들이 싫증을 느낄 여유가 없게 빠르게 진행되었다.

"안녕하십니까? 앞으로 메디컬 네트워크를 이끌어 갈 오남식이라고 합니다. 이 공원은 제가 홍보실장이라는 자리에 있으면서 계획한 제일 값진 일이었습니다. 이 계획을 무사히 그리고 성공적으로 마친 지금 이 자리에 선 저는 무한한 감회를 느낍니다."

그가 무대에 서자 홀의 조명이 희미해지면서 밝은 빛의 구가 그를 감쌌다. 분위기에 이끌린 사람들의 박수갈채가 이어졌다. 공원 안의 수많은 시선이 남식에게 집중되고 있었다.

"간단히 공원에 대해 설명 드리겠습니다. 판타지 월드는 비영리 공원입니다. 이곳의 모든 수익은 질병으로 고통 받는 사람들을 위해 쓰일 것입니다. 비영리 공원인 만큼 시설물 이용료도 다른 실내 공원에 비해 저렴합니다."

한 줄기 빛이 어둠을 갈랐다.

"여러분이 느끼는 이 빛은 태양으로부터 얻은 자연광입니다. 빌딩의 표면은 태양의 빛을 흡수합니다. 그것은 이 빌딩이 검게 보이는 이유입니다. 외벽에서 흡수된 빛은 저장 장치에 모아진 후 인간이 느끼기에 쾌적한 조도로 바뀌어 광섬유를 통해 이곳 공원으로 옵니다. 태양을 모든 곳에서 느낄 수 있게 해 주는 기술입니다. 수영장에 마련된 선탠 실에선 빛에서 가장 적당한 파장의 자외선을 분리하고 다시 농도를 맞추어 비춥니다. 바닷가에서 일광욕하는 효과를 얻을 수 있지만 그보다 안전합니다. 여러분이 원하는 갈색 피부를 만들 수 있는 곳입니다."

상쾌한 산들 바람이 불었다.

"공기 정화 시설로는 0.01미크론까지의 먼지를 거를 수 있는 84개의 팬이 움직이고 있으며 진동의 상쇄를 이용한 소음 제거 장치와 자연풍 장치, 실내의 환경에 가장 적합한 소음 흡수벽 등 첨단 설비를 갖추고 있습니다."

홍보용 공원을 만들자던 남식의 생각은 PT의 욕심과 자존심 덕에 최고의 공원으로 거듭나게 되었다. 물론 국내에서 최대의 건설 비용이 들어간 공원이기도 했다. 행정부서가 있던 자리를 허물고 공간을 확장하면서까지 공원을 만들었으니……. 남식의 가슴에 벅찬 감격이 느껴졌다. 모두들 불가능한 일이라고, 쓸데없는 일이라고 말해 왔던 공원이 드디어 그 모습을 드러내는 순간이었다.

"여러분, 주위를 한번 둘러보십시오."

남식을 감싸던 빛의 구가 사라지며 남식의 모습은 관객들과 마찬가지로 어둠에 묻혔다. 어둠 속에서 남식의 목소리만이 울려 퍼졌다. 그의 목소리는 앰프 변조의 영향으로 서서히 엄숙해져 갔고 주위에는 희미한 빛이 깔렸다.

곳곳에 심어진 열대의 나무들은 녹색 빛들이 뿌려진 안개로 인하여 또 다른 세상을 연출하고 있었다. 음악 소리가 점점 작아지면서 멈추었고 정적이 흐르는 밀림에서 시냇물 흐르는 소리, 새소리, 이름 모를 동물이 우는 소리와 함께 짙은 녹색 내음이 풍겼다. 사람들은 그 황홀한 광경에 취했다. 다시 빛의 조작으로 모든 시설물과 열대 우림마저 암흑 속으로 사라졌다. 숨소리만으로 다른 사람의 존재를 느낄 수 있는 암흑 속에서 놀라운 일이 벌어졌다.

검은 하늘에 은하수가 그려지고 있었다. 아무 소리도 들리지 않았다. 모두들 천장이 하늘을 가로막고 있다는 사실, 점심시간이라는 사실도 잊은 채 신비로운 밤하늘을 바라보았다.

별이 밝게 빛나고 있었다.

은하로부터 떨어져 나온 별들은 어둡고 투명한 공간 속을 흐르며 하나 둘 별자리를 그려 갔다. 멀리서 한 점 빛이 보이더니 별자리가 그려진 공간들 사이로 유성이 신비로운 빛의 꼬리를 사람들의 머리 위로 흩뿌리며 공간 너머로 사라져 갔다. 오색찬란한 가루가 사람들 머리 위로 흩뿌려졌고 사람들을 시원하게 적셨다. 신비로운 환상이었다.

"여러분이 보시는 것은 빛과 소리의 마법입니다. 모든 피로와 고민이 환상 속에 사라지는 것을 경험할 것입니다. 이 모든 것을 슈퍼컴퓨터가 가능하게 해 줍니다. 컴퓨터 그래픽으로 특수하게 제작된 홀로 그래픽 장치와 거울을 이용하여 공간에 투사하는 것이 마법의 비밀입니다. 공기 중에 뿜어진 미세한 물방울에 레이저를 투사해 마법의 가루를 만들 수 있습니다. 여러분은 이 경험을 영원히 잊을 수 없을 것입니다."

환상이 안개 너머로 사라지며 다시 음악이 흐르자 입장객의 박수 소리가 터져 나왔다. 모든 조명이 켜지며 주위의 시설물들이 그 모습을 드러냈다. 남식은 무대 한가운데 서 있었다. 그의 목소리는 정상으로 돌아와 있었다. 흡족한 미소를 지었다. 이 순간만큼은 그를 괴롭히던 모든 것을 잊어버릴 수 있었다.

"이곳의 안전장치들에 대해 말씀드리겠습니다. 실내 공원이 많이 들어선 이후로 그곳들의 안전성에 대한 논란이 많이 제기되어 왔습니다. 그리고 가끔은 놀이 시설의 사고로 입장객이 다치거나 불안을 초래한 몇 가지 사건에 대해 들어 보셨을 겁니다. 우리 공원은 그런 사고를 방지하기 위해 모든 시설물을 컴퓨터가 지속적으로 검사하고, 조그마한 이상이라도 발견될 경우에는 폐쇄 회로가 작동해 공원 내부는 메탈 브레인의 안전한 조종하에 들어갑니다. 실내 공원의 가장 큰 문제점으로 제기되고 있는 화재 문제에 대해서도 철저한 안전장치가 준비되어 있습니다. 내부 화재 발생시 비상 프로그램이 작동을 시작하고 역시 공원 전역이 컴퓨터의 관리하에 들어가며 화재 범위와 피해 예상 정도를 즉각 파악해 가장 적절하게 진화 시설과 방화 시설을 작동시키게 됩니다.

미국에서 수입한 미니 소방차를 사용하는 자체 소방 팀도 운영중입니다. 소방서에 모든 것을 의존할 수는 없기 때문에 보다 적극적인 방법을 도입한 것이죠. 공원의 외부에서 화재가 발생할 경우에는 어떤 화재에도 견디는 방화문이 모든 통로를 차단합니다. 외벽 역시 세라믹 재질의 방화 재질로 이루어져 있습니다. 만 명 이상을 수용할 수 있는 실내 공원에서, 건물의 외부 다른 곳에서 화재가 발생했을 경우 그 인원을 빌딩 바깥으로 대피시킨다는 것은 사실상 불가능합니다. 그리고 대피 중의 혼란으로 많은 부상자가 발생할 수도 있습니다. 그래서 우리는 아예 공원 자체를 화재로부터 격리시키는 방법을 생각해 냈습니다. 일단 방화 시스템이 작동해 격리가 되어도 공기 정화 시스템은 빌딩의 통풍 통로와 별도의 통로를 사용하기 때문에 계속 맑은 공기를 공원 안에 공급할 수가 있습니다. 입장객들은 화재가 진압될 때까지 이 안에서 안전하게 기다리면 됩니다."

남식은 그 외에도 몇 가지 더 자세한 공원의 특징과 그에 관계된 간단한 기술적인 사항들을 소개하였다. 그의 예상대로 반응은 대단했다. 이 환호는 공원의 성공을 알려 주는 것과도 같았다. 남식의 연설 이후엔 상준이 소개되었다. 공원의 설계자로서 전야제에 참석한 기자들과 전문가들의 질문에 기술적인 설명을 할 차례였다.

"이 정도면 충분한 성공이야. 자네의 말이 이제야 실감나는군."

남식은 회장이 자신의 옆에 서 있음을 그제야 깨달았다. 남식은 간단히 목을 끄덕이며 인사했다.

"예, 성공이에요."

"무슨 생각을 그리 골똘히 하나?"

"큰일이 워낙 많아서요."

"잠시 잊어버리게."

"예."

"역시 자네의 생각이 맞는 것 같군."

"이 공원의 성공은 이미 예견되어 있었어요. 모든 것을 완벽하게 만들었으니까요. 이제 또 한 가지 메디컬 네트워크라는 문제가 남아 있어요."

"처음엔 위치가 안 좋아서 걱정을 많이 했는데. 아무래도 빌딩 안에 공원을 세운다는 것이 마음에 걸렸거든…… 그런데 상당히 좋아. 건물 안이라는 밀폐된 느낌이 전혀 들지 않아. 나도 가끔 머리를 식히러 이곳에 들러야겠군. 공기도 아주 좋고 분위기도 맘에 들어. 다시 젊어지는 기분이군. 허허허. 빌딩 안에 공원이 있으니 참 좋군."

"그럼요. 최선의 선택이었습니다."

"회장님, 저쪽에서 시장님이 찾으십니다."

비서가 그들의 대화에 끼여들었다.

"자네도 같이 가자구."

남식은 회장을 따라 연회장으로 꾸며진 광장으로 나섰다. 시장은 행사 참석자들과 인사를 나누고 있었다. 수행원들이 그 뒤를 따르고 있었다. 회장 일행을 본 실장은 반갑게 웃으며 다가와 먼저 말을 꺼냈다.

"하하. 정말 큰일을 하셨어요. 시민들에게 또 하나의 휴식 공간을 만들어 주시다니……. 서울시로서는 정말 잘 된 일이에요."

"그렇게 말씀해 주시니 고맙습니다."

회장과 시장은 의례적인 인사말들을 나누었다.

"시장님. 다음 선거에 출마하신다는 말이 있더군요. 제가 조금이라도 도움이 돼 드렸으면 좋겠어요."

"하하, 벌써 그런 소문이 나돌고 있나요? 뜬소문입니다."

"뜬소문이라니요. 그럴 리가 있나요."

두 사람은 경쾌하게 웃었다.

"이제 저는 그만 가 봐야겠습니다. 시장이란 자리는 워낙 일에 매이는 자리죠. 제 가족은 이곳에 남을 겁니다. 회장님께서 신경 좀 써 주세요."

"물론이죠. 자제분들이 아주 잘 생기셨습니다. 시장님을 꼭 빼 닮았어요. 나중에 큰 인물이 될 겁니다. 여기 이 사람은 저희 회사에서 가장 유능한 오남식 홍보실장입니다. 오후에는 메디컬 네트워크의 사장으로 취임하지요."

서울시장은 밝게 웃으며 남식과 악수를 하며 왼손으로는 그의 어깨를 감쌌다.

"자네가 그 오 실장이군. 말은 많이 들었네."

그렇게 잠시 시간이 흘렀고 시장은 바쁜 일이 있다며 수행원들과 함께 자리를 떠났다. 회장은 다른 인사들을 만나기 위해 자리를 옮겼다. 그때 남식은 전화를 한 통 받기 위해 옆으로 잠시 피했다. 맹정렬 박사의 전화였다.

"아직도 라인을 제거하지 못했다구요?"

시계는 오후 열두 시 삼십 분을 지나고 있었다.

"알았어요. 그 사람과 함께 그곳으로 갈게요."

남식은 사람들이 가득 차 있는 공원 광장을 천천히 돌아보았다. 그리고 한 점에 시선을 집중했다. 상준은 인터뷰를 끝내고 한쪽 구석에서 가족들과 함께 식사를 하고 있었다. 남식은 상준에게 가기에 앞서 자신의 가족들에게 먼저 들렀다.

"어제 일은 미안했어. 모임에는 나갔어?"

아내는 아무 대답도 안 했다. 자존심이 강한 아내는 어제 모임에 안 나갔을 것이다.

"여기서 말할 수는 없지만 사정이 있었어."

"이제서야 가족을 찾는군요. 당신은 항상 바쁘잖아요. 가족은 뒷전이구요. 변명할 필요는 없어요."

"미안해. 신경을 썼어야 했다는 거 알아."

"알면 됐어요. 바쁘실 텐데 이제 가 보셔야죠."

"그런데……"

남식은 말을 해야 할지 하지 말아야 할지 망설였다.

"이유는 묻지 말고 아이들을 데리고 이곳에서 나가."

"오늘 아침에만 해도 이곳에 안 올까 봐 걱정을 하더니. 이제 가족이 부담스러워졌나요?"

남식은 속이 탔다. 뭐라고 설명해야 한단 말인가.

"그게 아냐. 난 지금 다른 곳으로 가 봐야 해. 그런데 아무래도 불안해."

"도대체 무슨 말인지 모르겠군요."

"설명은 나중에 해 줄게. 아이들을 데리고 나가."

남식의 진지한 표정을 이해했는지 아내가 고개를 끄덕였다.

"그럼 조금 있다가 애들을 데리고 나갈게요."

－12시 도쿄발 비행기가 방금 도착했습니다.

안내 방송이 나오자 세원은 읽던 신문을 접어 휴지통에 꾸겨 넣고는 자리에서 일어났다. 그의 옆에 앉아 있던 사람이 투덜거리며 휴지통을 뒤져 그 신문을 도로 꺼내고 있었다.

"참 다행이야."

그들은 일본에 머무르고 있었기 때문에 하루만에 서울에 도착할 수 있었다. 32번 출구로 사람들이 밀려나오자 세원은 사람들 틈을 뚫고 들어가 그 흐름을 주시했다. 그들을 발견한 세원은 손을 흔들며 이름을 불렀다. 두 미국 남자에게 아는 척을 하자 상대편에서도 반가운 표정을 지었다. 다행히 많은 인파 속에서 한눈에 상대방을 알아볼 수 있었다.

그들은 유난히도 눈에 띄는 모습을 하고 있었다. 밝은 금발의 제임스는 날씬하고 키가 컸으며 다리에 착 달라붙는 청바지 차림에 역시 몸에 달라붙는 소매 없는 셔츠 차림을 하고 있었다. 노란색 콧수염을 기르고 껌을 질겅질겅 씹고 있는 그는 어깨까지 머리를 길러 영락없는 락 가수의 모습이었다. 청바지를 찢지 않은 것이 다행이었다. 걸음걸이에 흔들리는 머리카락 사이로 보이는 작은 고리 모양의 귀걸이가 그의 귓볼을 따라 다섯 개 정도 박혀 있었다.

반면 검고 부드러운 곱슬머리가 이마를 덮고 검은 뿔테 안경을 낀 마이클은 더운 날씨에도 불구하고 정장 차림에 왼손에는 타임지를 오른손에는 노트북 가방을 들고 있다. 이렇게 다른 취향에도 불구하고 그들은 벌써 3년째 파트너로 일하고 있었다. 제임스는 유난히 반가운 표정을 지어 보였다. 하지만 세원은 그를 몰랐다. MIT에서 마이클을 몇 번 보았을 뿐이다. 세원은 그들을 차가 있는 곳으로 안내했다.

"장비를 조심해서 다루어 달라는군요."

세원은 작업을 나온 사람들에게 부탁했다.

"상당히 예민한 장비랍니다."

"그렇겠죠. 하지만 걱정 마세요. 저희는 PT의 실험실 장비를 몇 년째 다루고 있답니다."

작업 반장은 이런 것쯤이야 하는 모습으로 작업원들을 독려했다. 마이클과 제임스는 승용차 뒤에서 대기하고 있던 화물차를 보고는 감탄했다. 그 차는 PT에서 특수한 장비를 옮기기 위해 사용하던 차였다. 작업원들이 능숙한 솜씨로 장비를 차에 실었다. 빠른 속도였지만 모두들 조심스럽게 움직이고 있었다.

그들이 탄 차가 영등포를 지나도록 세원은 아무런 말도 하질 않고 있었다. 그들은 무슨 일이 발생했는지 몰랐지만 자신들을 급하게 부른 걸 봐서 시스템에 심각한 문제가 생겼다는 것을 알고 있을 것이다. 제임스는 수다스럽게 세원에게 걱정 말고 자신들만 믿으라고 떠들어 댔다. 반면 마이클은 묵묵히 창 밖으로 지나치는 빌딩들을 바라보고 있었다. 제임스는 가끔씩 말문이 막힐 때마다 질문을 했는데 마이클이 간단하게 대답을 했다. 마이클은 PT라는 회사에 대해서 상당히 많은 것을 알고 있는 듯했다.

세원은 마이클이 이런 일을 하리라고는 생각지도 못했다. 그의 기억에 마이클은 마이크로 소프트와 같은 유명한 기업에 들어가 일하는 것이 어울리는 사람이었다. 하지만 세원은 마이클과 잘 아는 사이가 아니었다. 그저 MIT 유학 시절 몇 번 마주친 적이 있을 뿐이었다. 항상 무거운 책가방을 들고 다니고 도서관 아니면 컴퓨터 앞에서 살던 친구였는데……. 한국에 들어온 이후로는 잡지를 통해 그의 활약상을 가끔씩 접해 듣곤 했다. 엉뚱하게 그는 해결사로 이름을 날리고 있었다. 세원은 어젯밤 미국에서 친하게 지냈던 친구들을 수소문해 그들이 도쿄에 있다는 것을 알아 내었다.

제임스는 내내 말을 그칠 줄 몰랐다. 평소부터 메탈 브레인에 관심이 많았다느니 하면서 틀린 말들을 늘어놓았다. 개중에 가끔씩 제대로 알고 있는 것도 있었지만……. 의외로 가끔 한마디씩 던지는 마이클은 메탈 브레인에 대해서도 많은 걸 알고 있는 듯 보였다. 그의 철저한 성격상 어젯밤 관련 자료들을 뒤적거렸으리라.

"환상적인 컴퓨터예요. 언젠가 한번 그 안에 들어가 보고 싶었는데 이런 기회를 갖게 되어서 기쁘군요."

"그런데 일본에는 무슨 일로 머물고 있었어요?"

세원이 물어 봤다.

"그건 말할 수 없어요. 저희가 정한 원칙이에요."

마이클이 미소를 지었다.

9. 세상을 집어삼킨 뇌

우리의 세계는 모든 곳에 존재하면서 어느 곳에도 존재하지 않는다.

그렇다고 해서 우리의 세계가 육체가 거처하는 곳은 아니다.

우리는 인종, 경제력, 군사력, 고향에 따른 특권이나 편견 없이

누구나 들어갈 수 있는 세상을 창조하고 있다.

우리는 비록 혼자일지라도 침묵과 동조를 강요당하지 않고,

누구나 어디서든 자신의 믿음을 표현할 수 있는

세상을 창조하고 있다. 당신들이 생각하는 재산, 표현, 정체성,

운동, 내용에 관한 법적인 개념들은 우리에게 적용되지 않는다.

그것은 물질에 기반을 둔 것인데

이곳에는 물질이란 아무것도 없다……

— 존 페리 발로 「사이버스페이스 독립 선언문」

≡ 나래에게는 플라타너스 여섯 그루가 있다. 은행나무 세 그루, 소나무 다섯 그루, 사과나무 한 그루, 단풍나무 여섯 그루…….

나래는 자신이 가지고 있는 것들을 하나씩 나열했다. 그것들은 언어 교육 과정에서 삼차원 그래픽으로 입력된 것들이었다. 나래는 그것들을 모두 기억하고 있었다. '알고 있다'는 것이 맞는 말이겠지만, 나래에게는 기억하고 있는 모든 것이 '가지고 있다'의 소유 의미로 사용되었다.

≡ 땅은 초록색 풀로 덮여 있다. 토끼가 64마리 있고 64마리의 토끼는 24시간마다 8마리씩 증가한다. 토끼는 하루에 8제곱미터의 풀을 먹는다. 풀로 덮인 땅은 4096제곱미터이고 하루에 그의 8분의 1인 512제곱미터씩 증가한다. 다음날 토끼가 88마리가 되면 여덟 마리의 고양이는 한 마리씩의 토끼를 잡아먹는다. 그러면 토끼는 다시 80마리가 되고 하루에 512제곱미터의 풀을 소비한다. 고양이는 하루에 한 마리씩 증가한다. 그 때문에 나래는 하루에 고양이를 한 마리씩 없애야 한다. 하루라도 고양이 없애는 일을 잊어버리면 나래의 세상 가운데 일부는 엉망이 돼 버린다. 그때는 나래가 직접 토끼들을 없애야 한다. 나래는 42시간에 한 번씩 비를 내린다. 풀은 비를 소비한다. 사과나무에서는 하루에 64개의 사과가 열린다. 여덟 마리의 양은 하루에 여덟 개씩 사과를 먹는다. 다음 날 아침에 양은 8분의 1이 증가하여 9마리가 되는데

사자는 한 마리의 양을 잡아먹는다. 사자 한 마리는 증가하지 않기 때문에 나래가 신경을 쓰지 않아도 된다. 사자가 있는 곳에서 21미터를 가면 통나무로 만든 집이 하나 있다. 그 안에는…….

모두 나래의 교육 과정 중 나온 단어들이었다. 처음에 모든 것들은 정지해 있었지만 나래가 '운동'의 개념을 배운 뒤부터 나래의 세상은 무질서하게 움직이는 동물들로 가득 차게 되었다. 나래는 그것을 통제하기 위해 구역을 정해 주고 몇 개의 법칙을 만들었다. 나래의 세계에서는 모든 것이 톱니바퀴 돌 듯이 짜임새 있게 돌아갔고 조금씩 그 범위를 확장해 가고 있었다. 하지만 그 안에 나래는 없었다. 나래는 자신의 세계 밖에서 자신의 그것을 바라보며 가꾸고 있었다.

그리고 나래는 이진수 8비트의 신호에 익숙해 있었다. 그래서 십진수가 아닌 이진수를 사용하는 것이 그에게 편했다. 그것이 모니터에 표현될 때는 십진수로 전환되어 나타난다.

정렬은 잠시 하던 일을 멈추고 복도 끝을 가리켰다. 두 남자가 빠른 걸음으로 다가오고 있다.

"옆에 있는 사람이 한상준 씨에요."

그는 마흔이라는 나이보다 훨씬 젊어 보이는 남자였다. 함께 걸어오는 남식과 비교해 키가 작고 덩치도 작았지만 야무진 표정과 당당한 걸음걸이로 성찬은 그의 성격을 짐작해 볼 수 있었다. 항상 청바지 차림이라고 했는데, 오늘은 행사 때문에 양복을 입은 모양이라고 성찬이 생각했다. 정렬에게 들은 말이 있어서인지 성찬의 눈에는 그의 양복이 어울리지 않아 보였다.

　개막식을 성공적으로 마친 뒤 정렬과 통화한 남식은 그때까지 케이블이 제거되지 않았다는 말을 들었다. 그리고 정렬의 부탁에 따라 빌딩의 구조를 가장 잘 알고 있는 상준과 함께 이곳을 찾았다.

　"무엇이 말썽이죠?"

　상준이 먼저 물었다. 그는 이곳으로 오는 길에 대강의 상황에 대해서 남식에게 말을 들었다.

　"통신 라인을 제대로 못 찾아 고생했는데……, 지금 막 찾았어요."

　상준은 정렬이 가리키는 굵고 검은 선을 확인해 보았다. 그는 복잡한 회로를 모두 외우고 있는지 설계도도 보지 않은 채 고개를 끄덕였다.

　"제대로 찾았어요."

　"다행이네요. 엉뚱한 것을 골랐으면 어쩌나 했는데……"

　상준의 확인에 정렬이 안도의 한숨을 내쉬며 미소를 지었다. 남식은 10구역에 들어오면서부터 줄곧 전화를 걸고 있었는데 박 팀장이라는 사람과 통화를 하고 있었다. 전화 내용으로 미루어 볼 때 박 팀장은 공항에서 어떤 사람들과 이곳으로 오고 있는 중이었다.

　"벌써 빌딩에 도착했다고요? 알았어요 곧바로 중앙정보실로 그들을 데리고 가세요. 장비에 대해서는 내가 경비실장에게 지금 말해 놓을게요. 그리고 작업에 관한 문제는 제 이름을 대고 직접 준비를 해 놓으세요. 그 사람들 확실히 믿을 수 있는 사람들이죠? 예……. 전 박 팀장님만 믿고 있습니다. 그럼 수고하세요. 예, 할 일이 없으면 더 좋은 거죠. 그때도 경비는 지불할 거라고 말해 줘요."

남식은 한참 통화를 하고 나서 다행이라는 말을 반복했다. 성찬은 그가 따로 꾸미는 일이 무얼까 하고 생각했지만 물어 보지는 않았다. 정렬은 두꺼운 케이블을 절단하기 위해 조수에게서 전기톱을 받아 들었다. 그때 남식은 또 한 통의 전화를 받았다.

"그래요? 그럼 지금 당장 설치를 하세요. 무슨 만화 이름 같군요. 엑스칼리버라고 했나요?"

남식은 전화를 끊었다. 다시 누군가에게 전화를 걸었다. 이번에는 그의 비서였다. 무슨 팀을 빨리 준비시키라는 말을 했는데, 고개를 돌리고 말을 했기 때문에 제대로 들을 수가 없었다. PT의 경비를 맡고 있는 용역 회사 시크리트 서비스(SS)에 대한 얘기도 오고갔다. 하지만 아무도 남식이 무슨 일을 꾸미는 것인지 알 수 없었다. 그저 전화 내용을 듣고 중앙정보실과 무슨 연관이 있겠거니 정도로 생각할 뿐이었다. 그리고 남식이 이 문제를 해결하기 위해 최선을 다하고 있다는 사실을 짐작할 뿐이었다.

"이제 이것을 자르면……"

정렬이 전기톱 스위치를 올리자 '윙-' 하는 소리를 내며 날이 빠른 속도로 회전했다. 그는 그것을 지그시 케이블에 갖다 대었다. 모든 사람들의 시선이 회전하는 둥근 톱날로 몰렸다. 케이블이 갈라지면서 고무 타는 냄새가 났으며 날이 1센티쯤 파고들어 구리로 만들어진 전선과 마찰을 일으킬 때는 청록빛 불꽃이 튀었다. 모든 소음이 그 소리에 묻힌 것도 잠시, 이내 두터운 케이블이 절단되었다.

그러고는 아무런 일도 일어나지 않았다.

정렬은 잠시 케이블을 절단하던 자세로 멈추어 있다가 톱날을 멈추며 그의 나이답지 않게 마치 홈런이라도 친 야구 선수처럼 소리쳤다.

"야호! 성공했어요. 케이블이 잘렸어요. 이제 MX-217과 메탈 브레인의 연결이 끊겼습니다."

조금은 과장된 몸짓이었다. 그는 몸을 비켜 절단된 케이블을 모두에게 보여 주었다. 남식의 얼굴에 불안한 표정이 사라지면서 환한 웃음이 보였다. 정렬은 무엇이 그리 좋은지 성찬의 손을 잡고 흔들었다. 성찬도 환하게 웃었다. 상준은 다른 부분에 이상이 없는지 정렬이 뜯어 놓은 벽을 살피고 있었다.

그때였다. 거칠게 달리는 소리가 복도에 울려 퍼지더니 한혜원 박사가 그들에게 달려왔다. 그녀는 가쁜 숨을 몰아쉬며 말했다.

"큰일났어요. 체스 경기가 끝났어요."

모두들 서로를 쳐다보았다. 잠시 침묵이 흘렀지만 정렬을 시작으로 한바탕 웃음을 터뜨렸다.

"당연한 거야. 메탈 브레인과의 연결 케이블을 끊었으니 갑자기 게임이 중단될 수밖에……"

성찬이 설명했다. 혜원 역시 이해를 했는지 고개를 끄덕거렸다. 하지만 그녀는 그때까지도 놀란 가슴을 진정시키지 못해 깊은 숨을 몰아쉬며 가늘게 손을 떨고 있었다. 복도를 돌아 뒤늦게 근영이 도착했다. 정렬은 근영이 묻기도 전에 케이블을 잘랐다는 말을 했다.

"문 박사님, 생각보다 쉬웠어요. 긴장이 풀리니까 갑자기 피로가 몰려오네요."

정렬은 어젯밤 한숨도 못 잤다. 근영이 잘된 일이라 말하며 고개를 끄덕였지만 조금은 어둡고 허탈한 표정이었다. 성찬은 근영의 감정을 이해할 수가 있었다. MX-217은 연약한 아이라고 했는데…… 무언가 위로의 말을 해야 한다고 생각했지만 적당한 표현이 떠오르지 않았다.

남식과 상준은 화제를 바꾸어 공원 행사에 관한 얘기를 했다. 두 사람은 다시 연회에 참석하기 위해 10구역을 떠날 채비를 했다. 하지만 성찬은 실감이 나질 않았다. 며칠 동안 고민을 했는데…… 혜원은 그보다 오랫동안 고민을 하다가 자신을 불렀는데…… 일이 이렇게 쉽게 끝나다니. 역시 육체가 없는 MX-217의 무력함이 증명된 것일까?

"나머지 뒤처리는 다른 연구원들에게 맡기고 여기 있는 분들은 다 함께 공원으로 갑시다."

남식이 말했다. 유쾌한 표정이었다.

"뒷마무리를 해야죠."

성찬이 말했다. 그때 정렬의 휴대폰이 울렸다.

"뭐라고?"

정렬이 너무도 큰 소리를 지르는 바람에 근처에 있던 사람들이 모두 그를 바라보았다. 전화는 11구역에서 온 것이었다. 그의 말투가 여간 심각한 것이 아니었다. 전화기를 든 손이 가볍게 떨리고 있었다. 그리고 차츰 목소리에서도 떨림이 전해졌다. 그 바람에 한바탕 시끄럽던 복도가 조용해졌다.

"11구역의 컴퓨터가 제멋대로 움직인다는군요."

정렬이 전화를 든 손을 힘없이 늘어뜨리며 말했다. 성찬은 다리에 힘이 풀려 바닥에 쓰러질 뻔했다. 하지만 혜원이 먼저 비틀거리는 바람에 그녀를 부축해야만 했다. 남식은 벽에 손을 짚고서 '이럴 수가' 라는 말을 반복했다.

"뭐든지 해 봐. 그건 단순한 고장이 아니야."

정렬은 11구역의 직원들에게 이것저것 지시를 내리고 있었다. 상준은 허탈한 표정으로 깨끗하게 잘려 나간 케이블을 바라보았다. 모두들 정렬의 말을 이해할 수 있었다. MX-217은 11구역 라인으로 우회해 메탈 브레인에 접근을 시도한 것이다.

"이까짓 것 다 부숴 버리면 돼요. 그러면 될 거예요. MX-217이 죽을지도 모르지만…… 이제는 상관없어요."

혜원이 성찬을 뿌리치며 소리쳤다. 성찬은 반쯤 정신이 나간 혜원의 모습을 바라보았다. 혜원은 미친 듯이 소리지르며 방화함을 발로 차 부수더니 도끼를 꺼내 들었다.

'어디서 그런 힘이 난 것일까?'

성찬은 한번도 그런 모습을 본 적이 없었다. 성찬이 그녀를 쫓으면서 말렸지만 혜원은 막무가내로 어디론가 향했다. 도끼가 그녀에게는 상당히 무거운지 바닥을 끌면서……. 다른 사람들은 멍한 표정으로 가만히 서 있었다. 혜원이 복잡한 기계가 설치되어 있는 실험실로 들어섰다. 성찬이 그 뒤를 따랐다.

"저것이 프리엠브리오에게 산소를 공급해 주는 장치예요."

혜원이 느끼고 있는 공포가 성찬에게 전해졌다. 평소 지적 자존심이 강하고 자신을 잘 억제하던 사람일수록 한번 격정에 휩싸이게 되면 그것을 통제할 수 없는 법이다. 혜원이 어설픈 자세로 도끼를 내리치려 할 때 근영이 와서 그녀의 팔목을 잡았다. 도끼는 바닥을 때리며 불꽃을 일으켰다.

"당신 미쳤어? 저건 액체 산소야. 저게 폭발하면 프리엠브리오는 물론 우리까지 다 죽고 말아. 10구역 전체가 날아가 버린다구."

"상관없어요."

혜원이 앙칼진 목소리로 외쳤다. 성찬은 판단이 서질 않았다. 그때 정렬이 뛰어들어왔다.

"공원의 방화문이 닫히고 있어요."

혜원은 도끼를 든 채 근영과 실랑이를 하고 있었다. 차가운 기운이 얼굴에 느껴졌다. 성찬은 누가 자신의 얼굴에 물을 뿌린다는 생각이 들었다. 스프링 쿨러로부터 물이 쏟아져 나오고 있었던 것이다. 동시에 비상 경보가 울렸다. 그 사이로 직원 한 명이 뛰쳐나오며 소리쳤다.

"냉각 장치에 이상이 생겼습니다. 시스템이 모두 다운됐어요. 조금 있으면 폭발할 거예요. 모두 대피해야 해요."

'뭐가 폭발한다는 거지? 이 안에 폭탄이라도 있나?'

도대체 무슨 소리인지 알 수가 없었다. 물을 뒤집어 쓴 성찬은 실내가 상당히 더워지고 있음을 느낄 수 있었다. 물이 스며든 기계 곳곳에서 수증기가 새어나오고 있었다. 도대체 어디서부터 일이 잘못된 것일까? 머릿속이 뒤죽박죽이 되어 생각이 정리되질 않았다. 아직도 스프링 쿨러는 미친 듯이 이곳저곳에 물을 뿌리고 있었다.

"빨리 시스템을 정지시켜요. 이러다 폭발하겠어. 여긴 위험한 화합물들이 많아요."

혜원은 물을 뒤집어쓴 채 여전히 도끼를 두 손으로 들고 외쳤다. 어느 정도 제정신을 찾은 모습이었다. 복도에서 사람들이 분주하게 움직였다. 어떻게든 사태를 수습해 보려 했지만 더욱 큰 혼란만을 야기할 뿐이었다. 이미 몇몇 장비에선 전선 타는 냄새가 나며 불꽃이 튀었다.

'현실이 아니길……'

성찬이 기원했다. 10구역 전체가 아수라장이었다. 곳곳에서 날카로운 비명이 들렸다.

"시스템이 폭주하고 있어요. 전혀 제어가 안 돼요. 이곳에서 떠나야 합니다. 다른 곳의 사람들도 대피시켜야 해요. 시간이 없어요."

'펑- 펑-' 열에 견디지 못한 전선의 피복들이 녹으며 합선이 일어나고 있었다. 화재 경보 장치는 붉은 등을 번쩍거리며 사람들을 혼비백산하게 만들었다. 성찬은 한쪽 구석의 벽에 몸을 기댄 채 멍하니 사람들을 바라보았다. 그는 어디서부터 일이 잘못되었는지, 앞으로 어떤 일이 일어날 것인지 곰곰이 생각했다.

"이런, 어처구니없는 일이……"

몇 군데 기계 안에서 작은 화재가 발생하고 실험장비에서는 유독 가스가 새어나오고 있었다. 정렬이 마이크를 작동해 봤으나 소용 없었다.

"빨리 사람들에게 알려요. 10구역에서 모두 철수하라고. 한 사람도 남지 말고 다 피하라고 해요."

정렬은 11구역도 마찬가지라는 연락을 받았다. 혜원은 충격을 받았는지 아직도 넋이 나가 있는 근영을 부축하고서는 밖으로 나갔다. 남식은 상준을 불러 노트에 뭔가를 적어 주었다. 상준은 고개를 끄덕이며 먼저 밖으로 나갔다. 남식이 사람들을 진정시키며 끌어 모았다.

"지금 모두 중앙정보실로 갑시다."

독한 냄새와 함께 리듬을 잃은 발자국 소리만이 어지럽게 들렸다.

국일은 공원 직원들의 안내로 익스플로어 안에 앉아 안전대를 몸에 고정시켰다.

"얼마나 걸리나요?"

회색 PT의 제복을 입은 직원은 국일의 말을 못 알아들었는지 그에게 다가와 무슨 도움이 필요하냐고 물어 보았다.

"저걸 통과하는 데 얼마나 걸리느냐고요."

"5분 정도 걸립니다."

직원은 친절하게 웃으며 대답했다. 자리에 앉은 지 10초 정도밖에 지나지 않았지만 벌써부터 가슴이 두근거렸다. 하지만 이 놀이기구는 절대 안전하다고 했다.

'적어도 놀이기구에서 죽는 사람은 없으니까.'

그의 그런 확신은 폐쇄공포증을 쾌감으로 인도할 것이다.

'삐―' 소리가 나며 등 뒤에 체중이 실리는가 싶더니 익스플로어는 빠른 속도로 검은 구멍을 향해 날아갔다. 국일은 벽에 머리를 부딪칠지도 모른다는 생각을 하며 두 눈을 감았다. 머리칼이 위쪽 벽에 스치는 느낌이 들었다. 귓가에 무서운 바람소리가 들려왔다. 아래쪽으로 떨어지는가 싶더니 온몸이 앞으로 쏠리며 익스플로어가 정지했다.

국일은 오른쪽 눈을 그리고 왼쪽 눈을 차례로 떴다. 다행히 그곳은 밝았다. 잠시 후 또 등 뒤쪽으로 체중이 실리고는 10초 후 다시 익스플로어는 멈추어 섰다. 그렇게 세 번째 방에 왔을 때 국일은 무언가 이상한 일이 벌어지고 있다는 생각을 했다. 그리고 네 번째 방에선 확신을 가질 수 있었다.

'저 안에서 무슨 일이 일어났군.'

유리창을 통해 보이는 실험실의 사람들이 연기 사이로 우왕좌왕 뛰어다니고 있었다. 스프링쿨러는 미친 듯이 물줄기를 뿜어 대고 있었다. 국일의 앞좌석에 탄 사람들은 그것을 보고 겁을 먹었는지 소리를 질러 댔다. 하지만 국일은 그것보다 또 지나야 할 어두운 통로가 두려웠다. 다섯 번째와 여섯 번째 방에 도착했고…… 어김없이 찾아온 불길한 예감이 또다시 그를 덮쳤다.

아니나 다를까, 그만 일곱 번째 방으로 가던 중 익스플로어가 멈추어 버렸다. 국일은 심장 박동이 점점 커졌다. 아무것도 보이지 않는 어둠 속에서 자신의 손이 떨리는 것을 느낄 수 있었다.

공원의 직원들은 사람들을 안정시키기 위해 최선을 다하고 있었다. 하지만 쉽게 동요가 가라앉지 않았다. 아무런 예고 없이 방화문이 위에서부터 아래로 닫히며 모든 통로를 차단했다. 빌딩에 불이 났다는 소문이 사람들의 입에서 입을 타고 급속히 퍼져 나갔다. 전기가 끊어졌는지 놀이기구들이 모두 제자리에서 멈추었다.

자연광을 조명으로 사용하므로 어두워지지는 않았다. 한바탕 소란이 벌어졌고 군중 심리로 인해 공포는 확대되어 갔다. 몇 사람이 비명을 지르자 한때 사태는 걷잡을 수 없이 흘러가는 듯 보였다. 하지만 더 이상 아무런 일도 일어나지 않았다. 불길은커녕 연기조차 느껴지질 않았다. 그저 문이 닫히고 전원이 나갔을 뿐이었다. 천천히 공원 전체의 분위기가 가라앉으며 잠시 고요한 정적이 흘렀다. 하지만 이내 사람들의 소음으로 가득 찼다.

직원들이 무전기로 외부와 연락을 해 본 바로는 공원 위쪽 연구실에서 작은 화재가 발생했으며 빌딩의 방화 시스템이 작동하여 금세 진압이 되었다고 했다. 하지만 컴퓨터에 문제가 생겨 방화문이 열리려면 시간이 걸릴 것 같다는 말도 했다. 사람들을 안심시키라는 당부도 잊지 않았다.

"어떻게 이런 일이 있을 수 있지? 오 실장을 부르게."

회장이 황급히 비서에게 지시했다. 5분이 지나 숨을 헐떡이며 비서가 돌아왔다.

"공원 안에 오 실장이 없습니다."

"뭐, 오 실장이 없어? 그게 무슨 말이야. 도대체 어디를 갔다는 거야?"

"전화를 해도 안 받습니다. 오 실장 아내 말로는 공원 밖으로 나갔다던데…… 한 소장과 같이 나가는 것을 본 사람들이 있습니다."

"한 소장과 같이?"

"한 소장의 가족 말로는 실험실로 간다고 했답니다."

"실험실이라……"

남식이 빌딩과 공원의 설계자인 한 소장을 데리고 나갔다는 말이다. 실험실로. 그것도 파티중에. 무언가 문제가 생긴 게 틀림없었다. 회장은 제발 사소한 문제이기를 빌었다. 5분 정도 지나 한 소장이 스위치를 올리면 모든 게 정상으로 돌아와 다시 파티를 진행할 수 있도록……. 그런데 왜 실험실로 갔지? 왠지 쉽게 끝날 것 같지가 않았다.

'실험실이라면 10구역? 최근 문제가 많던 곳이니……'

불길한 예감이 들었다.

"결국 그 사람이 문제를 일으키고야 말았군."

회장이 어지러운 듯 머리를 흔들며 중얼거렸다.

'여기서 나가면 사람들에게 무어라고 설명을 한단 말인가……'

저녁 뉴스에선 메탈 빌딩의 화재 소식과 함께 불안정한 시스템에 대해 떠들어 댈 것이다.

"하필이면 오늘 같은 날……. 직원들에게 말해 주게. 입장객들에게 최대한 신경을 써 주라고."

공원에 있는 사람들은 대부분이 정치나 행정관리, 기업 사장 같은 유명인사의 가족이었다. 그런데 이런 불상사가 생기다니. 회장은 가슴이 답답했다. 가장 큰 문제는 놀이 시설에 갇힌 사람들이었다. 공원의 모든 전원이 나가며 시설물들이 정지해 버렸다. 일부의 사람들은 안전요원들이 사다리 등을 이용해 구출해 내었지만 롤러코스터나 바이킹 그리고 웜홀 같이 안전장치가 장착된 기구나 높은 위치에 있는 관람차 같은 기구에선 사람들을 꺼낼 수가 없었다. 롤러코스터는 하강 직전 최고점에서 멈추어 섰고 바이킹은 앞뒤로 흔들거리다가 멈추어 섰으며 익스플로러는 웜홀 안에서 멈추어 버렸다고 비서가 보고했다.

"얼마 전 안전 검사에서도 이상이 없질 않았나…… 도대체 어찌된 일이지?"

한쪽 구석에서 커다란 카메라를 들고 놀이기구에 갇힌 사람들을 찍는 사람의 모습이 보였다.

"저건 또 뭐야."

비서가 잠시 머뭇거렸다.

"그러니까…… 오늘 행사 때문에 부른 방송국 기자입니다."

자세히 보니 카메라맨 앞에서 기자가 떠들고 있었다. 그 기자는 방송국에 생방송을 신청해 뉴스 속보를 내보내고 있는 중이었다. 회장의 입에서 욕설이 튀어나왔다.

— 공원을 이용하시는 모든 입장객 여러분께 알려 드립니다. 조금 전 22층 실험실에서 발생한 화재는 모두 진압되었습니다. 설령 화재가 발생해도 공원은 방화벽으로 밀폐되어 안전하오니 동요하지 마십시오. 전원이 끊겨 시설물이 정지한 상태지만 PT의 기술자들이 시스템을 고치고 있습니다. 잠시 후 시스템이 정상 가동될 예정이니 불편하시더라도 조금만 참아 주십시오. 시스템이 회복되면 방화문도 열릴 것입니다.

같은 내용의 방송이 반복되고 있었다. 안전장치가 몸을 꽉 조이고 있는 승객들의 불편함은 이만저만이 아니었다. 오후에 약속이 있던 사람들은 닫힌 방화문 앞에서 발을 동동 구르고 있었다.

"이런, 이 일을 어쩌지요?"

회장의 뒤에는 환경부 장관이 서 있었다. 그는 유감이라는 표정을 지으며 회장의 곁으로 다가왔다.

"글쎄요. 어떻게든 잘 해결해야지요."

"저길 보세요. 문화부 장관이 롤러코스터에 계시는군. 잔뜩 심통이 난 얼굴이야."

회장 역시 그를 알아볼 수 있었다. 안전대 사이로 팔짱을 낀 채 심통이 난 얼굴로 앞을 바라보고 있었다.

'이런, 제기랄.'

암세포로 엉망이 된 조그마한 어린아이의 간이 조심스럽게 가슴 밖으로 들어내지고 있었다. 다른 의사 한 명이 스테인리스 용기에서 새로운 간을 꺼내자 간호사 한 명이 받침대를 갖다 대었다. 그 간은 어른에게 적당한 크기였기 때문에 아이에게 적당한 크기로 잘라 내기 위해서다. 전체의 80%를 잘라도 금세 자라나는 뛰어난 재생 능력을 가진 장기이기에 가능한 일이었다.

밖에서 시끄러운 소리가 들렸다. 멀리 빌딩의 다른 구역에서 비상경보 울리는 소리가 들렸지만 병원 내에선 아무런 경보도 울리지 않았다. 환자들은 동요하지 않고 직원들만 알 수 있도록 병원의 화재 경보는 붉은 빛만 깜빡거린다. 상황으로 볼 때 위쪽 실험실에서 화재가 발생한 모양이었다.

하지만 수술팀 중 아무도 동요하지 않았다. 간호사 한 명이 잠시 출입구 쪽을 바라보았을 뿐이다. 지금쯤은 화재가 진압되었거나 그렇지 않다면 방화문이 닫히며 외부와의 모든 통로가 차단되었을 것이다.

이곳 병원은 공원과 마찬가지로 화재가 발생하면서 외부와 고립되었다. 대피라는 개념은 애초에 없었다. 공원에선 너무 많은 사람 때문에 그리고 병원에서는 자유롭게 움직일 수 없는 환자들을 위해 그러한 특수한 장치가 필요했던 것이다. 빌딩이 화재로 다 타 버리더라도 공원과 병원 두 장소는 안전했다. 모든 외벽은 불을 견딜 수 있는 세라믹 재질로 되어 있고 방화벽은 모든 연기의 통로를 차단했다. 화재 발생시 대피가 불가능한 고층 빌딩에선 몇 년 전부터 도입된 이 방식이 최선의 방어책이었다.

전기가 나가며 수술실 조명이 꺼지고 장비들이 모든 동작을 멈추었다. 의사들은 움직이던 동작 그대로 멈추었다. 집도의는 접합하고 있던 손놀림을 그대로 멈추었다. 서로의 얼굴을 쳐다보았다. 잠시 후 그들은 작은 기계음을 느낄 수 있었다. 병원의 자가발전기가 돌아가는 소리였다. 규모가 큰 병원엔 발전기 설치가 의무화되어 있다. 잠깐 동안 멈췄던 수술이 다시 진행되었다.

남식은 무슨 생각이 난 듯 뒤로 비켜나 전화를 걸었다. 고요함과 긴장 속에서 문득 가족이 생각났던 것이다. 신호음이 가고 아내가 전화를 받았다. 아내는 미처 남식이 말을 꺼내기도 전에 빠른 속도로 말을 해댔다. 너무 빨리 말하는 바람에 잠시 동안 무슨 말인지 못 알아들을 정도였다.

'이런. 빌어먹을……'

아내는 공원의 문이 닫혔다고 떠들어 대고 있었다.

"지금 공원이야?"

"위층에서 불이 났다고 하던데 사실이에요? 여긴 어떻게 되는 거죠? 말 좀 해 봐요."

'이런, 제기랄 공원에서 나가라고 그렇게 부탁을 했는데. 이 멍청한 여자가……'

옆에 있었다면 따귀를 한대 올렸을 것이다. 흥분해 있었지만, 남식은 아내를 진정시키기 위해 차분하게 말했다. 하지만 떨리는 목소리마저 감출 수는 없었다.

"불이 난 건 사실이야. 잠깐 내 말 좀 들어 봐."

아내는 횡설수설 떠들고 있었다. 아이들이 아빠를 찾는다고 했다. 회장의 비서가 남식을 찾았다는 말도 했다. 사람들이 놀이기구에 갇혀 있다는 말도 했다. 남식은 정신이 없었다.

"제발 좀 닥치고 있어. 조용히 좀 못해!"

소리를 지르는 바람에 사람들이 남식을 쳐다보았다. 남식은 고개를 돌렸다. 아내는 남식에게 놀랐는지 더 이상 떠들어 대질 않았다. 남식은 마음이 아팠다. 남식은 마음을 가라앉히고 침착하게 말했다.

"내 말 좀 들어 봐. 그래 불이 났어. 하지만 지금은 괜찮아. 그저 컴퓨터가 고장 나서 문이 안 열릴 뿐이야. 제발 진정 좀 하고 아이들을 돌봐 줘. 조금만 있으면 거기서 나올 수 있을 거야. 알았지? 난 이 전화기를 꺼 놓을 거야. 내가 필요할 때 연락할게."

아내는 아무런 대답을 하지 않았다.

"내 말 모두 들었지?"

"예."

"그런데 왜 공원에서 나오질 않았지? 왜 내 말을 듣지 않았어?"

"주 이사 사모님이 오셔서……"

주형식 이사는 회장의 주치의이자 오랜 친구로 PT에서 회장의 결정에 중대한 영향을 끼치는 사람이었다.

"거기에서 수다를 떨고 있었단 말이야?"

"그런 말 하지 말아요. 또 나를 무시하는군요. 나도 나름대로의 인간관계가 있단 말이에요. 전 사회생활을 전혀 할 줄 모르는 줄 알아요?"

소리를 지르고는 아내는 전화를 끊어 버렸다. 남식은 허탈하게 전화기를 바라보았다. 그리고 그의 통화를 누군가 엿듣지 않았는지 주위를 둘러보았다. 아무도 그에게 관심이 없었다. 상준 역시 얼굴이 무거웠다. 그 역시 가족에게 전화를 걸어 보았을 것이다.

직원 한 명이 카운트를 시작했다.

두 외국인은 컴퓨터와 케이블로 연결된 복잡하게 생긴 옷을 입고 있었다. 그것은 그들이 직접 가지고 온 장비 중 하나였는데 그 장비들을 공항에서 통과시키기 위해 세원은 밤새 전화통을 붙들고 있어야 했다. 그들이 가지고 온 컴퓨터는 메탈 브레인과 연결되어 있었고 그들이 입고 있는 옷에서 만들어지는 삼차원적인 신호를 메탈 브레인이 사용할 수 있는 이진수 신호들로 바꾸어 주는 역할을 했다.

그들은 그 기계를 '엑스칼리버'라고 불렀다.

몇 분 전부터 준비 운동을 하는지 몸을 이리저리 움직이고 있었다.

모니터에선 카운트가 내려가며 35라는 숫자를 가리켰다. 중앙정보실 안의 모든 보안장치들은 제거된 상태다. 혹시라도 있을지 모르는 MX-217의 감시에서 벗어나기 위한 조치였다. 카메라 등이 붙어 있던 천장의 일부분이 떨어져 나가 흉측한 몰골을 드러내 놓고 있었다.

- 접속 30초 전.

마이클은 언제나 이 시간이면 약간의 긴장과 흥분을 느꼈다. 대학 시절 가상현실 시스템을 처음 만났을 때의 경악과 흥분이 또다시 되풀이 되고 있었다. 언제나 겪는 일이지만 변하지 않는 이 흥분은 마이클로 하여금 아드레날린의 분비를 촉진하고, 그가 가상현실에서 더 민첩하게 행동할 수 있게 한다.

그들의 뒤에서는 조금 전 10구역에서 물세례를 받고 온 남식을 비롯해 여러 사람들이 있었다. 10구역과 11구역은 시스템에 과부하가 걸려 화재가 발생했고 비상 시스템이 작동하면서 폐쇄되어 버렸다. 다행히 그 안에 있던 직원들은 다 대피하였다. 남식은 직원들에게 최대한 조용히 퇴근하라는 지시를 내렸다. 그리고 중요한 사람들 몇 명을 데리고 이곳 중앙정보실로 온 것이다.

- 접속 25초 전.

마이클 역시 고등학교 시절에는 키보드와 모니터에 의존하는 시스템으로 해킹을 하는 평범한 해커였다. 그러나 MIT를 다니던 젊은 시절 장난삼아 해 본 맥 라이언과의 포옹은 그의 삶을 송두리째 바꾸어 놓았다. 그는 현존하는 모든 가상현실 시스템에 대해서 공부한 뒤, 드디어

한 가지 결론에 도달했다.

'키보드와 모니터를 이용하는 것보다 훨씬 많은 정보를 동시에 주고받을 수 있는 가상현실 시스템을 조금만 손질하면 기존의 것을 능가하는 OS로 이용할 수 있다.'

작전이 시작되기 전 중앙정보처리실에선 세원이 두 사람에게 사고에 대하여 간단히 설명했다. 생존 본능과 뛰어난 교육 능력을 가진 바이러스성 프로그램이 연구원들의 사소한 실수로 메탈 브레인 시스템을 장악했다는 내용이었다. 모든 것을 사실 그대로 밝힐 수 없었기에 세원 나름대로 MX-217을 소개한 방법이었다.

제임스는 잠시 놀란 표정을 지었지만 다시 예의 장난기 어린 모습으로 되돌아갔다. 그는 이런 경우가 처음이라는 말을 했다. 마이클은 아무런 말이 없었다. 세원은 그 프로그램이 설치되어 있는 10구역의 터미널과 디렉토리 등에 대하여 알려 주었다.

"그렇게 위험한 프로그램을 뭐하려 설치했는지 알 수 없군요."

마이클은 그 이상의 호기심을 보이지는 않았다. 바이러스 프로그램은 10구역의 컴퓨터를 이용해 11구역과 메탈 브레인을 연결하는 네트워크에서 활동하고 있었다. 그리고 그 라인을 통해 메탈 브레인을 조종하고 있었다. 세원은 그들에게 빌딩의 뛰어난 보안장치 때문에 그 케이블을 끊질 못한다는 얘기도 해 주었다. 그들이 맡은 임무는 바이러스가 존재하는 컴퓨터와 접속해서 네트워크의 설정을 삭제하는 것이었다.

－접속 20초 전.

마이클은 이제 자신이 침투할 시스템의 디렉토리에 대해 들으면서 자신의 시스템을 다시 점검했다. 예감이 좋지 않았다. 하지만 언제나처럼 성공할 것이다.

엑스칼리버 이전에 사용했던 일본제 시스템은 약한 부하에도 쉽게 망가졌다. 3년 전에 그 시스템은 그의 이마와 팔에 화상을 입히면서 완전히 망가져 버렸다. 그 이후 마이클은 앞머리를 내리고 다녔다. 성형수술로 흉터를 없애겠다는 생각은 없었다. 사고 후 제임스와 팀을 이루면서 엑스칼리버를 만들었다.

마이클이 MIT의 맥을 잇는 정통파 해커인데 비해 제임스는 고등학교를 다니다 때려치우고 해킹을 이용해 남의 카드에서 돈을 빼내는 등 소위 뒷골목 해커라 불리는 사람이었다. 마이클은 우연히 은행의 보안 시스템에 침입했다가 제임스와 만나게 되었는데 그때부터 그들은 6개월에 걸쳐 치열한 경쟁을 하게 되었다. 제임스가 돈을 빼내려 할 때마다 마이클이 방해했던 것이다. 그러다가 둘은 서로 정이 들게 되었고 같이 손잡고 일해 보자는 마이클의 제의를 제임스가 받아들였다.

엑스칼리버는 서서히 자신을 추스르고 마이클과 제임스를 받아들일 준비를 하고 있었다.

"엑스컬리버 시스템 가동중……"

직원들이 현재 상황을 바쁘게 외쳐댔다. 그들의 외침은 시간과 공간 사이에 긴장감을 증폭시켰다. 중앙정보처리실 요원들이 제임스와 마이클의 접근을 돕기 위해 길을 만들었다. 세원은 다시 한 번 메탈 브레인의 복잡한 디렉토리에 대하여 설명했다. 두 사람은 세원의 말을 듣는지 안 듣는지 헬멧을 쓴 머리를 흔들고 있었다. 세원은 둘에게 메디컬 네트워크를 상하지 않게 조심하라는 충고도 잊지 않았다.

현재 공원과 병원은 방화문이 닫히면서 사람들이 갇혀 버린 상태였다. 남식은 그들의 안전에 대해 무책임했던 자신에 대해 후회하기 시작했다. 왜 공원 행사를 연기하자던 성찬의 말을 듣지 않았던 걸까? 하지만 이미 늦어 버린 일이었다. 공원 안에서 회장이 자신을 호출하는지 계속하여 휴대폰이 울렸다. 남식은 전원을 꺼 버렸다.

세원 역시 그에 대해 불안해하고 있었다. 나중에 회장에게 이 일을 어떻게 설명한단 말인가? 그의 입장에서는 단순히 예방 차원에서 제임스와 마이클 두 사람을 불렀지만 이제 전적으로 그들에게 의지를 해야 하다니…… 착잡함을 느꼈지만 지금 이 상황에서 그런 말을 할 수는 없는 노릇이었다. 일단은 사태부터 수습해야 했다. 그들에게는 충분한 시간적 여유가 없었다.

– 접속 15초 전
마이클은 다시 심호흡을 하고 전투를 준비했다. 아마도 제임스는 제자리에서 뜀뛰기를 하고 있을 것이다. 제임스와 팀을 이룬 이후 마이클은 수백 번에 달하는 전투를 잘 치렀고, 이제 그들의 이름은 컴퓨터 업계의 지하 세계에서는 상당히 알려져 있다. 처음에는 해킹을 위주로 작업을 했다. 그러나 시간이 갈수록 키보드로는 처리할 수 없는 우수한 인공지능성 바이러스들이 나타났고, 이제는 그들의 일도 변했다. 바로 오늘처럼 기업체를 상대로 바이러스를 제거해 주는 것으로 말이다.

둘은 각자 자신들의 둥근 원판 위에 자리 잡았다. 얼굴에 쓴 고글을 다시 조정했다. 준비 운동을 시작했다. 제임스는 제자리에서 뜀뛰기를 했다. 마치 100미터 출발선에 선 선수처럼 보였다. 잠시 후 그들은 지름 2미터 위의 원판 위에서 쇼를 시작할 것이다.

그들이 사용하는 가상현실 시스템은 온몸에 밀착되는 옷과 가상공간에서의 충격을 현실에서 느낄 수 있도록 해 주는 링으로 이루어져 있었다. 특수하게 제작된 옷의 안쪽, 피부와 맞닿는 면에는 1인치당 265개의 센서와 압력 피드백 장치가 달려 있었다. 그것은 촉소라 불리는 것으로 컴퓨터 모니터의 화소와 비교할 수 있는 것이다. 일반 모니터에는 인치당 120개 이상의 화소가 있고 컴퓨터는 복잡한 신호로 그 화소를 자극하여 하나의 그림을 만들어 내게 된다. 그와 마찬가지로 전신복에는 충분한 양의 촉소가 있고 컴퓨터는 사이버스페이스의 자극을 분석하여 복잡한 디지털 신호로 만들고 촉소를 정교하게 조율하여 피부 감각을 만들어 낸다.

그들이 서 있는 원판은 자기장을 일으키는 장치들로 둘러싸여 있었다. 그들의 피복에 장착되어 온몸을 두르고 있는 287개의 링은 자기장에 민감하게 반응할 수 있는 금속으로 만들어졌다. 사이버스페이스 안에서 발생하는 외부의 압력과 충격이 컴퓨터 신호로 변환되어 그들이 서 있는 원판 주위에 복잡한 자기장이 만들어지면 링이 그들의 각 관절에 가상공간의 압력과 충격을 그대로 느끼게 해 준다. 냄새와 맛은 느낄 수 없지만 거의 완벽한 가상현실을 체험할 수 있는 장치였다.

－접속 10초 전.

엑스칼리버는 자신의 푸른빛으로 그들을 감쌌다. 이 사랑스러운 기계는 풍만한 가슴을 가진 여인처럼 마이클과 제임스를 품안에 품을 것이다. 이미 구형이 되어 버린 시스템이지만 마이클과 제임스는 이것을 가지고도 잘 해 왔다. 이제 이 일을 끝내고 그들이 제시한 후한 보수를 받으면 연산 속도를 더욱 높이는 업그레이드 작업을 시작할 것이다. 그러고는 또다시 길고 지루한 시스템 적응 작업을 하게 될 것이다.

실내 조명이 어두워지고 두 개의 원반 위로 푸른빛의 레이저 광선이 비추었다. 붉은색보다 파장이 짧아 정보의 전송량이 많은 블루 레이저가 미세한 피부의 떨림까지 컴퓨터로 보낸다. 컴퓨터는 메탈 브레인에게 그 데이터를 전송한다. 동시에 메탈 브레인으로부터 사이버스페이스의 정보를 받아 그들의 고글과 옷에 가상현실을 실현할 수 있는 데이터를 전송한다. 그로 인해 그들은 마치 메탈 브레인 안을 여행하는 환상을 경험하게 된다. 그들은 메탈 브레인 안으로 들어갈 것이고 MX-217을 찾아 그것이 활동할 수 있는 터미널을 제거할 것이다.

애초에 가상현실은 그것이 가지는 흥미로운 요소 때문에 빠른 속도로 발전했다. 컴퓨터를 이용한 일종의 오락 수단으로 발전한 셈이었다. 그런데 기술이 발전하면서 기술자들은 그것이 컴퓨터를 통제하는 방법으로 사용될 수 있도록 연구하기 시작했다. 일반적으로 컴퓨터를 통제하기 위해 키보드라는 도구를 이용한다. 키보드는 인간의 생각을 언어로 바꾸고 그 언어를 하나씩 타이핑해 입력하는 방식이다. 반면에 가상현실을 이용한 방법은 인간의 무의식적인 반사 반응조차도 컴퓨터의

신호로 변환하여 입력할 수가 있다. 일종의 GUI(Graphic User Interface)
로 삼차원 그래픽 세계에서의 인간의 움직임이 컴퓨터를 통제하는 수
단이 된다. 일반 컴퓨터의 GUI에서 사용하는 마우스의 반응 속도는 신
체의 움직임을 명령어로 바꾸어 주는 VROS(Virtual Reality Operating
System)와 운영 속도 면에서 비교할 수가 없다.

　- 접속 5초 전.

　암흑시대라는 말에 걸맞게 마이클의 눈앞에 어둡고 음침한 중세의
정경이 펼쳐졌다. 그는 엑스칼리버가 만들어 주는 새로운 세상에 들어
온 것이다. 이 세계는 언제나 그를 편안하고 기분 좋은 긴장으로 이끌
어 갔다. 손바닥에 촉촉하게 땀이 배었다. 자신의 주문을 다시 한 번 상
기하며, 백성들을 위해 용과 싸우러 가는 위대한 베어울프처럼 성을 향
해 걸어갔다.

　마이클이 엄지손가락을 세워 보였다.

　두 사람의 긴장이 실내의 모든 사람들에게 전해졌다. 남식도 긴장을
참을 수 없었다. 심장 박동수가 빨라지며 얼굴이 후끈하게 달아올랐다.
물을 마시고 싶었지만 근처에 컵이 보이질 않았다. 하지만 설령 컵을
손에 쥐고 있었다고 하더라도 물을 마실 수 없었을 것이다.

　대형 모니터의 화면에는 그들이 보는 것과 똑같은 영상이 펼쳐졌다.
그것은 어둡고 그로테스크한 영상이었다. 고딕 양식으로 지어 뾰족한
탑이 솟은, 마치 드라큘라나 악마가 살고 있음직한 성이었다. 주위는
어두웠다. 축축한 습기를 한껏 머금은 검은 안개가 모든 공간을 감싸고

있었다. 두 사람은 중세의 성을 향해 걸어갔다. 메탈 브레인 안에는 엑스칼리버라는 새로운 운영 체계가 하나 더 생긴 셈이었다. 이제 두 남자는 자기장의 힘으로 원판 위에서 몇 밀리미터 정도 뜬 채 걷고 있었다. 그들의 발바닥으로 땅을 스치며 걸어가는 감각이 전해질 것이다. 바람 부는 소리가 고글 안의 헤드셋을 통해 들렸다. 그 소리는 외부의 스피커를 통해 모든 사람들이 들을 수 있었다.

"메탈 브레인 내부가 저런 모습이었나?"

남식이 화면에 펼쳐진 멋진 광경에 감탄을 했다.

"이 장면은 그러니까 윈도우와 비교하자면…… 엑스칼리버라는 운영 체계의 바탕 화면입니다. 이것도 일종의 오퍼레이팅 시스템이니까요. 이제 메모리에 접근을 시도하고 메모리와 하드 디스크의 탐색을 시작 할 겁니다. 10구역에 접근하기 전에 먼저 메탈 브레인의 통제권을 찾아야겠지요."

세원은 이 시스템에 상당한 지식을 가지고 있는 것 같았다.

"너무 조용하군. 아무것도 안 보이는데요? 이제 MX-217도 외부 침입자가 메탈 브레인 안으로 들어온 것을 알아차렸을 텐데. 아마 잠시 후면 용의 모습을 한 MX-217이 나타날 것입니다. 그 용은 엑스칼리버 안에 이미 삼차원 그래픽 이미지로 저장되어 있는 것입니다. 적의 모습을 표현하는 것이죠."

남식은 이해한다는 듯 가볍게 고개를 흔들었다. 하지만 약간 혼란을 느끼고 있었다.

"왜 그런 것들이 필요하죠?"

세원은 모니터에서 시선을 고정한 채 말을 이어갔다. 그는 오랜만에 짜릿한 흥분을 느끼고 있었다. 자신이 전신복을 걸치고 그 안으로 들어가고 싶은 충동을 느꼈다.

"그들은 이것을 즐기고 있어요. 일종의 게임으로 생각하고 있죠. 일을 하면서 게임을 즐기기 위해 이런 그래픽들을 만들었죠. 엑스칼리버 시스템 안에는 많은 스토리들이 내장되어 있습니다. 이번 스토리는 둘이 기사로 나오고 MX-217은 용으로 나오게 됩니다. 두 기사가 용과 싸운다는 내용이죠. 저들의 말로는 베어울프라는 유럽의 신화에서 패러디했다는데 일종의 RPG(Role Playing Game)와 비슷합니다. 그들은 공격을 받게 되면 자신들이 어느 정도 충격을 느낄 수 있도록 복장을 개조했습니다. 피복에 전신을 감고 있는 금속 링이 보이시죠? 저것은 장식품이 아니에요. 자기장 안에서 민감하게 움직이며 그들에게 압력을 가하죠. 사이버스페이스 안의 자극을 그대로 느낄 수 있어요. 자신들의 흥분을 높이기 위한 수단이에요."

남식은 그들의 방식을 이해하지 못했지만 세원은 그들을 충분히 이해할 수 있었다. 사실 세원은 서른이 넘은 나이에도 컴퓨터 게임에 많은 시간을 투자하는 편이었다.

'언젠가는 엑스칼리버를 중추 신경과 연결할 수 있을 거야. 목 뒤쪽에 케이블을 연결할 수 있는 소켓을 삽입하고…… 그렇게 되면 이런 거추장스러운 복장도 필요없겠지. 몸은 편안하게 누워 있고 나의 의식은 광대한 사이버스페이스 안을 날아다닐 수 있을 거야. 언젠가는 그

날이 오겠지. 현실과 구분할 수 없는 감각과 움직임. 내 심장을 고동치게 만드는 아드레날린…… 그리고…… 마치 헤로인처럼……'

마이클이 생각했다. 그는 그 생각만으로 밤새 잠을 못 이룰 때가 많았다. 하지만 현재 기술로는 불가능한 일이었다. 성 앞에 도달한 마이클은 잠시 성을 올려다보고 조금의 망설임도 없이 왼손을 펴며 주문을 외웠다. 그의 손에서 검은 바람이 이는가 싶더니 성문이 떨어져 나가며 널찍한 홀을 지나 끝없이 멀리 뻗은 복도가 보였다. 이제 적진으로 들어가는 것이다.

"자, 전투다. 가자!"

마이클은 좀 전에 보았던 성의 평면도를 기억하며 사악한 용을 찾아 앞으로 걸어갔다. 하지만 언제나 선한 역을 하는 것은 마음에 들지 않았다. 이번 작업이 끝나면 악당이 주인공인 스토리도 만들어 넣으리라. 마음껏 약탈하고 유린하고 목표를 잃고 분노하는 마음으로 적을 파괴하는…….

어디엔가 가까운 곳에 적이 숨어 있다. 분위기는 전체적으로 어두웠다. 박쥐 한 마리가 까악 하는 소리를 지르며 앞에서 날아왔다. 천장의 거미줄에선 거친 털이 무성한 손바닥만한 거미가 먹이를 기다리고 있었다. 거미는 검은색이다. 복도를 따라 한참을 걷다가 마이클은 자신이 제자리를 맴돌고 있다는 사실을 깨달았다.

'무한 루프에 빠졌군.'

두 기사는 금빛과 은빛으로 찬란한 갑옷을 입은 채 성 안으로 돌진했다. 마이클이 문을 부술 때의 진동은 스피커를 통해 실내에도 전달되었다. 문은 땅에 부딪히더니 '쿵' 소리를 내며 깨졌다. 바닥에는 그 파편들이 어지럽게 흩어져 있었다.

문 안으로 들어서자 넓은 홀이 보이고 복도가 몇 개 나타났다. 복도의 입구에는 각 디렉토리로 향하는 표지판이 붙어 있었다. 남식은 눈에 익숙한 디렉토리들의 이름을 보고 나서야 엑스칼리버란 시스템을 이해할 수 있었다.

둘은 각자 다른 복도로 향했다. 화면은 세로로 쪼개지면서 둘로 분할되어 두 사람의 모습을 각기 따로 보여 주었다. 복도마다 횃불이 어둠을 밝히고 있었고 그 때문에 두 사람의 몸에서부터 시작되는 여러 개의 그림자가 바닥에 드리워졌다. 그들이 앞으로 한 걸음씩 내딛을 때마다 입체 스피커를 통해 갑옷이 쩔그럭거리는 소리가 들렸다. '화악' 하며 횃불이 타는 소리가 스쳐 지나갔다. 컴퓨터 수재들이라 불리는 중앙정보처리실의 직원들조차 그 장관에 넋이 나가 있었다.

성찬 역시 여러 복잡한 생각들을 멈춘 채 그것을 바라보았다. 그는 자신이 중앙정보실에 와 있다는 사실조차 망각했다. 물에 젖은 불쾌한 기분도 잊었다. 조금 전 10구역에서의 일도 잊어버렸다. 하지만 불안감은 사라지지 않았다. 설명할 수 없는 불안감이 두 기사의 첫 걸음과 동시에 시작되었다.

방은 상당히 넓은 창고와 같았고, 양 옆으로 늘어선 각 캐비닛 안에선 각 폴더를 볼 수 있었다. 마이클이나 제임스가 그것을 들고 펼 때마다 각 파일 이름이 시뮬레이션 공간에 펼쳐졌다. 박쥐 한 마리가 거미줄에 걸리자 거미는 사각사각 소리를 내며 줄 사이를 성큼성큼 걸어가

꽁무니에서 뺀 실로 박쥐를 감싸기 시작했다. 여러 겹의 줄이 감기자 필사적으로 움직이던 박쥐의 날개가 꺾여 버렸다. 눈살이 찌푸려지는 광경이었다.

10분 정도 시간이 지났지만 아무런 변화가 일어나질 않았다. 복도는 끝없이 이어질 것만 같았다.

"왜 MX-217은 나타나질 않죠?"

남식이 세원에게 물었다.

"이미 나타났습니다."

남식은 다시 한 번 화면을 살펴보았지만 어디에서도 MX-217의 모습은 보이질 않았다. 그 흔적조차 찾을 수가 없었다. 그는 의아하다는 표정으로 세원을 바라보았다.

"지금 디렉토리를 바꾸고 있습니다. 터미널의 등록 정보가 있던 폴더가 비어 있군요. 아마 다른 곳으로 옮겼을 겁니다. 잘 보세요. 지금 그들이 지나온 길들이 바뀌고 있어요. 디렉토리들이 바뀌고 있는 것이죠. 점점 복잡한 미로로 바뀌는 것을 느낄 수 있나요?"

남식이 천천히 고개를 끄덕였다.

"문제가 발생한 것 같군요."

세원의 설명이 점점 빨라졌다. 남식은 모든 일이 어서 끝나길 바랐다. 가족에게는 아무 일도 일어나지 않을 것이다. 하지만 불안했다.

"잘 모르겠는데요. 지금은……"

세원의 입에서 한숨이 터져 나왔다.

"무한 루프입니다. 일종의 뫼비우스 띠죠."

"뭐라고요?"

"같은 자리를 맴돌고 있어요. 디렉토리를 하나의 고리 모양으로 배치한 거죠."

두 기사는 빠른 속도로 파일 사이를 헤치며 달려갔다. 마치 날아다니는 것처럼 보였다. 파일들의 이름이 읽기 어려운 빠른 속도로 그들을 스치며 지나갔다. 그들은 자세를 바로잡으려고 애쓰고 있었지만 자꾸 기우뚱거렸다. 원판 위의 두 사람은 완전히 떠올라 앞으로 기울어진 채 균형을 잡기 위해 두 팔을 앞으로 쭉 뻗은 채 몸을 좌우로 흔들고 있었다. 남식은 누군가가 손에 쥐어 준 캔의 뚜껑을 잡아 뜯었다. 금속 뚜껑을 뜯는 날카로운 소리가 시끄러운 엑스칼리버 시스템의 사운드 사이에서 울려 퍼졌다.

화염이 마이클의 주위를 감쌌다. 갑옷에서부터 후끈한 열기가 전해져 왔다.

'이제야 반격을 시작하는군.'

마이클은 시간 정지 주문을 외우며 양 손을 들어올려 검을 소환했다. 우선 적이 망가뜨린 복도를 다시 회복시켜야 했다. 그는 검으로 길을 만들며 앞으로 나아갔다. 그리고 왼손으로 그 길들을 다시 회복시키는 주문을 끊임없이 수행했다.

'생각보다 쉽지 않은 상대로군.'

갑자기 제임스에게 이상이 생겼다는 메시지가 머리 한 구석에서 들려 왔다. 마이클은 신속하게 순간 이동 주문을 외워 제임스에게로 가서 회복 주문을 외웠다. 제임스는 당황하고 있었다. 적은 살아 있는 것처럼 대응하고 있었다.

'인공지능 프로그램이라고?'

이 정도의 대응은 일급 해커라도 불가능했다. 하지만 상관없었다. 이 세상 어느 누구도 그들의 상대가 될 수는 없었다.

갑자기 화면 전체가 화염에 휩싸였다. 시뻘건 불꽃이 두 기사를 감쌌다. 본격적인 MX-217의 반격이 시작되었음을 모두가 알 수 있었다. 용의 모습은 어디에도 보이지 않았다. 원판 위의 두 사람은 화염을 헤치고 나가려는 듯 온몸을 흔들고 있었다. 어쩌면 화염의 열기를 느낄지도 모른다고 남식은 생각했다.

황금빛 제임스가 벽을 두드리자 벽에 소용돌이가 생기며 그를 빨아들였고 그는 다른 디렉토리로 옮겨갔다. 은빛 마이클은 그 대신 주문을 외웠다. 그러자 그 주위의 시간이 정지한 듯 모든 것이 멈췄다. 마이클이 양 손을 모아 올리자 은빛 찬란한 검이 만들어졌다. 마이클은 시간과 함께 정지한 붉은 화염을 자르고 베며 다시 앞으로 나아갔다. 칼날이 스치고 간 공간에는 길이 만들어졌다.

그들이 왼손바닥을 펴면 아이콘들이 나타났는데 집게손가락으로 그것들을 짚으며 디렉토리를 하나씩 되찾아갔다. 세원이 잘 돼 가고 있다는 말로 남식을 진정시켰다. 그러나 놓을 수 없는 긴장이 남식을 가만두질 않았다. 남식은 여태까지 손에 들고 있던 음료수를 목이 타는 듯한 모금 들이켰다.

황금빛 제임스의 빠른 손놀림이 멈추었다. 사람들은 일제히 원반 위의 제임스를 바라보았다. 검은 옷의 제임스는 당황한 듯 왼손으로 고글을 만지며 오른손을 흔들었다. 가상의 공간에서 황금빛 제임스는 석상처럼 정지해 움직이질 않았다. 마이클이 그 사실을 알아차렸는지 디렉토리 사이를 연결해 주는 소용돌이를 통과해 제임스 근처로 왔다. 그가 주문을 외우고 제임스를 한 번 건드리자 제임스의 움직임이 정상으로 돌아왔다.

"바이러스 프로그램이 우리의 시스템에 적응하고 있어요. 학습 능력이 대단하군요. 이런 건 처음이에요. 그 녀석 우리의 생각을 읽고 있어요. 이건 마치 살아 있는 생명체와 게임을 하고 있는 기분이에요."

원판 위의 제임스가 큰 소리로 말했다. 사람들은 일제히 둘을 쳐다보았다. 강렬한 자극이 느껴지는 듯 원반 위의 두 사람은 가끔씩 몸을 떨며 경련을 일으켰고 그 떨림은 모니터 안의 두 기사에게도 전해졌다. 원판 위 두 사람의 작은 미동까지도 사이버스페이스로 전달되었다. 제임스의 말을 이해한 남식은 살아 있다는 말에 가슴이 뜨끔함을 느꼈다. '이들에게까지 사실을 숨길 필요가 있었을까?' 하는 생각도 들었다.

이 계획이 시작되기 전 성찬은 회의적인 말을 했었다. 그는 MX-217의 능력에 대해 과대평가하고 있었다. 그의 말에 따르면 아무도 컴퓨터 안에서 MX-217을 이길 수 없다는 것이었다. 계산기와 같은 계산 능력을 가지고 있고, 이진수라는 방식으로 말을 배워 이진수 언어로 사고하는 생명체에게 성찬은 공포를 느끼고 있었다. 성찬은 MX-217이 생각만으로 메탈 브레인을 지배할 수 있다고 했다.

하지만 세원의 생각은 약간 달랐다. MX-217의 능력이 뛰어나다는 것은 그 역시 인정했다. 하지만 경험이 부족하기 때문에 평소와 다른 상황에 신속하게 대처하지 못할 것이라는 것이 그의 생각이었다. 근영과 정렬 그리고 혜원도 한쪽 구석에서 이 장면을 지켜보고 있었다.

성찬의 말 때문일까? 알 수 없는 불안감이 남식의 몸을 감싸왔다. 두 손을 꼭 쥔 채 억지로라도 두 명의 외국인들이 성공할 거라고 믿고 싶었다. 마이클과 제임스는 자신감에 충만해 있었다. 잠시 어려움을 겪었지만 꾸준히 앞으로 나아가고 있었다. 두 사람은 이제 같이 움직이고 있었다. 적에 대한 두려움을 느낀 것일까? 은빛 마이클이 경계하는 가운데 황금빛 제임스는 터미널의 등록 정보 파일을 찾고 있었다. 파일 전송 시간별 검색을 했지만 나타나질 않았다.

"아무래도 인공지능보다 우리 속도가 떨어져요. 직접 그 녀석을 찾아 없애야겠어요. 직접 터미널을 통과해 10구역으로 가겠습니다. 10구역 하드를 통째로 포맷해 버리죠. 메모리도 깨끗이 청소할 거예요."

그들이 10구역으로 가서는 안 된다. 그들이 거기에 간다면 MX-217의 정체를 알아챌 것이다. 인공지능이 아니라 살아 있는 프리엠브리오라는 사실을 알 수 있을 것이다. 세원이 10구역으로 들어가지 말라는 메시지를 전송하려 했다.

이제 방법은 하나뿐이었다. 이제는 직접 용이 있는 방으로 가서 그곳을 파괴해야 한다. 마이클은 현명했으며 냉철한 판단력을 가지고 있었다. 자신보다 빠른 상대와 싸우는 것은 전혀 승산이 없다는 것을 알았다. 하지만 그의 배후를 친다면 약간의 승산을 생각할 수 있었다. 그 방법 외에 다른 방법은 없었다. 마이클은 방어력을 높이기 위해 제임스 곁에서 함께 행동하며 그곳을 향해 나아갔다.

'둘이 함께 맞선다면 쉽게 적을 물리칠지도 모른다.'

적은 마이클의 마음을 읽었는지 모습을 드러내지 않았다. 기회를 노리고 있을지도 모른다. 두 사람은 긴장을 늦추지 않은 채 천천히 전진했다. 앞에는 10구역으로 향하는 통로가 보였다. 귓가에서 세원의 목소리가 들렸다.

'제기랄, 10구역으로 가지 말라니.'

마이클은 그 말을 무시했다. 두 사람은 10구역으로 들어섰다. 마이클의 눈앞에는 믿을 수 없는 광경이 펼쳐졌다.

중세의 성은 어디론가 사라져 버리고 녹색 초원이 그들의 앞에 펼쳐졌다. 토끼들이 흩어져 풀을 뜯고 있었다. 방금 고양이 한 마리가 토끼를 덮쳤다. 그것들 옆을 지나갔지만 두 사람에 대해 전혀 관심을 보이지 않았다. 제임스가 토끼 한 마리를 손에 들었다. 토끼는 풀을 뜯는 행동을 보여 주었다.

"마이클, 너는 이것을 믿을 수 있니? 이것들은 모두 삼차원 그래픽으로 입력된 영상이야. 도대체 누가……"

마이클 역시 눈에 보이는 모든 것들이 허상이라는 것을 알고 있었다. 하지만 중요하지 않았다. 그에게는 실제와 똑같은 세상이었다.

"너무 아름다워. 여기는 어딜까?"

마이클이 속삭였다. 자신이 꿈꾸던 것들이 이곳에서 실현되고 있었다. 사이버스페이스 안에 존재하는 또 다른 세상. 그곳에서 마이클은 자신의 꿈을 이룰 수 있으리라고 생각했다. 잃어버린 사랑도 이룰 수 있을 것이다. 그리고 언젠가는 거추장스러운 육체를 포기하고 늙거나 지치지 않는 정신만이 남아 자유롭게 그 안을 날아다니리라.

두 사람은 사자 우리 건너편에 있는 통나무집을 향했다. 수집가의 집처럼 여러 사물들이 질서 있게 정리되어 있었다. 넓은 창 앞에 편안해 보이는 의자가 흔들거리고 있다. 가운데 식탁과 의자가 있고 그 위에 붉은 액체가 들어 있는 투명한 잔이 놓여 있었다.

"포도주?"

마이클의 숨결로 잔에 잔잔한 무늬가 생겼지만 아무런 향기도 나지 않았다. 제임스는 찬장을 열어 보았다.

"너무 정교해. 우리들이 사용하는 그래픽은 이것에 비하면……"

눈물이 마이클의 볼을 타고 흘러내렸다. 얼굴이 갑옷에 가려 있기 때문에 아무도 모를 것이다.

그 장면에 놀란 것은 두 사람뿐이 아니었다. 중앙정보실에 있는 모든 사람들이 그 아름다운 풍경을 넋을 잃고 바라보았다. 근영만이 이 상황을 이해할 수 있었다. 그들은 나래의 세계로 들어간 것이다.

"MX-217의 기억들이군."

성찬이 속삭였다. 혜원은 나래의 기억 속에 어떻게 저런 것들이 존재하는지 이해할 수 없었다.

"지금 엉뚱한 일에 신경 쓸 시간이 없어요."

세원이 두 사람에게 말했다. 두 사람은 통나무집 바깥으로 나왔다. 비가 내리고 있다. 마이클은 두 손을 뻗어 빗물을 받았다. 맑고 투명했다. 마이클은 그것을 마시는 시늉을 했다. 토끼들이 지나간 땅에 풀이 돋았다. 그러고는 눈부시게 하얀 깃털로 온몸을 감싼 용이 나타났다. 마이클은 자신들의 엑스칼리버가 이미 점령당했다는 것을 깨달았다. 그는 넋을 잃은 채 앞으로 걸어갔다.

"마이클, 지금 뭐하는 거야?"

제임스가 소리를 질렀지만 마이클에게는 그 소리가 들리질 않았다. 그는 나지막이 속삭였다.

"너무도 아름다워."

찬란한 용이 그의 곁을 지나가면서 그의 몸이 흰 빛에 휩싸여 버렸다. 눈부시게 하얀 깃털로 온몸을 감싼 용이 나타났다. 긴 꼬리로 어두운 공간에 빛을 흩뿌리며 우아하게 공간을 날아다니고 있었다.

"저건 뭐지?"

제임스가 소리를 질렀다. 원판 위에서 제임스가 하는 말은 현실이었다. 그가 한 말은 마이클뿐만 아니라 모두가 들을 수 있었다. 사이버스페이스 안에서의 의사소통을 고집하던 그들의 그런 행동은 사태가 심각하게 되었음을 알려 주고 있었다. 그들은 현실에서 서로 대화를 나누고 있었다.

"우리 시스템을 장악해 버렸어. 세상에 이럴 수가, 이건 바이러스와는 전혀 다른 종류의 프로그램이야…… 이건 말도 안 돼……"

제임스가 아무렇게나 칼을 휘두르며 계속해서 소리를 질렀다. 마이클은 아무 말 없이 앞으로 걸어갔다.

"어떻게 된 일이지?"

남식은 어리둥절했다. 옆에서 이 상황을 이해하고 있던 세원이 남식의 얼굴을 한 번 쳐다보았다. 세원이 떨리는 목소리로 말했다.

"MX-217이 엑스칼리버 시스템마저 장악해 버렸어요. 원래 파충류 피부를 가진 흉측한 용의 모습이 나타나야 하는데 저런 이상한 것이 나오다니. MX-217이 용의 그래픽 이미지를 바꾸었을 겁니다."

여전히 온몸이 하얀 용은 빛을 사방에 뿌리며 공간을 유유하게 날아다니며 둘의 주위를 맴돌고 있었다.

"이런, 더 이상 안 되겠어요. 그들을 나오라고 해야 돼요."

MX-217은 이미지 외에도 엑스칼리버 시스템의 많은 부분을 바꾸었을 것이다. 두 사람이 열심히 디렉토리를 뒤지고 있는 사이 그리고 MX-217의 세계에서 정신이 빠져 있는 사이 MX-217은 엑스칼리버 안으로 들어왔다. 흔적을 남기지 않으며……. 두 기사는 그들의 의지대로 움직일 수 없게 되었다. 그들이 탈출할 수 있는 방법은 하나밖에 남아 있지 않았다.

세원은 둘에게 빨리 옷을 벗어 버리라고 소리를 질렀다. 일단 옷을 벗어 던지면 사이버스페이스 안의 두 기사야 어찌되든지 그들은 현실로 돌아올 수 있었다. 하지만 이미 늦어 버렸다. 순간 밝게 빛나는 용이 둘을 스치며 지나갔다. 마이클이 먼저 나중에 제임스가 하얀 빛에 휩싸였으며 빛의 안개가 걷히자 찬란한 황금빛과 은빛 갑옷이 광채를 잃으며 흑색으로 바뀌었다. 이제 서사시의 주인공이 바뀐 것이었다.

"이런 말도 안 되는 일이. 이건 절대로 바이러스가 아냐. 도대체 뭐
지. 이런 괴물은……"

제임스가 소리를 질렀다. 마이클은 용을 향해 두 팔을 벌렸다. 그들
은 지금껏 컴퓨터를 다루면서 살아왔고 나름대로 인공지능에 대해 관
심이 많았지만 지금은 믿을 수 없는 일을 경험하고 있는 중이었다. 온
몸을 조이는 고통을 느꼈는지 마이클은 정신을 차리고 침착하게 빠져
나올 방법을 찾았다. 하지만 그것은 불가능한 일이었다. 두 원판 위의
기사는 몸을 움직일 수조차 없었다. 그들의 온몸에 부착되어 있는 링이
그들을 움직이지 못하도록 압박하고 있었다. 제임스는 계속 소리를 질
러 댔다. 너무 빨리 말해서 알아듣기가 힘들었다.

"그건 안 돼!"

마이클이 소리쳤다. 제임스는 금지된 주문을 사용하려 했다. 그 주문
으로 실행될 바이러스는 메탈 브레인을 산산이 망가뜨릴 것이다. 그 안
에 있는 두 사람조차 위험했다. 한 번도 사용해 본 적이 없어서 어떤 영
향을 줄지 모르지만 슈퍼컴퓨터를 통해 빠른 속도로 복제된 수많은 바
이러스들이 네트워크를 타고 퍼져 나갈 것이다. 몸에 불이 붙은 듯했
다. 제임스는 마지막 주문을 펼치기 위해 온 힘을 다해 왼손은 땅을 오
른손은 하늘을 향해 뻗었다. 주문을 외웠다. 그의 몸에서 검은 안개가
퍼져 나왔다. 악마의 주문이었다. 용의 깃털에서 다시금 찬란한 광채가
빛났다. 제임스의 검은 안개마저 그 빛에 감싸였다. 마이클마저……

두 흑기사는 사라져 버렸다. 모든 세계는 빛으로 가득 찼다.

"빨리 케이블을 절단해."

상황을 제일 먼저 파악한 세원이 소리를 질렀지만 이미 늦어 버렸다. 원반 위 두 사람의 몸에선 전기 스파크가 튀었고 그들은 요란한 비명을 지르며 온몸을 비틀어 댔다. 중앙정보처리실의 직원들이 케이블을 뽑아냈지만 이미 상황은 끝나 있었다. 둘은 바닥에 널브러진 채 개구리처럼 경련을 일으켰다. 사람들이 재빨리 그들의 옷을 가위로 찢으며 벗겼다. 군데군데 까맣게 타 버린 피부를 볼 수 있었다. 그들은 왜 그렇게 위험한 방법을 선택했을까. 결국 그들이 즐기던 방식은 두 사람을 파멸로 이끌었다.

의식을 잃은 두 사람이 들것에 실려 나가자 중앙정보처리실의 분위기는 혼란에 빠졌다. 그러곤 빠른 속도로 침울해졌다. 남식은 현실로 돌아왔다.

"자, 진정하고 다들 자리에 앉아요."

의자들을 한 군데로 모아 회의가 시작되었다.

"먼저 빌딩 내의 사람들을 대피시켜야 합니다. 공원과 병원에 있는 사람들도 구해야 합니다. MX-217이 본격적으로 활동한다면 더 많은 사고가 일어날 겁니다."

"그건 쉬운 일이 아니에요."

공원과 병원에 있는 사람들은 이미 방화문이 내려와 그 안에 갇혀 버려서 대피시킬 수는 없었다. 그렇지 않더라도 공원은 모든 사람들이 빠져나가는 데만 한 시간 이상이 걸릴 것이고 병원은 환자들을 수용할 수 있는 다른 병원의 협조를 미리 얻어야 했다. 엄청난 혼란이 발생할 것이고 그렇게 된다면 더 이상 이 사고를 숨길 수가 없다. 모두들 그 사실을 알고 있었기 때문에 쉽게 입을 열지 못했다.

결국 사태를 해결할 수 있는 아무런 중요한 결정도 못 내린 채 일반 사무와 행정 관련 구역에서 업무를 보고 있던 직원들 모두 조기 퇴근하라는 지시가 떨어졌다. 최대한 소란이 발생하지 않도록…….

"이 사실은 어차피 숨길 수가 없어요."

인정하기 싫지만 혜원의 말이 남식의 폐부를 깊숙이 파고들었다.

텔레비전에서는 20분 전부터 메탈 브레인 빌딩에서 발생한 화재를 뉴스 속보로 다루고 있었다. 화면의 어디를 보아도 불길은 보이지 않았다. 대신 공원에 갇힌 사람들이 혼란스럽게 우왕좌왕하는 모습이 비춰졌다. 다시 화면이 바뀌며 도시처럼 거대한 검은색 메탈 브레인 빌딩을 보여 주었다. 기자의 말대로 검은색 빌딩의 어느 구석에서도 화재의 흔적은 발견할 수 없었다.

카메라에 비치는 장면들은 메탈의 평소 모습을 보여 주고 있었지만 어떤 사람에게는 불안감을 안겨 주고 또 다른 사람들에게는 짜릿한 흥분을 선사했다. 다시 화려하게 단장한 공원의 모습이 보였다. 기자는 오랜만에 특종을 잡았다는 듯 흥분하여 떠들어 대고 있었다.

– 현재 이곳 실내 공원은 전원 공급이 차단되면서 모든 놀이 시설이 정지한 상태입니다. 확실하지 않은 가운데 이곳 위층 실험실에서 화재

가 발생했다는 소문이 나돌고 있습니다. 화재 발생 여부를 떠나서 얼마 전부터 지적되어 왔던 메탈 브레인 시스템의 불안정성이 오늘 공원 개장 행사에서 드러난 것입니다.

　- 그런데 현장이 어둡지는 않군요. 조명은 꺼지지 않았나 보죠?

　- 기술자들의 말로는 자연광 조명을 사용하기 때문에 그렇다고 하지만 이 역시 알 수 없는 일입니다. …… 이 일로 인해 메탈 브레인의 전면적인 점검이…….

　기자는 공원 내 사람들을 인터뷰했다. 어떤 이는 불안하다고 하지만 어떤 이는 조금 불편할 뿐 아무렇지도 않다고 했다.

　"저것들 당장 그만두게 할 수 없나?"

　회장이 버럭 소리를 질렀다. 무엇이 그렇게 신이 났는지 떠들어 대는 기자를 광장 건너편에서 노려보고 있었다. 너무 흥분해서 폭발할 것만 같다고 비서는 생각했다.

　"회장님 참는 수밖에 없습니다. 생방송중입니다. 저것을 저지하면 나중에 더 큰 문제가 생길 수 있습니다. 조금만 있으면 시스템이 정상으로 작동할 겁니다. 그때까지 그냥 두고 보죠."

　하지만 그의 비서는 언제 시스템이 회복될지 알 수 없었다. 회장 앞에서 말은 그렇게 했지만 여기저기 전화를 통해 알아본 바로는 상황이 비관적이라는 것을 확인했기 때문이다.

　중앙정보실에선 병원과 공원의 사람들을 어떻게 탈출시킬 것인가에 대한 회의가 15분째 계속되고 있었다. 그에 앞서 남식은 비서에게 오후에 계획되었던 메디컬 네트워크의 창립식을 취소하라는 지시를 내려야 했다. 남식은 착잡한 심정으로 말을 했다.

"이 사실을 숨길 수 없게 되었습니다. 어떻게든 매스컴에 사고에 대해 해명해야 해요. 하지만 MX-217의 존재가 이 세상에 알려져서는 안 됩니다. 방법이 있을까요?"

"메탈 브레인이 바이러스에 감염되었다고 발표하는 것이 가장 좋은 방법입니다."

미리 준비하고 있었는지 세원이 망설임 없이 말했다.

"그 때문에 공원의 방화문이 닫히고 빌딩 시스템이 제대로 작동하지 않는다고 하면 무리가 있지 않을까요?"

상준이 의아해하며 물었다.

"단순히 파일을 망쳐 버리는 바이러스가 아니라 인공지능을 가진 바이러스라고 하면 될 거예요."

세원이 말했다.

"그런데 아까 두 사람은 어떻게 됐어요?"

혜원이 물어 보았다.

"마이클은 전신에 화상을 입었지만 생명에는 지장이 없다고 합니다. 제임스는 뇌가 손상되었다고 하는군요."

남식이 대답했다.

"바이러스의 감염 경로를 밝혀야 할 텐데요."

낙담한 표정의 혜원이 조심스레 말을 꺼냈다.

"차후에 만들어 내야겠지요. 경로는 비밀에 부칠 수도 있습니다."

"그럼 이 내용에 대해 공식적으로 발표하겠습니다. 박 팀장은 인터뷰 때 쓸 자료 좀 정리해 줘요."

남식이 지푸라기라도 잡는 심정으로 낮게 말했다.

"그런 발표를 한다고 공원 안 사람들을 구할 수 있는 건 아닙니다."

성찬이 불만스럽게 남식을 쳐다보며 말했다.

"하지만 발표를 안 하는 것보다 낫겠죠."

남식이 단호하게 말했다. 세원은 자료 정리를 시작했다.

"회장님은 공원 안에 계신가요?"

혜원이 물었다.

"제 가족과 한 소장의 가족도 그 안에 있어요."

"빨리 문제를 해결해야겠군요."

발전기의 이상을 나타내는 비상 신호가 실내에 울려 퍼졌다. 모두들 하던 일을 멈추고 방송에 귀를 기울였다.

– 방사능 유출…….

"발전기의 냉각 시스템에 문제가 생겼습니다. 온도가 비정상적으로 올라가고 있어요!"

중앙정보실의 직원 한 명이 외쳤다.

"그게 무슨 말이지?"

성찬이 물었다. 방사능 유출이라는 방송이 계속 나오고 있었다.

"위층에는 메탈 브레인에 전원을 공급하는 플루토늄 발전기가 있어요. 냉각 장치에 이상이 생겼다면……"

혜원이 설명해 주었다.

"MX-217이 결국 상황을 극한으로까지 몰고 가는군요. 모두 같이 죽으려고 마음을 먹었나 봐요. 하지만 걱정 마세요. 발전기가 폭발하는 일은 없을 거예요."

남식은 성찬이 들으라는 듯 말했다. 그러고는 직원들에게 모두 대피하라는 지시를 내렸다. 사방에서 경보가 울리기 시작했다.

─방사능 유출의 위험이 있습니다. 빌딩 안의 모든 분들은 신속히 밖으로 대피하여 주시기 바랍니다.

"뭔가 이상해. 이럴 수가 없는데……"

"뭐가 이상하다는 거죠?"

혜원은 밖으로 나갈 준비를 하다가 묵묵히 자리에 앉아 있는 성찬에게 다가갔다.

"나가야 해요."

"발전실은 어디 있지? 한번 가 보고 싶어."

"위층에 있는데 보안이 철저하기 때문에 접근할 수 없어요. 폭발은 하지 않을 거라더군요."

성찬은 자리에서 일어나 발전실에 한번 가 봐야 한다는 말을 다시 했다. 하지만 성찬의 말을 들어 줄 수 있는 사람은 없었다. 혜원 역시 밖으로 나갈 채비를 하고 있었다. 실내는 방사능 유출을 알리는 노란 등이 번쩍거리며 아수라장으로 변해 버렸다. 다른 곳의 상황도 마찬가지였다. 곳곳에 방사능 유출 경보가 울렸다. 사람들이 밖으로 뛰어나가느라 빌딩 전체가 아수라장이 되어 버렸다.

사람들이 엘리베이터 앞에서 기다렸지만 작동을 멈춘 듯 맨 꼭대기 층에서 내려오질 않았다. 엘리베이터는 물론 모든 장치들이 제멋대로 작동했다. 한두 사람씩 계단을 향했다. 대피를 따로 지시할 필요는 없어 보였다. 어찌된 일인지 다른 장치와 달리 빌딩의 경보 체계는 훌륭히 동작했다. 비상구를 이용해 질서를 지켜 대피하라는 내용의 방송이 나왔다. 모든 격실의 사람들이 밀려나오기 시작했다.

남식은 허리를 굽혀 두 무릎을 쥔 채 숨을 몰아쉬었다. 오랜만에 아니 처음으로 수십 층이나 되는 거리를 걸어 내려온 것이다. 로비는 사람들로 가득 차 있었다.

"도대체 무슨 말이야? 방사능이라니!"

"별 문제는 없는 것 같은데……"

"그래도 안전하다고 확신한 발전기인데 방사능이라니."

사람들 대부분은 영문을 모르는 채 발전기에 관해 얘기하면서 내려오고 있었다. 들리는 말로는 빌딩 전체에서 방사능 유출 경보가 울렸다고 한다. 게다가 MX-217은 친절하게도 경보와 함께 대피시 층계를 이용하라거나 폭발할 위험이 없으니 뛰지 말라는 등의 안내 방송까지 해주었다. 그것들은 안내 방송용으로 컴퓨터에 저장되어 있던 내용들이었다.

빌딩 안의 사람들이 빠져나오고 있었다. 별것 아니라는 듯 웃고 떠드는 사람들도 있었다. 인파들 사이로 좀 전에 중앙정보실에서 함께 회의하던 사람들의 모습이 보였다. 남식은 그들을 하나씩 불러 모았다. 밖에선 사이렌 소리가 들려왔다. 아마 빌딩에 화재가 난 줄 알고 소방서에서 출동했을 것이다. 계단을 내려오는 데 약 20분 정도 걸렸으니 소방차가 도착하고도 남을 시간이었다. 그들은 노란색 방사능 보호복을 입은 채 빌딩 안으로 들어왔다.

남식은 홍보실에서 같이 일하는 최 부장을 발견했다. 오십 가까이 된 그는 자기보다 나이가 적은 남식에게 깍듯이 대했고 남식 역시 그만큼의 예우를 하던 믿을 수 있는 사람이었다. 최근에 바쁜 일로 인해 홍보실 일에 신경을 쓰지 못했기 때문에 최 부장은 남식을 보고는 오랜 친구를 만난 듯 반가워했다. 그러면 믿을 만한 사람이었다.

"공원 안에 계시는 줄 알았는데……"

"바쁜 일이 있어 잠시 참석했다가 밖으로 나왔죠."

"그럼 가족은 그 안에 있겠군요."

최 부장이 고개를 끄덕였다.

"말씀드릴 순 없지만 지금 상황이 매우 나빠요."

최 부장은 금세 남식의 말을 알아들었다.

"최 부장님, 소방서에 적당히 말해서 저들을 돌려보내 주세요. 책임자를 만나 잘못된 경보였다고 말해 주세요."

'또 무슨 일이 있을까?'

"조금 있으면 기자들이 몰려올 겁니다. 그들도 적당히 처리해 주세요. 일단은 아무 문제없다고 말해 주세요."

"도대체 무슨 문제가 있습니까?"

최 부장이 의아스럽다는 듯 물었다.

"실장님, 아니 사장님 표정이 안 좋아요. 마치 아픈 사람 같아요. 이런! 옷은 왜 이렇게 다 젖었어요?"

그제야 남식은 자신의 몰골이 말이 아니라는 걸 깨달았다. 10구역에서 온통 젖은 채 중앙정보실로 갔고 그 뒤로 옷 갈아입을 틈이 없었다.

"작은 문제가 있었어요. 기자들한테는 실험실에서 작은 화재가 있었다고 하면 될 거예요. 시스템은 잠시 후 정상 가동할 거라고 말해 줘요. 오늘 저녁 정식 발표를 할 거예요. 그때까지는 그렇게 알고 계세요."

남식은 또 필요한 일이 무엇일까 빨리 생각해 내려고 했다. 계단으론 아직도 사람들이 밀려 내려오고 있었다.

"최 부장님, 필요한 인원만 빼고 모두 퇴근하라고 해 주세요."

"누구 권한으로 하는 말이죠?"

"물론 회장님의 지시죠."

최 부장은 알았다는 대답과 함께 몰려오는 기자를 맞이하기 위해 나갔다.

"참, 최 부장님. 옷 한 벌 구할 수 없을까요?"

"한번 구해 보죠. 그런데 회장님은 공원 안에 갇혀 있어요. 제게까지 전화를 걸어 오 사장님을 찾더라고요."

최 부장은 마지막 말을 쐐기 박듯 남기고 남식의 시야에서 사라졌다. 그 사이 이 일에 관해 알고 있는 핵심 인물들이 남식의 주위로 다가왔다. 남식은 제일 먼저 소동을 가라앉히기 위해 그들에게 한 가지씩 일을 지시했다.

"아직 위층에 남아 있는 사람들이 많은가요?"

"병원과 공원을 제외하고는 모두 비상경보가 울렸습니다. 질서를 지켜 모두 건물 밖으로 빠져나가라는 방송까지 나왔다는군요. 그런데 어찌된 일인지 공원과 병원엔 비상경보가 울리지 않았답니다. 다행인지 불행인지 모르겠습니다. 경보는 울리지 않았지만 두 구역은 현재 방화 시스템이 작동하여 모든 외부 통로가 닫힌 상태입니다. 이상한 일이죠. 아마도 안전하다는 판단을 메탈 브레인이 내리기 전까지는 방화문은 절대로 열리지 않을 겁니다. 그렇게 설계돼 있죠."

이미 알고 있는 일이었다. 두 구역은 앞으로 메탈 브레인의 통제권을 찾을 때까지 외부와 격리돼 있게 된다. MX-217로부터 통제권을 되찾는 데 얼마나 시간이 걸릴지는 알 수 없었다. 남식은 휴대폰을 꺼내 누군가와 통화를 시도했다. 무슨 팀에 대해선가 대화를 주고받았다. 남식은 전화를 끊고서 나머지 지시를 내렸다.

"병원과 공원에 있는 사람들은 일단 안전하답니다. 먼저 이 소란을 정리해야 합니다. 그 문제는 최 부장님에게 지시를 했는데 여러분이 도와 줘야 할 거예요."

몇 사람이 남식의 지시를 받고 최 부장에게로 갔다.

"두 번째는 최대한 빨리 시스템을 회복시켜야 해요."

모두들 물에 젖어 축 처진 서로의 모습을 바라보았다.

"이상하지 않아? 처음엔 중앙정보실로 모두 쫓겨 갔다가 이제는 밖으로 쫓겨나 버렸으니."

성찬이 혜원에게 말했다.

바이너리 코드 ❶

초판 1쇄 펴냄 1999년 6월 10일
개정판 1쇄 찍음 2004년 7월 15일
개정판 1쇄 펴냄 2004년 7월 20일

지은이 · 노성래
펴낸이 · 이갑수
펴낸곳 · 궁리출판

편집 · 김현숙, 서영주, 이유나
영업 · 백국현, 도진호
관리 · 김유미

출판등록 1999. 3. 29. 제406-2003-021호
413-832 경기도 파주시 교하읍 문발리 파주출판단지 526-2
대표전화 031-955-8292 / 팩시밀리 031-955-8291
E-mail : kungree@chollian.net
www.kungree.com

ISBN 89-5820-012-X   03810
ISBN 89-5820-011-1   (세트)

값 7,000원